Ce livre est une fiction. Toute référence à des évènements historiques, des personnages ou des lieux réels serait utilisée de façon fictive. Les autres noms, personnages, lieux et évènements sont issus de l'imagination de l'auteure, et toute ressemblance avec des personnages vivants ou ayant existé serait totalement fortuite.

Collection créée par Hugues de Saint Vincent
Ouvrage dirigé par Sylvie Gand

Photo de couverture : © shutterstock.com
Couverture : Jef Cortes

Pour la présente édition,
©2019, New Romance, Département de Hugo Publishing
34-36 rue La Pérouse
75116 PARIS
www.hugoetcie.fr

ISBN : 9782755639155
Dépôt légal : mars 2019
Imprimé en France par CPI Brodard et Taupin - N° d impression : 3031653

MIA SHERIDAN

NEW ROMANCE®

CALDER & Eden

TOME 2

Roman

Traduit de l'anglais (américain)
par Fabienne Vidallet

Hugo Roman

La légende du Verseau

Une légende grecque raconte l'histoire de Ganymède, un jeune Troyen à la beauté exceptionnelle. Il fut remarqué par Zeus, qui décida immédiatement d'en faire son échanson. Zeus, métamorphosé en aigle, l'enleva et le conduisit sur l'Olympe pour en faire son esclave.

Ganymède finit par se rebeller et déverser tout le vin, l'ambroisie et l'eau des dieux, refusant de servir plus longtemps d'échanson à Zeus. La pluie tomba sur la Terre pendant des jours et des jours, ce qui provoqua une gigantesque crue qui submergea le monde.

Avec le temps, Ganymède fut vénéré en tant que Verseau, dieu de la Pluie, et trouva sa place parmi les étoiles.

PROLOGUE

« Je te promets de faire tout ce que tu me demanderas. Mais approche-toi davantage. Laisse-nous pleurer notre chagrin, même brièvement, dans les bras l'un de l'autre. »

Homère, L'Iliade.

Eden

Je me réveillai sous une épaisse couverture et jetai un coup d'œil autour de moi, surprise. Je ne bougeai pas, me contentant d'écouter pour essayer de deviner où je me trouvais. C'est alors que j'entendis des pas qui venaient dans ma direction et l'homme plus âgé, le bijoutier, apparut dans mon champ de vision. Tout me revint... le bris du vase, l'échange avec le médaillon, puis le refuge pour sans-abri et enfin l'évanouissement. Je clignai des yeux et mon instinct, qui me disait de fuir ou de me battre, prit le dessus : j'examinai fébrilement la pièce.

— Tout va bien. Tu t'es évanouie. Mon chauffeur m'a aidé à te transporter dans la voiture. Tu es chez moi.

Je m'assis, ramenant la couverture contre ma poitrine. J'étais toujours vêtue, mais quelqu'un avait ôté mes chaussures.

J'ouvris la bouche pour dire quelque chose, je ne sais quoi, mais je fus interrompue lorsque la porte s'ouvrit de nouveau, laissant entrer une femme qui tenait un plateau.

Manger. Mon estomac se mit à gronder et l'odeur des mets sur le plateau me fit saliver.

La femme le posa sur mes genoux et je baissai les yeux, affamée ; il s'agissait d'une soupe et de toasts beurrés. Mon corps prit le dessus. Je partirais quand j'aurais mangé. Il fallait que je me nourrisse. En cet instant, la faim était plus importante que tout le reste et j'étais incapable de lui résister. Peu importait l'endroit où je me trouvais, ni pourquoi ni avec qui. Seule comptait la nourriture. Je m'emparai de la cuillère d'une main tremblante et me mis à engloutir la soupe à toute allure, tout en jetant des coups d'œil au bijoutier et à la femme en uniforme de gouvernante à ses côtés. Ils me dévisageaient avec une curiosité mêlée de tristesse.

La femme fit un pas vers moi.

— Ralentis, ma petite. Tu n'as pas mangé depuis longtemps. Tu vas te rendre malade si tu manges trop vite. Force-toi à aller plus lentement.

Puis elle posa la main sur mon dos, qu'elle caressa en lents gestes circulaires jusqu'à ce que je ralentisse le trajet de la cuillère à ma bouche. Pendant plusieurs minutes, le seul son fut celui de mes bruits de succion peu féminins puis de ma mastication lorsque je réglai leur sort aux tartines en trois bouchées. La femme continua de me caresser gentiment le dos pour me calmer et me rappeler de manger lentement. Je craignis à plusieurs reprises de me mettre à vomir, mais ce ne fut pas le cas. Après avoir terminé, je m'essuyai les mains et le visage avec la serviette avant de la reposer, trop gênée pour les regarder. Maintenant que ma faim était apaisée, ma dignité reprenait le dessus.

— Voilà qui est mieux, dit la femme, et je levai les yeux vers son visage amical.

Il y avait si longtemps que personne n'avait été gentil avec moi. Les larmes me montèrent aux yeux mais je les refoulai avant qu'elles ne se mettent à couler. Elle ôta sa main de mon dos, s'empara du plateau, se pencha vers l'homme pour lui murmurer quelque chose à l'oreille, puis quitta la pièce.

Je basculai les jambes sur le bord du lit mais l'homme m'arrêta en posant la main sur mon épaule.

— Tu peux passer la nuit ici, si tu veux. La salle de bains est là, fit-il avec un geste du menton vers la gauche, et je jetai un coup d'œil à la dérobée dans cette direction. Personne n'occupe cette chambre. Reste, je t'en prie. C'est le moins que je puisse faire pour toi... après ce qui s'est passé.

Je passai la langue sur mes lèvres gercées et regardai autour de moi en essayant de décider quoi faire. J'avais désespérément envie de passer la nuit dans cette pièce douillette et dans un vrai lit, mais je ne comprenais pas pourquoi cet homme s'occupait de moi.

— J'ai cassé quelque chose qui vous appartenait, finis-je par dire.

Il fit la moue.

— Et tu as payé pour ça. J'aurais pu gérer les choses autrement. Je suis désolé de ne pas être intervenu.

Je gardai le silence, ne sachant que répondre.

— S'il te plaît. Laisse-moi t'héberger pour la nuit. Nous pourrons décider d'un autre... arrangement, demain. D'accord ?

Je baissai les yeux sur mes mains que je triturais sur mes genoux. Soit j'acceptais, soit je retournais dans le froid. Mais je ne savais pas ce qu'il entendait par « arrangement » et ça m'inquiétait. Je hochai la tête et quand je levai les yeux sur lui, je vis qu'il avait l'air content.

— Bien. Prends une douche. Repose-toi. À demain.

Sur ces mots, il tourna les talons et quitta rapidement la pièce. Dès qu'il fut sorti, je me précipitai vers la porte pour la verrouiller, puis je m'y adossai pour contempler la pièce pour la première fois. Elle était splendide. Une espèce de tissu à fleurs était tendu sur les murs. Je m'en approchai pour passer la main dessus : sa surface était douce et légèrement texturée. J'essayai de ressentir de la reconnaissance à l'idée de me trouver dans un endroit aussi joli, mais je n'éprouvai qu'un respect indifférent. Je pivotai de nouveau face au lit.

La soie et le velours de la parure de lit aux différentes nuances de crème et de lilas me semblaient accueillantes. Je retournai me coucher ; maintenant que j'avais l'estomac plein, il m'était difficile de résister à l'appel du repos.

Je me glissai de nouveau entre les draps frais sans me déshabiller. Le sommeil me prit sous son aile obscure et me plongea dans un bienheureux oubli.

Je rêvai de belles-de-jour, *de lui, mon amour,* d'images floues qui se mélangèrent, se transformèrent avant d'être balayées par une vague si violente qu'elle me submergea. Je n'avais plus assez d'air dans les poumons pour crier son nom ni pour murmurer les mots que j'aurais voulu lui dire à la fin, que je l'aimais, que je l'avais toujours aimé, qu'il était ma force et ma faiblesse, ma joie infinie et mon plus profond chagrin.

Je me réveillai en pleurant en silence.

Je gagnai la salle de bains, me déshabillai, l'humeur sombre, me contemplai un instant dans le miroir et, la main sur mon ventre plat, je ravalai un sanglot. Je me glissai sous le jet brûlant de la douche et renversai la tête en arrière pour me mouiller les cheveux. Je la penchai ensuite en avant et laissai sortir ce que je retenais si fort en moi depuis une semaine. Je me laissai tomber sur le sol de la douche, m'adossai au mur et m'autorisai enfin à pleurer, le bruit de mes larmes se perdant dans celui de l'eau.

*

* *

Je sortis dans un large couloir, douchée, habillée et allégée d'un peu de mon chagrin, du moins pour le moment.

Je suivis le bruit de vaisselle et passai la tête dans une cuisine de belles dimensions : le bijoutier était attablé devant une assiette pleine, un magazine ouvert devant lui.

— Bonjour, me salua-t-il. Tu as l'air reposé. Tu as bien dormi ?

— Oui, merci, acquiesçai-je.

Je jetai un coup d'œil à la nourriture posée sur la table : une assiette d'œufs au bacon et un plateau de fruits.

L'homme suivit la direction de mon regard.

— Assieds-toi, je t'en prie. Mange. Nous pourrons discuter de l'arrangement que j'ai évoqué hier soir.

Je hochai la tête, me mordis la lèvre et m'assis. Il posa une assiette pleine devant moi.

J'avalai quelques bouchées avant de lever les yeux et de rassembler mon courage. Je voulais rester là. L'homme était gentil, du moins il en avait l'air. Mais j'étais certaine de savoir ce que son « arrangement » incluait, et je ne pensais pas en être capable ; je ne le supporterais pas. Pas après ce que j'avais traversé. Je préférais retourner à la rue, même si je devais y mourir ; la mort ne m'effrayait pas, ne m'effrayait plus.

Je t'attendrai près de la source. Viens me rejoindre.

Je m'éclaircis la voix.

— Je ne peux pas accepter votre arrangement.

Il fronça les sourcils, la tasse à mi-chemin de sa bouche. Il inclina la tête.

— Je n'ai encore rien proposé.

La chaleur se répandit dans mon cou et je baissai les yeux.

— J'ai compris ce que vous vouliez, répondis-je à mi-voix.

Le bijoutier me considéra un instant, puis il posa sa tasse de café qui cliqueta sur la soucoupe. Je le regardai et je lus dans ses yeux... de la colère ? De la tristesse ? Impossible de savoir.

— Ce n'est pas ce que je veux.

Je lui lançai un regard perplexe.

— Vous avez dit que vous vouliez que nous parlions d'un arrangement.

Il prit une profonde inspiration et me dévisagea un moment en silence.

— Pour commencer, je ne crois pas que nous ayons été correctement présentés. Je m'appelle Felix Grant. Appelle-moi Felix. D'accord ?

J'acquiesçai et attendis la suite.

— Bien. Et toi, comment tu t'appelles ?

— Eden, murmurai-je.

— Et ton nom de famille ?

Je baissai les yeux et toussotai.

— Je l'ignore.

— Tu ne connais pas ton nom de famille ? demanda-t-il, incrédule.

— Non. Je sais que j'en ai eu un, mais quand ma famille est morte, j'ai vécu avec quelqu'un d'autre et... je l'ai oublié.

Il garda le silence pendant une fraction de seconde.

— Comment est-ce possible ? Comment es-tu allée à l'école sans nom de famille ?

— Je ne suis jamais allée à l'école, répondis-je à voix basse en sentant le rouge me monter aux joues.

— Quel âge as-tu ?

— Dix-huit ans.

Au regard qu'il me lança, je compris qu'il ne me croyait pas.

— Eden, est-ce que je dois appeler la police ? finit-il par demander après un silence. Que t'est-il arrivé ?

Je m'affolai en l'entendant mentionner la police.

— Non ! S'il vous plaît, ne faites pas ça. Je... personne ne me recherche. Je ne suis pas une fugitive. C'est juste que... je n'ai plus personne. Ils ont tous... disparu. Pas la police, s'il vous plaît.

Ma voix se brisa et je lui adressai un regard suppliant, prête à fuir s'il s'emparait de son téléphone.

Felix me dévisagea, songeur.

— Qu'est-ce que tu sais faire, Eden ? Cuisiner ? Faire le ménage ?

Je secouai la tête.

— Je n'avais pas le droit de faire ce genre de choses. Je sais jouer du piano, affirmai-je, pleine d'espoir.

C'était mon seul talent.

Felix haussa les sourcils.

— Vraiment ? Eh bien, il se trouve qu'une de mes petites-filles veut prendre des cours de piano. As-tu le niveau pour lui apprendre à en jouer ?

J'acquiesçai silencieusement.

— Oui. Oui, je peux lui apprendre.

— Bien. Voilà donc l'arrangement que je te propose : tu es embauchée. Le gîte et le couvert sont compris dans ton salaire. Et ton job consiste uniquement en des leçons de piano pour ma petite-fille, Sophia. C'est tout. Est-ce bien clair, Eden ?

Je hochai la tête. Je ressentais quelque chose qui ressemblait un peu à de l'espoir. Je serais en sécurité, à l'abri et nourrie. C'était déjà ça.

— Bien. Voilà qui est réglé. Je suppose que vu où tu étais hier soir, tu ne possèdes rien d'autre que les vêtements que tu as sur le dos ?

Je secouai la tête, les yeux baissés.

— Je suis désolée. Une fois que j'aurai gagné un peu d'argent, je pourrai m'acheter d'autres habits... plus décents...

Je laissai ma phrase en suspens, mais Felix balaya l'air d'un revers de main.

— Je vais t'avancer de l'argent pour que tu puisses t'habiller. Marissa ira faire du shopping pour toi. C'est la femme que tu as rencontrée hier soir.

Je hochai la tête et examinai Felix. Il avait une soixantaine d'années mais il était encore séduisant, avec ses yeux bleus et ses cheveux grisonnants.

— Felix, je ne comprends pas pourquoi vous faites ça pour moi, finis-je par dire.

Il me dévisagea un instant puis reporta son attention sur une rangée de flacons de médicaments que je n'avais pas remarquée auparavant. Il en attrapa un, dévissa le bouchon et fit glisser un cachet sur sa paume avant de me répondre. Je remarquai que sa main tremblait. Était-il malade ?

— Parce que j'ai pris la mauvaise décision hier en voyant ce qui s'était passé dans ma boutique, répondit-il d'un air pensif. Quand je t'ai revue devant cet abri pour SDF, j'y ai vu l'opportunité de réparer mes torts. J'ai déjà fait le mauvais choix une fois dans ma vie, Eden, et je n'ai jamais eu la possibilité de réparer. Est-ce que tu comprends ce que je veux dire ?

— Je crois que oui, répondis-je à mi-voix.

— Eh bien, voilà donc qui est réglé. Tu as un endroit où dormir et j'ai un professeur de piano. En parlant de piano, il faut le faire accorder. Personne n'y a touché depuis des années. (Un éclair de tristesse traversa son regard puis disparut aussitôt.) Repose-toi aujourd'hui, poursuivit-il en se levant. Tu rencontreras Sophia demain. Si tu as besoin de quoi que ce soit, demande à Marissa.

— Merci.

La gratitude et le soulagement emplirent mon cœur et me suffoquèrent. Felix ralentit en passant à côté de moi mais ne prononça pas un mot, et quelques instants plus tard, j'entendis une porte se fermer dans le couloir.

Je passai la matinée dans ma nouvelle chambre à lire les livres posés sur la table de chevet pour m'évader et à pleurer, roulée en boule, quand je ne parvenais pas à retenir mes larmes.

À l'heure du déjeuner, j'entendis Felix rentrer. Peu de temps après, la sonnette retentit, et pendant l'heure qui suivit, je discernai le bruit d'un piano qu'on accorde.

Lorsqu'on frappa à ma porte, j'ouvris pour me retrouver face à Marissa, qui me souriait.

— Le déjeuner est presque prêt et le piano est accordé, si tu veux l'essayer.

— Merci, Marissa. Mais vous n'êtes pas obligée de me préparer à manger. Je peux le faire.

Elle agita la main et tourna les talons.

— Ça ne me dérange pas.

— Marissa ? la rappelai-je.

— Oui ? demanda-t-elle en faisant volte-face.

Je m'éclaircis la voix.

— Est-ce que Felix... euh... vous permet de sortir ?

Elle fronça les sourcils, perplexe.

— Qu'est-ce que tu entends par là ? Sortir de la maison ?

Je sentis le rouge me monter aux joues.

— Oui. Je veux dire, si vous en avez envie. Est-ce qu'il vous y autorise ?

— Oui, bien sûr. Je suis libre d'aller où je veux, comme toi, répondit-elle, en me lançant un regard un peu préoccupé.

— D'accord, murmurai-je.

Marissa me dévisagea un instant puis hocha la tête et tourna les talons. J'empruntai le couloir jusqu'au salon où j'avais aperçu un piano à queue, m'assis sur le banc et pris une profonde inspiration avant de poser les mains sur le clavier. Quand je commençai à jouer, j'eus l'impression d'être de nouveau là-bas, dans le grand chalet, exhibée devant le conseil. Je fermai les yeux et des larmes coulèrent lentement sur mes joues.

J'entendis quelqu'un parler et je soulevai les paupières, concentrée sur les paroles qui me parvenaient de la pièce d'à-côté. Malgré la musique, je distinguais parfaitement ce qu'ils disaient, l'acoustique parfaite de la pièce rendant leurs propos très clairs.

— Elle est douée, entendis-je dire Felix.

— Elle est plus que ça, Felix, répondit une autre voix masculine, celle de l'accordeur, supposai-je. D'où vient-elle ?

— Je l'ignore. Elle ne me l'a pas dit. Mais elle a l'air tellement triste.

Un silence.

— J'ai connu une autre pianiste qui apportait une dimension identique à la musique.

— La tristesse ? demanda Felix.

— Plus que ça. Un cœur brisé, affirma l'autre sur un ton très bas.

Ils se turent et la musique se déversa de mes mains, de mon cœur, de la douleur de mon âme, de toutes mes blessures. Et chaque note avait pour écho le même prénom... *Calder, Calder, Calder.*

*
*   *

Calder

La rue vacillait dix étages plus bas. La promesse de la dureté du ciment et de l'oubli qu'il me procurerait ensuite m'appelait. Je n'avais pas envie de résister. J'espérais ressentir au moins quelques secondes de douleur insoutenable avant de disparaître. Je le méritais. Je ne voulais pas d'une mort douce. *Avait-elle souffert ? Avait-elle crié mon nom dans le noir lorsque l'eau l'avait submergée avant d'emplir ses poumons d'une terreur suffocante ?* Un sanglot, longue inspiration torturée, s'échappa de ma gorge et je pris une nouvelle gorgée au goulot de la bouteille à moitié vide que je tenais à la main. Le liquide coula lentement dans ma gorge comme une traîne de feu. *De feu.*

— Calder, fit la voix de Xander, basse et effrayée. Mon frère, donne-moi la main.

Je secouai la tête avec véhémence, ce qui me fit chanceler sur le rebord sur lequel j'étais assis en équilibre instable. Il suffirait que je m'incline un peu, que j'en aie ne serait-ce que l'intention, et je plongerais vers la mort qui m'attendait en contrebas. *Vers elle.*

— Non, Xander, répondis-je d'une voix un peu pâteuse.

J'étais ivre, mais pas suffisamment pour ne pas avoir les idées claires. Ou du moins le pensais-je.

— Qu'est-ce que tu fiches, Calder ?

Xander était lui aussi assis sur le rebord un peu plus loin. Je regardai dans sa direction, les yeux plissés. Il parlait d'une voix neutre mais je lisais de la panique dans ses yeux.

— Je m'en veux de te faire ça, mon frère. Mais ça fait trop mal. C'était ma faute. Je ne mérite pas de vivre.

— Pourquoi es-tu en vie, alors ? répondit Xander sur un ton doux et chantant comme une berceuse.

Quand j'étais petit, ma mère me chantait des berceuses quand je ne pouvais pas dormir. Et elle n'avait rien fait quand mon père avait allumé le feu de mon bûcher. Il ne fallait pas que je pense à ça. Mes épaules s'affaissèrent et je sentis mes joues mouillées de larmes lorsque la brise effleura mon visage.

— Tu sais ce que je pense ? Je pense que tu es en vie parce qu'il y a une bonne raison à ça. Tu es le seul à avoir survécu ce jour-là. Le *seul*. Et je refuse de croire que ce serait pour rien. Je ne peux pas croire non plus que tu n'as pas tendu la main sous les décombres et l'eau pour que je puisse te sauver. Et je veux t'aider à découvrir pourquoi, Calder. Prends de nouveau ma main. Prends-la et laisse-moi t'aider.

Je le considérai, envahi par un chagrin encore plus grand. Je pris une nouvelle rasade d'alcool.

— Tu m'as porté sur ton dos pendant trente kilomètres, tu te souviens ? demanda-t-il, et sa voix se brisa. Trente kilomètres. Si tu ne l'avais pas fait, j'aurais été à Acadie ce jour-là, moi aussi. Je serais certainement mort. M'aurais-tu abandonné ce jour-là ? M'as-tu abandonné ce jour-là ?

Je lui lançai un regard perplexe.

— Non. Jamais je n'aurais fait ça.

— Alors prends ma main. Laisse-moi te porter. C'est mon tour. Ne me refuse pas ça. La moitié de ce que...

— Je sais, suffoquai-je.

Je penchai la tête et m'abandonnai à la douleur, les épaules secouées par des sanglots silencieux. Quand ils s'atténuèrent un peu, je murmurai un pathétique « Putain ». Je m'essuyai le visage d'un revers de manche et balançai la bouteille sur le côté. J'aurais aimé me bourrer davantage la gueule mais je n'aimais pas l'alcool.

— Cette vie est trop longue, finis-je par constater.

— Tu dis ça parce que tu souffres et que tu as l'impression que ça ne s'arrangera jamais.

— Ça ne s'arrangera jamais.

— Si. Tu dois essayer. Calder, tu dois faire un effort.

— J'ai essayé, je te rappelle ! Ça fait quatre mois que j'essaye !

— Il faudra plus de quatre mois. C'est comme ça.

Je poussai un long soupir en contemplant le ciel. Des nuages sombres et tourmentés se rapprochaient. Le ciel ne tarderait pas à s'effondrer, exactement comme moi, et la pluie à tomber.

Nous gardâmes le silence pendant quelques minutes. Mes pensées se bousculaient.

— L'identification des corps a avancé ?

— Non, répondit Xander. Tu sais bien que je te le dirais si c'était le cas.

Xander regardait les infos et écoutait les rapports sur Acadie. J'en étais incapable.

J'acquiesçai.

— Ils n'ont toujours pas évoqué la possibilité qu'il y ait eu des rescapés ?

Ma voix se brisa en prononçant le dernier mot.

Xander secoua la tête, plein de compassion.

— Les empreintes de pas que tu as vues dans la boue...

— Non, mon frère. Et elles auraient pu appartenir à..., je ne sais pas. S'il te plaît, Calder. Prends ma main.

Je me détournai, le visage de nouveau levé vers le ciel.

Xander me considéra un instant avant de fixer la bouteille de whiskey brisée.

— Si tu veux tourner la page, il faut arrêter de t'anesthésier.

Je me redressai lentement.

— Je ne bois pas pour m'anesthésier, répondis-je en le regardant droit dans les yeux. (Je savais que les miens étaient gonflés.) Je bois pour ressentir les choses plus profondément. Je bois pour souffrir.

Xander me dévisagea.

— Seigneurs dieux, marmonna-t-il. Raison de plus pour arrêter. Tu ne mérites pas de t'infliger ça.

— Oh si, suffoquai-je. Bien sûr que si.

— Ce n'était pas ta faute, Calder. Tu n'es coupable de rien.

Je secouai la tête, incapable d'articuler un mot. C'était vraiment ma faute. Elle n'était pas là parce que je n'avais pas réussi à la sauver. J'avais failli. Et elle me manquait tellement que certains jours je ne pouvais même pas bouger. Le chagrin m'écrasait de tout son poids et je n'envisageais alors qu'une seule issue, la mort. Mais, et si...

— Et si, en me suicidant, je me retrouvais à un endroit où elle n'est pas ? demandai-je d'une voix à peine audible dans le vent.

Xander ne répondit pas tout de suite.

— Je ne sais pas si ça marche comme ça. J'ai bien envie de te dire que oui pour te faire descendre de ce rebord, mais tu sais bien que je ne te mentirais jamais, n'est-ce pas ? La vérité, c'est que je n'en sais rien.

Il baissa la tête sans me quitter des yeux. Je considérai de nouveau le ciel.

— Calder, je ne vais pas prétendre comprendre ce que tu ressens, mais j'ai également perdu des gens que j'aimais. Et Eden était mon amie aussi.

Je poussai un profond soupir en hochant la tête. Les parents de Xander, sa sœur, son beau-frère, ses amis... étaient morts eux aussi.

— Je sais.

— Laisse-moi t'aider. Et, je t'en prie, ne m'abandonne pas. Je ne dis pas ça pour te faire culpabiliser encore plus, mais parce que c'est la vérité. Si tu meurs, tu me manqueras et je me retrouverai complètement seul. Ne me fais pas ça, s'il te plaît.

J'examinai son visage, invariable constante de ma vie depuis toujours. Je poussai un profond soupir hésitant et lui tendis la main. Il bougea lentement mais se cramponna à moi si fermement que si j'avais décidé d'en finir, je l'aurais entraîné avec moi. Il ne me lâcherait pas. Je sentis les larmes inonder de nouveau mes joues et nous restâmes assis ainsi pendant plusieurs secondes, moi la tête basse. Je finis par me retourner en lâchant la main de Xander, fis passer mes jambes par-dessus le rebord et posai les pieds sur la surface solide du toit. Des gouttes de pluie tombèrent sur mon visage, douces comme des caresses.

J'encerclai mes genoux de mes bras et y enfouis le visage en sanglotant. Xander vint poser sa main sur mon épaule sans prononcer un mot. La pluie continuait à tomber. Elle trempait le dos de mon tee-shirt et coulait dans ma nuque, se mêlant à mes larmes. Au bout d'un moment, je cessai de pleurer et la pluie se transforma en une légère bruine. Je me redressai et regardai sans la voir la porte qui menait à notre appartement miteux avant de pousser un soupir. J'étais épuisé. L'alcool et le chagrin me donnaient envie de dormir. Peut-être que cette nuit je ne ferais pas de cauchemars.

— Tu sais ce que je vais faire, demain ? demanda Xander.

Je secouai la tête.

— Avec toi, tout est possible, répondis-je en m'essuyant la joue d'un revers de manche.

Xander se mit à rire.

— Ah, j'aime mieux ça, répliqua-t-il, et je distinguai de l'affection dans sa voix. Je vais m'arrêter dans ce magasin d'art devant lequel je passe tous les jours pour t'acheter du matériel. Peindre t'aidera peut-être. Qu'est-ce que tu en penses ?

Je me passai la main dans les cheveux.

— Je ne sais pas si j'en serai capable, répondis-je, sincère. Ce sera peut-être trop douloureux. D'un autre côté, tout est pénible, ajoutai-je après un silence.

— Je vais me procurer du matos et tu verras ce que tu en feras, d'accord ? fit-il en me pressant de nouveau l'épaule.

— On n'a pas vraiment les moyens.

— Bien sûr que si. J'ai décidé de maigrir, de toute façon.

Je secouai la tête en produisant un son qui ressemblait vaguement à un rire.

— Rentrons, poursuivit Xander. Il nous reste deux boîtes de ces haricots que tu aimes tant.

— Beurk, répliquai-je avec une grimace.

Mais je le suivis, loin du rebord et loin d'Eden, mais jamais loin de la douleur qui avait pris possession de mon âme et n'en partirait jamais.

Livre deux

CINCINNATI, OHIO

« Aucun homme ni aucune femme...
ne peut échapper à son destin. »

HOMÈRE, L'Iliade

CHAPITRE 1

Trois ans plus tard

Eden

— Eden ? Euh, mademoiselle... je suis désolé, mais je ne vois pas votre nom de famille, fit l'avocat, M. Sutherland, en feuilletant ses papiers.

— Oui, c'est quoi votre nom de famille, d'abord ? demanda sèchement Claire, la fille de Felix, en se penchant pour me regarder par-delà Marissa. Je ne pense pas l'avoir jamais entendu.

Je cillai et revins au présent. J'avais décroché en pensant au nombre de fois où j'avais essayé d'engager la conversation avec Claire et son frère, Charles, ces dernières années, malgré le désespoir et l'infini chagrin que j'essayais de surmonter jour après jour. Je n'avais jamais rencontré que du dédain de leur part. Et maintenant Felix était mort et nous étions tous assis dans le bureau de son avocat, qui nous avait convoqués pour nous donner ce à quoi Felix travaillait sur son lit de mort. À la question de mon nom de famille, je jetai un regard à Marissa. Cette dernière consulta sa montre.

— Monsieur Sutherland, je ne voudrais pas vous presser, mais je sais qu'Eden a une leçon à donner et j'ai un autre rendez-vous cet après-midi.

L'avocat s'éclaircit la voix.

— Oui, bien sûr. Nous en avons terminé, de toute façon. Madame Forester, j'ai juste besoin de votre signature ici et mon assistante vous enverra une copie des documents par courrier.

Marissa s'exécuta avant de ranger son stylo dans son sac à main.

Je m'agitai sur le bord de ma chaise, cramponnée à la grande enveloppe que m'avait donnée monsieur Sutherland, celle avec mon nom écrit dessus de la main de Felix, de cette calligraphie épaisse qui me fendait le cœur. *Oh, Felix, je n'arrive pas à croire que tu sois mort.*

— Attendez un instant, fit Charles, qui était assis à la droite de sa sœur. Que contient son enveloppe exactement ? On voudrait savoir...

— Rien de plus qu'une lettre personnelle, répondit impatiemment monsieur Sutherland. Je vous l'assure, Charles. La même chose que dans les vôtres, ajouta-t-il avec un geste du menton en direction de celles que le frère et la sœur avaient en main.

— Si nous pouvions juste inspecter la sienne... commença Charles.

Monsieur Sutherland eut l'air ennuyé.

— Je suis certain que mademoiselle... (Il me lança un coup d'œil avant de se tourner à nouveau vers Charles)... qu'*Eden* serait toute disposée à vous apaiser en vous montrant le contenu de son enveloppe si ça nous permet d'en finir avec cette réunion...

Je poussai un soupir et observai l'avocat, le cœur battant à tout rompre. Cette lettre était tout ce qui me restait de Felix, il était hors de question de les laisser me la prendre. Je ne voulais même pas qu'ils la lisent. Marissa posa une main sur mon genou.

Cela vint comme un murmure, comme cela se produisait parfois. *Sois forte, Belle de Jour.*

Je me levai en tenant l'enveloppe contre moi comme un gilet de sauvetage.

— Non, je ne vous la confierai pas, répliquai-je d'une voix un peu tremblante. Si vous étiez si intéressés par les affaires personnelles de votre père, vous auriez pu lui poser des questions pendant qu'il était *encore en vie*. Vous auriez répondu au moins une fois présent aux invitations à déjeuner le dimanche, vous lui auriez téléphoné et vous seriez restés plus de trois minutes quand vous veniez chercher Sophia après sa leçon. (Je rivai les yeux sur Claire.) J'ai essayé de faire votre connaissance. Je voulais que nous soyons amies. (La peine me submergea et je m'interrompis un instant.) Mais ça ne vous intéressait pas. Ce n'est pas grave. Mais je ne vous laisserai pas inspecter le contenu de cette enveloppe parce que même si vous ne le croyez pas, j'aimais Felix.

Je m'interrompis de nouveau pour ravaler la boule de chagrin qui me serrait la gorge. Ils avaient l'air sidéré. C'était la première fois que je m'adressais à eux sur ce ton. Je pris une profonde inspiration et repris d'une voix plus douce mais forte et claire :

— Felix était une véritable figure paternelle pour moi. Vous ne savez rien de moi parce que vous n'avez jamais posé de questions mais votre père m'a aidée au moment où j'en avais le plus besoin. Vous ne pouvez pas imaginer ce que ça représente pour moi. (Je les regardai tour à tour.) La réponse est non, répétai-je. Je ne vous montrerai pas cette missive.

L'avocat avait dit qu'il s'agissait d'une lettre. Pour quelqu'un d'autre, ça aurait été sans importance, mais c'était tout ce que j'aurais jamais de Felix. Je ne possédais pas grand-chose, mais ça, oui, et ce n'était pas deux personnes qui me détestaient et qui avaient choisi de ne jamais se montrer ne serait-ce qu'aimables avec moi qui me la voleraient. Je m'y cramponnai plus fermement encore.

— Attendez une minute, fit Claire en se levant et en brandissant l'index dans ma direction. Vous ne savez rien de nous non plus. Je vous interdis de nous juger, espèce de croqueuse de diamants.

— Claire, Charles... intervint Marissa.

— Croqueuse de diamants ? répétai-je, incrédule. Je n'ai jamais accepté un centime de votre père que je n'aie pas gagné. Pas un seul.

Monsieur Sutherland se leva à son tour.

— S'il vous plaît, ce genre de choses peut facilement dégénérer et je le comprends, mais je vous rappelle que par testament votre père a partagé sa fortune équitablement entre vous, dit-il en désignant Claire du menton puis Charles.

Claire et Charles le fusillèrent du regard avant de me jeter un coup d'œil soupçonneux.

— D'accord, dit Claire. Gardez votre enveloppe. Vous n'aurez rien de plus. Vous avez quinze jours pour quitter la maison de notre père. Si vous voulez continuer à donner des cours de piano à Sophia, vous le ferez d'un autre endroit.

La douleur me transperça et je fis de mon mieux pour la dominer. J'avais fait beaucoup de chemin ces trois dernières années. Je n'étais plus la fille incompétente et docile qui avait échoué, brisée et affamée, sur le perron de Felix. J'avais découvert que j'étais plus forte que ce que je croyais et je m'étais fait deux amis, Marissa et Felix. Pourtant, voilà que je me retrouvais seule. Encore une fois.

Je pinçai les lèvres pour ne pas rajouter d'huile sur le feu. J'aimais beaucoup Sophia et je ne voulais pas qu'ils me l'enlèvent, même si je ne la voyais que deux fois par semaine. Je me réconfortai en pensant que même s'ils ne m'aimaient pas, ils savaient que j'étais un bon professeur de piano. Les résultats de Sophia parlaient d'eux-mêmes.

Et puis j'avais absolument besoin de ce revenu.

— Bien, dit monsieur Sutherland en contournant son bureau. (Il avait manifestement décidé que c'était le bon moment pour nous mettre à la porte. Qui aurait pu lui en vouloir ?) Merci à tous d'être venus. Felix n'était pas seulement un client mais aussi un bon ami. Il nous manquera.

Marissa se leva, les yeux baissés, et opina.

— Oui, répondit-elle en prenant ma main, qu'elle pressa.

Je lui adressai un faible sourire et nous emboîtâmes le pas à Claire et Charles.

Monsieur Sutherland nous raccompagna jusqu'à la porte, où nous le remerciâmes une dernière fois en nous ignorant les uns les autres. Je me tournai vers lui juste avant qu'il referme la porte derrière nous.

— Raynes, dis-je à voix basse. Mon nom de famille est Raynes.

L'avocat me jeta un coup d'œil perplexe puis hocha la tête en souriant.

— Bonne journée, mademoiselle Raynes.

Je pivotai vers Marissa et m'emparai de sa main. Claire et Charles étaient déjà loin devant nous.

*

* *

Une fois de retour chez Felix, assise sur le lit dans lequel je m'étais réveillée, folle de chagrin et affamée, trois ans plus tôt, j'ouvris l'enveloppe d'une main tremblante.

Elle contenait un dossier sur lequel une lettre était fixée par un trombone. Elle était datée d'un mois plus tôt, juste avant que Felix ne devienne si malade qu'il n'avait plus que quelques brefs moments de lucidité.

Eden,

Si tu lis cette lettre, c'est que je ne suis plus de ce monde. J'espère vraiment que je n'écris cela que par mesure de sécurité et que j'aurai été en état de t'expliquer tout de vive voix, mais vu la dégradation de ma santé, je préfère prendre mes précautions. Je veux m'assurer que tu ne te retrouves pas sans rien. Je ne supporte pas l'idée de savoir que tu te poses autant de questions qu'à ton arrivée. Je n'exprime pas facilement mes émotions, mais je veux que tu saches que ces trois dernières années, mon affection pour toi n'a fait que croître. Et j'aime à penser que tu as trouvé en moi un père de substitution et que tu as développé autant d'affection à mon égard. Sache que j'essaie par cette lettre de prendre soin de toi même après ma mort.

Je pense que tes parents s'appellent Carolyn et Bennett Everson.

Je poussai un petit cri et laissai tomber le dossier sur mon lit. Les coins de deux photos de vingt centimètres sur vingt-cinq glissèrent hors de la chemise et je les considérai un instant avant de m'en emparer. Mon cœur cessa de battre un court instant avant de reprendre sa course erratique. J'examinai la première photo. C'était ma mère. J'en étais certaine. Des images floues surgirent dans mon esprit : un rire, un parfum fleuri. *Ce visage.* C'était le mien en plus vieux. *Elle est vivante ? Ma mère est en vie ? Comment ?* Avant de regarder la seconde photo, je repris la lettre de Felix d'une main tremblante.

Je pense que tu as été enlevée, Eden. Je me demande comment tu peux ne pas le savoir. J'ai des questions à te poser et j'espère pouvoir le faire en personne une fois que j'aurai terminé mon enquête. Mais au moment où j'écris cette lettre, je n'en sais pas plus. Si je meurs, j'espère que ce sera suffisant pour que tu trouves des réponses toute seule.

J'ai commencé à enquêter il y a quelques mois et quand je suis tombé sur la photo d'une Eden Everson dans la base de données des enfants disparus, j'ai immédiatement pensé que c'était toi.

Tes parents ont déclaré ta disparition il y a quatorze ans. Tu as fait la une des journaux pendant des mois, notamment parce que ton père était considéré comme suspect. Il avait été impliqué dans un scandale financier quelques mois auparavant et la police le soupçonnait d'avoir trempé dans quelque chose qui aurait mené à ta disparition. Il a nié jusqu'à sa mort. Il s'est suicidé après avoir laissé une lettre qui proclamait son innocence et son chagrin. Après la mort de ton père, ta mère a disparu. Je peux imaginer qu'après tout ce qu'elle avait enduré, elle ne supportait plus d'être sous le feu des projecteurs.

Mon détective l'a retrouvée : elle s'est remariée et s'appelle désormais Carolyn Collins. Son second époux est décédé l'année dernière. Elle n'a jamais eu d'autre enfant. Son adresse est dans l'enveloppe.

Avec l'aide d'un ami proche qui possède Cincinnati Savings and Loans, *j'ai ouvert un compte au nom d'Eden Everson. Je sais que tu as économisé tout l'argent que je t'ai versé jusqu'à présent et que tu as de quoi tenir jusqu'à ce que tu puisses enfin te procurer des papiers d'identité à ton vrai nom et accéder à l'argent que je t'ai laissé. C'est la seule façon que j'ai trouvée pour que Claire et Charles n'en sachent rien.*

J'aurais dû mener cette enquête plus tôt mais toi, ta musique, le sourire que tu fais naître sur les lèvres de Sophia (et sur les miennes), toute la joie que tu as apportée dans cette maison m'ont rendu égoïste. Je voulais t'apporter du réconfort et panser tes blessures, j'espère y être un peu parvenu. J'espère avoir été un refuge temporaire dans la tempête. Il est temps pour toi, ma chère Eden, de poursuivre ton voyage. Il est temps de faire preuve de courage et de sortir pour trouver ta famille, ta vie, ton destin. Je sais au plus profond de mon cœur qu'il sera merveilleux.

Avec tout mon amour,
Felix

La tristesse, le choc et l'espoir se livraient bataille en moi. J'essuyai les larmes qui coulaient sur mes joues et ravalai la boule qui s'était formée dans ma gorge. *Felix. Tu m'as vraiment sauvée, de tant de manières que je ne peux pas toutes les compter*, songeai-je en pensant à la jeune fille effrayée et psychologiquement brisée qui était descendue du bus trois ans plus tôt. D'une certaine manière, j'étais encore cette fille-là, mais j'avais aussi appris à puiser dans cette force que Calder voyait en moi.

J'aimais à penser qu'il le savait et qu'il était fier de moi. Où qu'il soit, j'espérais qu'il me voyait et m'appelait sa courageuse Belle de Jour.

Felix était venu à mon secours et il m'avait donné un foyer, un but et un endroit où faire mon deuil. Je ne leur avais jamais avoué, à Marissa et lui, d'où je venais, pas même lorsque j'avais vu les reportages sur Acadie, où tout le monde avait péri. Mais ils savaient que j'étais émotionnellement brisée et ils m'avaient laissé le temps de me reconstruire à mon rythme. Même si ces trois dernières années avaient été un long tunnel de souffrance et de tristesse, grâce à eux, j'avais aussi été consolée.

De plus, Felix m'avait rendu ma musique. J'étais fière que ma petite élève aime à présent autant le piano que moi. Elle m'avait redonné l'espoir de pouvoir trouver du plaisir dans les petites choses de la vie. Elles étaient certes peu nombreuses. Et fugaces. Mais elles étaient bien réelles et elles m'aidaient à survivre.

Après avoir séché mes larmes, j'examinai le second cliché, celui d'un bel homme blond. J'inclinai la tête sur le côté en essayant de le reconnaître et même si j'eus l'impression qu'il ne m'était pas tout à fait étranger, je ne ressentis pas du tout la même émotion que face à la photo de ma mère.

Je la reposai pour feuilleter le reste du dossier. Ce que j'y trouvai corroborait ce que Felix m'avait écrit, à l'exception du scandale impliquant mon père.

En dernier, je tombai sur la photo provenant de la base de données des enfants disparus. Je la contemplai pendant de longues minutes, le cœur battant à tout rompre. C'était bien moi, aucun doute là-dessus. Eden Everson. Mon nom était Eden Everson. *Est.* Est Eden Everson.

— Je m'appelle Eden Everson, murmurai-je.

Ce nom m'était complètement étranger.

J'étais une enfant disparue. On m'avait enlevée. Le choc et le chagrin me coupèrent le souffle. *Hector m'avait menti. Il m'avait kidnappée. Toutes ces années...*

n'étaient qu'un mensonge. Je regardai fixement le mur tandis que la vérité se frayait lentement un chemin jusqu'à mon cœur.

Puis je repris le dossier. La dernière feuille comportait une adresse dans le quartier de Hyde Park, à Cincinnati. Je pliai le papier et le rangeai dans mon sac à main.

Lorsque je glissai tous les documents dans l'enveloppe, je sentis que quelque chose de dur était resté au fond. Je retournai l'enveloppe : le médaillon que j'avais apporté dans la boutique de Felix, trois ans plus tôt, tomba sur mes genoux. Je poussai un petit cri et le tins serré contre ma poitrine. *Oh, Felix. Tu me manqueras toute ma vie.*

Je sursautai en entendant frapper à la porte.

— Entrez.

Le visage de Marissa apparut dans l'encadrement.

— Je voulais juste te dire que je suis rentrée, ma chérie.

— Merci, Marissa. (Je passai la langue sur mes lèvres sèches.) Marissa, je peux te demander quelque chose ?

Elle pénétra dans la pièce et s'assit sur le bord du lit.

— Tu as pleuré ? demanda-t-elle gentiment.

— Un peu. Ça va, ne t'inquiète pas. Felix m'a écrit une lettre et... est-ce que tu savais qu'il avait enquêté sur mon passé et mes origines ?

— Non, répondit Marissa, surprise. C'est toi qui le lui avais demandé ?

— Non... Je... ça ne me contrarie pas. Il a retrouvé mes parents.

— Tes parents ? répéta Marissa, sidérée. Je croyais qu'ils étaient morts.

Je fronçai un peu les sourcils et hochai la tête.

— Moi aussi. Mais ce n'est pas le cas. Du moins, ma mère est en vie, conclus-je en baissant les yeux vers le dossier.

— Qu'est-ce que tu vas faire ?

— Je pense que je vais aller la voir.

Je crois.

Marissa me dévisagea sans me poser de questions. Elle était comme ça. Je savais qu'elle ne se montrerait jamais indiscrète à moins que je ne le lui permette.

— Tu sais que j'aimerais pouvoir te garder ici, fit-elle d'une voix pleine de regret.

— Je sais. J'ai de l'argent, à présent, assez pour pouvoir louer une chambre. (Je plongeai les yeux dans son regard bienveillant.) Je sais que si la maison était à toi, tu me laisserais rester.

Je m'emparai de sa main et la pressai. Ses yeux s'emplirent de tristesse. Je lui manquerais autant qu'elle me manquerait.

— Tu as trouvé un appartement ?

— J'en ai visité quelques-uns. Il faut juste que je me décide.

Ils étaient tous minuscules et miteux : je n'avais pas les moyens de louer mieux, mais au moins, je serais chez moi.

— Dis-moi quand tu seras prête.

— Oui.

Marissa signerait le bail, vu que je n'avais pas de papiers d'identité. *Du moins pas encore.* Un monde de possibilités s'ouvrait à moi et j'avais du mal à les ordonner. *J'ai un nom.*

Marissa me jeta un regard inquiet.

— Eden... (Elle pinça les lèvres et refoula ses larmes.) Il y a trois ans, quand tu es arrivée ici, tu m'as demandé si Felix te laisserait sortir si tu en avais envie.

Je pris une profonde inspiration en contemplant mes ongles.

— Oui, dis-je en relevant la tête. Je m'en souviens.

— Felix ne t'aurait jamais empêchée de faire quoi que ce soit. Mais on dirait... on dirait bien que tu as choisi de te maintenir *volontairement* en captivité. Tu ne sors jamais et tu passes le plus clair de ton temps enfermée dans ta chambre, constata-t-elle avec un air compatissant. J'espère que tu verras dans ce changement une chance de te mettre à vivre pour de bon. Je crois vraiment en toi. Et Felix aussi.

Mon cœur se serra. Étais-je prête ? Le serais-je jamais ? J'adressai un sourire à Marissa.

— Je vais essayer, promis-je.

Elle hocha la tête avec un petit sourire triste.

— Tu veux bien me parler de lui ?

Je m'étais toujours demandé ce qui emplissait le regard de Felix d'une tristesse infinie quand il croyait que personne ne faisait attention à lui et ce qui s'était passé entre ses enfants et lui.

Marissa m'observa un instant.

— Tu lui ressembles un peu. Sauf que tu possèdes un courage qu'elle n'a jamais eu.

— Qui ça ?

Marissa détourna la tête vers la fenêtre. Elle avait les yeux brillants.

— Lillian. La femme de Felix.

J'avais vu sa photo mais personne ne parlait jamais d'elle.

Marissa garda le silence si longtemps que je pensai qu'elle n'en dirait pas plus.

— Les parents de Felix étaient des immigrants, finit-elle par dire cependant. Ils lui ont inculqué une véritable éthique du travail. Pour eux, celui-ci primait sur tout. Ça et le soutien que l'on doit à sa famille. (Elle s'interrompit pour rassembler ses souvenirs.) Quand il a épousé Lillian, j'ai tout de suite remarqué que c'était une femme délicate et tendre qui avait besoin d'être rassurée en permanence. Quand Felix lui prêtait attention, elle devenait radieuse. Et inversement, elle s'éteignait en son absence. Il était très souvent... absent. Lillian a dû lui dire qu'elle se sentait ignorée, je suppose, poursuivit-elle après un silence. J'entendais leurs disputes et ses crises de larmes. Mais pour Felix, à l'époque, le travail était plus important que tout. Son entreprise se développait et c'était ça dont il s'occupait surtout. Lillian, elle, s'est fanée. Je l'ai vue tellement de fois guetter son retour par la fenêtre quand il avait promis de rentrer dîner... pour son anniversaire ou leur anniversaire de mariage. Leurs enfants ont grandi, ils avaient leur propre vie et la solitude de Lillian n'a fait que croître. Et puis le diagnostic est tombé. Cancer. Quand ils s'en sont rendu compte, elle n'avait plus beaucoup de temps à vivre. Elle est morte en quelques mois.

Elle secoua la tête, les larmes aux yeux.

— Oh, non, murmurai-je. Je l'ignorais.

— Il n'en parlait jamais. (Elle se tourna vers moi.) Après ça, il a changé. Il a arrêté de se consacrer uniquement à son travail. Il a accordé du temps à sa famille. (Elle haussa les épaules.) Mais certaines choses arrivent trop tard. Ses enfants lui en veulent. Ils ne lui pardonneront jamais. Felix... ne s'est jamais pardonné non plus. (Elle prit mes mains dans les siennes.) Quand tu es arrivée, il a vu là une deuxième chance de guérir un cœur blessé. Il ne l'a jamais formulé comme ça, bien sûr, mais je... je l'ai bien vu. Tu l'as sauvé, toi aussi, Eden.

J'essuyai la larme qui coulait sur ma joue.

— C'était un homme bon, soufflai-je.

Marissa hocha la tête.

— Oui. (Son regard devint vague et elle esquissa un faible sourire.) C'est drôle de voir à quel point nous sommes ballottés dans ce monde de fous. Nos histoires et nos chagrins s'imbriquent les uns dans les autres et changent la donne, parfois pour le meilleur et parfois pour le pire. Eh bien, poursuivit-elle en me tapotant le genou, j'aime à croire que ton histoire et celle de Felix se sont rencontrées pour une bonne raison et que vous vous êtes mutuellement guéris un peu.

— Oui, répondis-je en essayant de ne pas sangloter. Je ne sais pas où je serais sans lui. Et sans toi.

Je lui souris et essuyai ma dernière larme. Elle me sourit en retour avec chaleur, me serra contre elle puis se leva. Quand elle quitta la pièce, je me laissai tomber sur mon lit en réfléchissant à ce qu'elle avait dit sur nos histoires et sur la façon dont nous influencions la vie des autres, tous les jours, chaque minute, que nous le voulions ou non. Je fermai les yeux et imaginai des gens en train de marcher, laissant derrière eux un sillage d'aveuglante lumière blanche. Certaines traînées lumineuses se rencontraient, s'enchevêtraient et changeaient de couleur en se combinant. Et c'était douloureusement magnifique.

CHAPITRE 2

Eden

Debout devant la porte noire ouvragée, j'inspirais et expirais lentement. Je tremblais légèrement, les poings serrés contre mes flancs. *Et si Felix s'était trompé ? Et s'il avait raison mais qu'elle ne voulait pas me voir ?* Je n'avais pas dit à Marissa où j'étais. J'avais pris le bus et fait le reste du chemin à pied pour atteindre l'adresse donnée par Felix. Je devais agir seule, comme ça, si je changeais d'avis, personne ne le saurait.

Je contemplai le heurtoir en forme de tête de lion en essayant de rassembler mon courage pour l'actionner. Il m'intimidait alors que je tremblais déjà comme une feuille, effrayée. Je pris une profonde inspiration et frappai à deux reprises. Je jetai un coup d'œil par-dessus mon épaule, vers l'escalier qui menait au trottoir. Ce quartier de Cincinnati était rempli de vieilles maisons élégantes aux jardins bien entretenus avec des arbres gigantesques et très anciens, qui avaient tous leurs histoires à raconter. J'entendis un bruit de pas de l'autre côté de la porte et je carrai les épaules en inspirant profondément.

La porte s'ouvrit à la volée et elle apparut. Ma mère. Je la reconnus immédiatement. Pas tant son visage, qui certes ressemblait beaucoup au mien, que la *sensation* qui m'envahit et qui était exactement la même que lorsque j'avais pensé à elle durant les quatorze dernières années.

Je me mis à trembler encore davantage. *Jadis j'appartenais à quelqu'un. À elle.*

Je la regardai en clignant des yeux pour enregistrer ses traits. Elle était un peu plus grande que moi, probablement un mètre soixante-cinq, et ses cheveux blonds étaient coupés au carré juste sous sa mâchoire. Elle portait un jean sombre et un pull blanc. *Elle était réelle. Elle était vivante,* juste là devant moi. Des émotions trop nombreuses pour que je puisse les démêler me submergèrent.

Elle inclina la tête en fronçant les sourcils. Elle ouvrit la bouche puis la referma.

— Pardon... En quoi puis-je... (Elle s'interrompit et cilla.) Excusez-moi mais, je vous connais ?

— Je suis Eden, répondis-je d'une voix si basse que je ne fus pas certaine d'avoir parlé à haute voix. Je pense que je suis ta fille.

La femme, *ma mère,* écarquilla les yeux et fit un pas en arrière en posant les mains sur sa poitrine.

— Molly, fit-elle d'une voix tremblante à l'attention de quelqu'un qui devait se trouver à l'intérieur de la maison. Oh, Molly...

Puis elle vacilla et s'effondra dans les bras d'une jeune femme blonde qui la retint in extremis.

— Bon sang ! s'écria la jeune femme. Carolyn !

Je me précipitai pour aider Molly à étendre Carolyn sur le divan du grand salon juste à côté de l'entrée.

— Je suis navrée, murmurai-je en plaçant les pieds de Carolyn sur le sofa. Je n'ai pas fait ça de manière très délicate. Mon Dieu ! Tu n'es qu'une idiote, Eden. J'étais tellement... je n'ai pas réfléchi.

Je m'étais préparée du mieux possible pour cette rencontre. Mais pas elle.

Je me redressai et contemplai Carolyn, inquiète. Elle avait rouvert les yeux et me dévisageait, sous le choc.

— Nom de Dieu, marmonna la jolie fille à côté de moi. (Je levai les yeux vers elle : elle me détaillait, sans se cacher.) Ce n'est pas possible, fit-elle en secouant un peu la tête comme pour essayer de se réveiller. Qu'est-ce qu'il se passe ?

Je pris une profonde inspiration.

— On ne devrait pas lui passer un gant sur le visage ? demandai-je avec un signe de tête en direction de Carolyn.

Molly cligna des yeux et parut se rappeler de sa présence.

— Oh, oui, euh, bien sûr. Je reviens tout de suite.

Une fois que Molly eut quitté la pièce, je m'assis sur le sofa à côté de Carolyn et lui pris les mains. Elle ne me quittait pas des yeux, bouche bée sous l'effet de la sidération. Je pris une profonde inspiration.

— Je suis désolée, chuchotai-je.

Ses mains agrippèrent les miennes et une larme coula lentement sur sa joue. Sa poitrine se soulevait et s'abaissait rapidement. Elle ouvrit la bouche mais aucun son n'en sortit.

— Je sais, dis-je dans un souffle en lui pressant les mains. Je comprends.

— Comment ? Où ? couina-t-elle.

Mais avant que j'aie eu le temps de répondre, Molly fit irruption dans la pièce, s'agenouilla près de Carolyn et posa un gant de toilette blanc sur son front.

Puis elle leva les yeux vers moi.

— Tu es vraiment *elle* ? demanda-t-elle. Comment c'est possible ? *Mon Dieu !* Il faut qu'on prévienne quelqu'un ? C'est quoi le protocole dans ces cas-là ? Bon sang !

— Je suis désolée, répondis-je avec un petit sourire. Tu es ma demi-sœur ?

Felix avait dit dans sa lettre que ma mère n'avait pas eu d'autre enfant mais peut-être que son deuxième mari en avait, lui. Les pensées bourdonnaient dans mon cerveau.

Molly secoua la tête.

— Non, je suis ta cousine. (Elle écarquilla les yeux.) Punaise, ma cousine est en vie. (Elle posa la main sur sa poitrine et prit une profonde inspiration pour se ressaisir, puis elle secoua la tête à de nombreuses reprises comme pour essayer de se rappeler qui elle était.) Je vis avec Carolyn depuis que ma mère, sa sœur, Casey, est morte, il y a cinq ans.

— Je suis navrée. Je suis ravie de te rencontrer.

Cette situation était surréaliste. Molly me dévisageait comme si elle pensait la même chose.

Carolyn tira sur ma main pour que je l'aide à se redresser. Elle le fit avec lenteur, le souffle court, et s'adossa au divan. Le gant glissa de son front dans ses mains et elle le rendit à Molly. Nous la considérâmes toutes les deux avec attention. Elle se cramponna à mon jean, me griffant presque. Son regard erra sur mon visage, mon corps, puis de nouveau mon visage.

— Eden, souffla-t-elle. Ma fille.

— Oui, répondis-je en hochant la tête.

— Tu es tellement belle.

Elle posa une main hésitante sur ma joue avant de la retirer. Son regard s'arrêta soudain sur le médaillon que je portais autour du cou et elle poussa un petit cri.

— Le médaillon ! s'exclama-t-elle. Ton père et moi te l'avons offert pour ton sixième anniversaire.

Des larmes roulèrent sur ses joues et elle tendit une main tremblante vers le petit bijou.

J'opinai, les larmes aux yeux. J'avais su qu'il m'appartenait dès que j'avais posé les yeux sur lui.

Molly, qui s'était relevée, gagna le bar situé à l'extrémité de la pièce et en revint avec un verre plein d'un liquide ambré. Elle le tendit à Carolyn, qui essuya ses larmes, jeta un coup d'œil au verre puis en avala le contenu en une seule gorgée. Elle poussa un soupir, s'adossa de nouveau au canapé et me regarda.

Molly avala un verre à son tour avant de faire un geste en direction de la bouteille pour me demander si j'en voulais un aussi. Je secouai la tête pour refuser et fixai toute mon attention sur Carolyn. *Ma mère.*

— Comment ? Où ? répéta Carolyn, cette fois-ci sur un ton plus assuré et plus calme. Eden, poursuivit-elle d'une voix tremblante, le visage décomposé. Est-ce qu'on t'a fait du mal ? (Elle s'empara de mes mains.) Je t'en prie, dis-moi que personne ne t'a fait de mal. Tu étais en sécurité ? S'il te plaît, dis-moi que oui, supplia-t-elle sur un ton désespéré.

M'avait-on fait du mal ? *Oui.* Avais-je été en sécurité ? *Non, pas du tout.* Mais je ne l'avouai pas parce que l'explication de ces deux réponses était compliquée et requerrait plus de courage que je n'en avais pour le moment. Je me contentai donc de répondre simplement :

— Hector. J'étais avec Hector.

Carolyn ferma les yeux un instant avant de murmurer :

— Tu t'es échappée d'Acadie.

— Tu as vu les infos ? Tu as vu Hector ?

Elle opina.

— Il n'y a jamais eu aucune photo d'Hector Bias, comme je suppose que tu le sais, et je ne le connaissais pas sous ce nom-là. Mais j'ai reconnu la *description* d'Acadie. J'en ai parlé aux policiers chargés de ton dossier mais, fit-elle en secouant la tête, il y avait tant de corps... tant qu'on n'a pas pu identifier. Comment es-tu parvenue à t'échapper avant... ?

— Je ne me suis pas échappée. J'étais là-bas quand c'est arrivé.

— Tu étais... fit Carolyn, sidérée. Mais *comment* ? Comment tu t'en es sortie ? Et comment tu m'as retrouvée ?

— Je te raconterai tout, du moins tout ce dont je me souviens, répondis-je en lui prenant la main et en savourant le fait que je touchais ma mère. Je veux aussi savoir tout ce que tu sais. J'ai des tas de questions.

J'espérais que Molly ne chercherait pas à appeler quiconque, et surtout pas la police. Je n'étais pas encore prête pour ça. Il me fallait le temps de me préparer.

Carolyn se cramponna à ma main et hocha la tête.

— Oui, Eden, tout ce que tu veux. Eden... ma fille...

Elle se mit à pleurer et ses larmes se transformèrent rapidement en sanglots. Molly s'assit sur le canapé et la prit dans ses bras. Je les regardai un instant, puis elles m'attrapèrent par le chemisier pour m'attirer à elles.

Nous pleurâmes en nous étreignant tandis que le monde continuait à tourner autour de nous.

*

* *

Le crépuscule descendait lentement sur Cincinnati. Nous étions assises au bord de la piscine, dans le patio. Le parfum des fleurs embaumait l'air et l'eau étincelait au soleil couchant. Le rideau de la nuit ne tarderait pas à s'abattre. Je me tournai vers ma mère et vers Molly.

— Et c'est là que je vis depuis trois ans, avec Felix et Marissa. Je donne des cours de piano. J'ai quelques clients, je gagne un peu d'argent...

Je laissai ma phrase en suspens en voyant leur expression abasourdie. C'était la première fois que j'avais parlé d'Acadie depuis que je m'en étais échappée... et même si j'avais tout raconté d'une voix monocorde en tenant soigneusement mes émotions à distance, c'était de nouveau une petite survie pour moi. Je poussai un long soupir.

— Bon sang ! s'exclama Molly. C'est... (Elle posa les yeux sur Carolyn.) Depuis trois ans, elle vit à dix minutes de chez nous.

La remarque de Molly me fit mal, et je vis que c'était douloureux aussi pour ma mère. Je ne savais pas quoi penser. D'un côté, savoir que nous avions été si proches et que nous ne le savions pas me causait du chagrin, mais de l'autre, si je l'avais retrouvée tout de suite, je n'aurais pas rencontré Felix. Et je ne pourrais pas souhaiter ça, jamais.

Carolyn me saisit la main et la pressa.

— Oh, ma chérie, tu as vécu un véritable enfer, constata-t-elle, affligée. (Elle s'interrompit et prit une profonde inspiration avant de continuer.) Comme je te l'ai dit, je suis allée trouver la police quand j'ai appris ce qui s'était passé à Acadie, mais ton corps n'a pas été retrouvé, évidemment... Mais je savais, tu entends, je savais que c'était Hector Bias qui t'avait enlevée, même s'il n'a jamais été identifié et qu'on n'a jamais vu son visage aux infos. Mes pires craintes s'étaient réalisées ; je pensais qu'il t'avait tuée. (Elle ferma brièvement les yeux avant de les rouvrir.) Quand j'ai entendu parler d'Acadie, tout m'a paru familier. Un enfer, un véritable enfer.

Ses yeux se remplirent de larmes pour la centième fois depuis que j'avais commencé à raconter mon histoire.

Je baissai les yeux.

— Ça n'a pas été qu'un enfer, constatai-je. J'avais peur, parfois, et j'ai été très seule... pendant longtemps. Mais je ne renoncerais pour rien au monde à certaines choses qui me sont arrivées là-bas.

Carolyn se décomposa et secoua la tête.

— Non, rien de tout ça n'aurait dû arriver, Eden. Rien. C'est entièrement ma faute si Hector t'a enlevée. Entièrement.

— Carolyn, dit Molly, on t'a déjà dit que ce n'était pas vrai.

— Si, s'entêta ma mère en secouant la tête. C'est la vérité.

— Carolyn... dis-je.

— Maman, m'interrompit-elle. Je t'en prie, appelle-moi maman. C'est comme ça que tu me nommais.

Je sentis ses mots me submerger comme une douce brise apaisante.

— D'accord, maman.

L'émoi m'envahit. *J'étais toujours aimée. J'appartenais de nouveau à quelqu'un. Je n'étais plus toute seule, finalement.* Je soupirai en souriant, tentant de maîtriser mes émotions.

— Maman, tu veux bien me raconter ce qui s'est passé ? Comment Hector... ?

— Oui. Je vais tout te dire. Mais avant ça, Molly, tu veux bien aller chercher une bouteille de blanc dans le réfrigérateur ? Je vais en avoir besoin. Eden, tu veux boire quelque chose ? Un verre d'eau ? Un soda ? Du jus de pomme ! Tu as toujours aimé ça, fit-elle sur un ton presque suppliant.

J'acquiesçai, perplexe. Est-ce que les adultes buvaient du jus de pomme ?

— Euh, oui. C'est... bien.

— Oh, que je suis mal élevée ! Je ne t'ai même pas proposé à dîner.

— Non, répliquai-je. Juste un verre de jus, s'il te plaît. J'ai mangé avant de venir.

Molly se leva et se dirigea vers la porte-fenêtre.

— D'accord, fit Carolyn. Mais si tu changes d'avis, sache que tu es ici chez toi. (Elle se pencha pour me prendre la main.) Tu emménages dès ce soir, bien sûr.

— Oh... je, eh bien... Il faut qu'on en discute...

Elle secoua la tête avec véhémence.

— Non, Eden, je t'en prie. Je ne supporterai pas que tu refuses. Je ne pourrai pas dormir si tu n'es pas sous le même toit que moi, affirma-t-elle en se mettant à pleurer de nouveau. Maintenant que je t'ai retrouvée, j'en mourrais si tu partais.

— Carolyn... Maman. Je n'irai nulle part, répondis-je en souriant. Je suis revenue et je ne partirai plus jamais.

— Jure-le-moi, fit-elle d'une voix tremblante.

— Je te le jure.

J'adressai un sourire à Molly qui me tendit un verre de jus de pomme et posa un verre de vin devant Carolyn.

Cette dernière en but une gorgée et s'adossa à son siège. Son regard se perdit vers la piscine.

— Ton père a monté une boîte d'investissement à partir de rien. Ça marchait du feu de Dieu. Nous avons soudain eu un train de vie incroyable... des voitures, des maisons, des vacances... fit-elle en agitant la main. On a fini par comprendre que les biens matériels n'avaient aucune importance, mais à cette époque-là, on avait l'impression de posséder enfin tout ce dont on rêvait. (Elle garda le silence un instant, perdue dans ses pensées.) Bref, reprit-elle en reportant son attention sur moi. L'un des associés de ton père a détourné l'argent qu'il était censé placer. Ce genre de scandales est médiatisé depuis quelques années, mais à l'époque, je n'y comprenais rien.

— Ce n'est pas mon père qui a détourné les fonds, alors ?

Elle secoua la tête.

— Non, mais il a fait semblant de ne rien voir. Il savait ce qui se passait et son inaction a permis à l'autre de continuer. Et comme il ne l'a pas dénoncé, des centaines de personnes ont perdu leurs économies. Finalement, c'est toute la compagnie qui a payé. (Elle agita de nouveau la main.) Les détails n'ont aucune importance. Crois-moi, Eden, on me les a tous donnés à l'époque, mais ça ne m'a pas permis d'y voir plus clair. Tout ce qu'il faut retenir, c'est que la cupidité a pris le dessus, une énorme cupidité, certes, mais rien de plus.

Elle avait l'air peiné, comme si elle revivait ces événements.

Je baissai les yeux.

— Ça a été très dur pour ton père. Pas juste la perte de son emploi, mais tout le reste. La honte l'a dévoré comme un cancer. Et c'est là qu'Hector est intervenu.

Je la regardai.

— Il s'est d'abord présenté comme un homme qui avait tout perdu et qui du coup nous comprenait parfaitement. On a commencé par être sceptiques, naturellement, mais... plus il parlait... plus il affirmait à Ben, ton père, que ce n'était pas sa faute, qu'il s'était laissé gagner par le goût du lucre qui règne dans cette société... je sais bien que ça a l'air absurde maintenant. Mais à l'époque, avec tout ce que nous avions perdu, je suppose qu'on cherchait quelque chose, *n'importe quoi...*

— Je comprends, maman. Vraiment.

Elle me lança un regard triste.

— Bien sûr que tu comprends. Je suis désolée pour ça.

Je secouai la tête.

— Vas-y, continue.

Elle soupira.

— Ton père a développé une obsession pour Hector, qui, d'ailleurs ne s'appelait pas comme ça mais Damon Abas. Ton père était très intrigué par la communauté que Damon... *Hector* avait commencé à mettre en place, cet endroit censé être dénué de tout péché et de toute cupidité, de souffrance et de compétition. Elle avait déjà quelques années d'existence et Hector avait passé tout ce temps à construire les bâtiments et à trouver les premières personnes pour y vivre et y travailler. Hector et ton père parlaient sans arrêt de la façon dont tout pourrait fonctionner... ce dont les gens auraient besoin plus tard, ce qui marchait ou pas. (Elle secoua de nouveau la tête.) Même avec tout le discours sur les dieux, les visions et le reste qui était difficile à avaler... ça a guéri quelque chose chez ton père, ça lui a donné une chose à laquelle se raccrocher, un but, une échappatoire, et j'en ai été reconnaissante à Hector. J'ai fait taire mes soupçons à son égard... j'ai fait exactement comme ton père. J'ai tourné la tête parce que ça m'arrangeait. (Les larmes lui montèrent de nouveau aux yeux.) Je suppose que si on décide de faire confiance à un serpent, on mérite qu'il vous morde.

— Carolyn... intervint Molly, mais ma mère secoua la tête et s'essuya les yeux.

— Quoi qu'il en soit, Hector a entrepris ton père au sujet de son conseil. Je sais à présent par ce que j'ai entendu à la télé ce qu'il en était en réalité mais la première fois qu'il en a parlé, il a dit qu'il voulait fonder un groupe d'hommes qui savaient ce que c'était de tomber en disgrâce dans « la grande société », comme il l'appelait, un groupe d'hommes qui connaissaient les maux de notre civilisation, et qui pourraient servir de guides dans cette « terre féconde ».

Je songeai à ce que j'avais appris sur le conseil par la presse, des choses que je n'avais pas comprises quand je vivais à Acadie. Hector avait sillonné le pays pour rassembler des hommes déshonorés d'une manière ou d'une autre et qui cherchaient désespérément un endroit où on les respecterait de nouveau et où ils retrouveraient une position de pouvoir. Et puis il y avait aussi l'appât du gain. Hector leur versait un salaire annuel, beaucoup plus important que ce qu'ils gagnaient dans leurs anciens jobs. La police avait été incapable de remonter à la source de tout cet argent : Hector avait bien caché ses traces. La propriété avait été payée comptant et achetée sous un faux nom. Ils avaient échoué à trouver la véritable identité d'Hector.

Le conseil avait évidemment été choisi pour profiter à Hector... un juge... *un officier de police...* je balayai très vite cette pensée.

La tristesse s'empara de moi à la mention d'Acadie. Ça avait été mon foyer. C'est là-bas que j'étais tombée profondément amoureuse. Et rien que d'en parler, je sentais naître au plus profond de moi une étincelle de nostalgie si intense que j'en fus abasourdie, parce que c'était aussi l'endroit où ma vie s'était arrêtée. Mais je n'avais pas la nostalgie de ce lieu, au fond, juste d'une personne. Et pour moi, il serait toujours là-bas. Je déglutis.

— Qu'est-ce qui a ouvert les yeux de mon père sur Hector ?

— Toi, répondit ma mère à voix basse en regardant par-dessus mon épaule comme si elle contemplait un souvenir. Hector t'avait déjà rencontrée, mais un jour, tu es rentrée en courant dans la pièce où on se tenait tous les trois et tu portais une robe d'été. Hector a remarqué ta marque de naissance sur l'épaule... si tu avais vu son expression... (Elle frissonna.) Son regard est devenu... *affamé*. (Elle garda le silence un instant.) Les choses ont changé après ça. Ton père a vu de quelle façon Hector te regardait et comment tu l'obsédais. Il était persuadé que *tu* étais la clef pour la vie après la mort que les dieux avaient planifiée pour ceux qui vivraient dans sa parfaite société utopique. (Elle secoua la tête.) Ton père a pris ses distances avec lui... il trouvait des excuses pour ne plus le recevoir. J'espérais qu'il redevienne l'homme qu'il était avant tout ça. Mais un jour, on est rentrés d'une audition concernant l'ancienne entreprise de ton père et… tu avais disparu. La nounou à qui on t'avait confiée pensait que tu étais en train de jouer dans ta chambre. (Ses yeux s'emplirent de larmes.) Tu as disparu comme ça. Et puis ça a été le tour de ton père, acheva-t-elle.

Je reculai ma chaise et me levai pour la prendre dans mes bras. Je séchai ses larmes et la serrai contre moi. Je regagnai mon siège seulement lorsqu'elle fut calmée.

— Je suis désolée, murmurai-je. Pour tout ce que tu as traversé.

Je savais que lorsque quelqu'un éprouvait un chagrin incommensurable, le mieux qu'on puisse faire, c'était de reconnaître son existence et d'accepter sa souffrance.

Ma mère renifla en hochant la tête.

— Ton père, Eden, n'était pas parfait. Il a fait une erreur terrible. Mais il t'aimait plus que tout au monde. Ta disparition l'a brisé. Et il était incapable de guérir après ça.

J'acquiesçai en essayant de me souvenir de l'homme que j'avais vu sur la photo donnée par Felix, l'homme dont je me souvenais si peu. Nous restâmes assises en silence, ma mère et Molly buvant leur vin tandis que je songeai à tout ce qui avait été dit pendant une heure. Il me faudrait un moment avant de tout comprendre.

— Hector vous a dit qu'il s'appelait Damon ? finis-je par demander.

— Oui. Damon Abas. Encore un faux nom.

J'opinai. La police parviendrait-elle un jour à découvrir qui il était réellement ? Maintenant que j'en savais davantage sur lui, j'avais l'impression qu'il s'était matérialisé comme par enchantement dans la maison de mes parents il y avait bien longtemps de ça.

— Est-ce que la police a cherché un endroit qui ressemblait à celui que Damon Abas avait décrit quand j'ai été enlevée ?

— Oh oui. Damon… *Hector* avait dit qu'Acadie était dans le Midwest, pas très loin d'ici. (Elle secoua la tête.) Il ne nous avait jamais révélé son emplacement exact et nous n'avions eu aucune raison d'insister. On se disait qu'on en apprendrait davantage quand on aurait décidé de s'y installer. La police a passé au peigne fin tous les endroits qui ressemblaient de près ou de loin à la description d'Acadie. Ils n'ont rien trouvé. Je n'aurais jamais cru qu'il y avait autant de sociétés alternatives organisées en communautés, la plupart ignorées de tous. C'était comme chercher une aiguille dans une botte de foin. (Elle fixa un point derrière moi.) Tout est devenu limpide quand j'ai découvert l'existence d'Acadie et je suppose que pour la police aussi. Quant aux pourquoi et aux comment, il nous reste encore beaucoup de choses à comprendre. Une partie de moi le souhaite mais l'autre a envie de s'en laver les mains et de se contenter de remercier le ciel de t'avoir retrouvée et de te savoir enfin à ta place.

Je hochai la tête avec un petit sourire. L'expression « à ta place » m'emplissait de joie. *Enfin...* J'avais cherché ça toute ma vie.

Nous parlâmes pendant des heures. Ma mère voulait savoir comment j'avais été traitée à Acadie. Je lui racontai ma solitude et mon sentiment d'être perdue. Quand je mentionnai Mère Hailey, mon cœur se serra. Je ne parlai ni de Calder ni de Xander. J'en étais incapable. Pas tout de suite. Mais je dis que j'avais été heureuse quand même et que j'avais des amis. Je lui racontai avec beaucoup d'hésitations l'horreur finale, dans ses grandes lignes, du moins. Ma mère pleura de nouveau et Molly aussi.

Puis nous nous racontâmes à quoi ressemblaient nos vies à présent et comment j'avais réussi à rentrer dans une société différente. Je parlai de Felix et ma mère m'expliqua tout ce qu'elle avait fait pour garder mon souvenir vivace pendant toutes ces années.

J'étouffai un bâillement lorsque la nuit se fit plus noire. J'étais émotionnellement épuisée.

— Pardon, dis-je. La journée a été longue. Je devrais y aller. Est-ce que tu pourrais me ramener ?

— Hors de question, rétorqua ma mère en reposant son verre. S'il te plaît, Eden, je pensais vraiment ce que j'ai dit. Reste ici. Je t'en prie.

— Vraiment, Eden, il y a des chambres vides à l'étage. Et tu as dit que tu cherchais un appartement...

— D'accord. Ce serait génial. Laisse-moi juste appeler Marissa pour la prévenir. Elle sera ravie. Il me tarde que tu la rencontres.

— Que je la rencontre ? Je vais la serrer tellement fort dans mes bras. Elle s'est occupée de mon bébé.

Je poussai un soupir de soulagement.

— Merci, maman. Merci Molly, dis-je à l'intention de cette dernière. Grâce à vous, cette journée a été encore meilleure que ce que j'espérais.

Nous nous levâmes pour nous étreindre. Ma mère versa encore quelques larmes, puis Molly me montra ma nouvelle chambre dans ma nouvelle maison et elle me prêta quelques affaires jusqu'à ce que j'aille chercher les miennes.

Quand je me couchai, ma mère entra et s'assit sur le bord du lit. Elle me regarda, émerveillée, et me caressa les cheveux.

— Ma petite fille, murmura-t-elle.

Elle fredonna quelques minutes, béate.

— Ma magnifique Eden, chuchota-t-elle. Je pensais que je t'avais perdue à jamais.

— Je t'aime, maman, répondis-je en cillant pour refouler mes larmes. Je ne t'ai jamais oubliée.

Elle me caressa la joue et une larme roula lentement sur la sienne.

— Oh, ma chérie, je t'aime moi aussi. Je ne pensais pas avoir la chance de pouvoir te le dire de nouveau dans cette vie. Nous avons tellement de temps à rattraper.

Elle s'essuya les yeux et se remit à chantonner.

Une fois qu'elle eut refermé la porte derrière elle, je contemplai la chambre éclairée par la lueur de la lune, émerveillée par la façon dont la vie peut changer en un clin d'œil.

J'avais rêvé toute ma vie d'avoir une mère et je m'étais cramponnée à l'idée que j'avais été aimée un jour. Et voilà que je l'avais retrouvée. Je remerciai en silence le Dieu de Miséricorde en espérant contre toute attente que son amour me permettrait de guérir un autre morceau de mon cœur brisé.

CHAPITRE 3

Eden

Le jour où j'avais fui Acadie et perdu l'amour de ma vie, j'avais cru que je ne serais plus jamais heureuse. Je pensais que plus rien ne m'intéresserait jamais. Plus rien n'avait d'importance et je ne ressentais que de la souffrance. Respirer était déjà assez compliqué.

J'avais entendu dire que la seule façon de faire son deuil était d'exprimer sa douleur. J'avais parfois l'impression d'avoir bien fait ce travail mais il m'arrivait de voir, de me souvenir ou de sentir quelque chose qui provoquait une peine aussi soudaine que terrible.

Je vivais chez ma mère depuis un mois et, comme je l'espérais, la stabilité et l'amour que j'y avais trouvés agissaient comme un baume sur mon cœur. Felix m'avait offert une forme de paix, mais ce n'était pas la même chose. Il n'était pas de ma famille. Pendant la première année, je n'avais pas su faire autre chose que pleurer. Les deux années suivantes, lorsque mon cerveau avait réussi à se concentrer sur autre chose, j'avais eu pour obsession de gagner de l'argent pour me construire un cocon dans lequel je me sentirais en sécurité. Je n'imaginais pas un instant être vraiment heureuse mais j'éprouvais un besoin impérieux de sécurité et je travaillais pour ça. J'avais appris dès le jour de mon arrivée que Felix était malade et l'idée de le perdre m'avait inquiétée sans relâche, et pas uniquement parce que j'avais appris à l'aimer.

Tous les matins je me réveillais dans mon petit lit, sous le couvre-lit rose à volants que ma mère avait gardé de mon enfance. J'avais l'impression de me trouver dans une histoire différente et d'être quelqu'un d'autre, quelqu'un dont je maîtrisais mal le rôle.

J'espérais qu'en n'ayant pas besoin de penser sans arrêt à l'argent et à ma solitude, je guérirais plus vite. Mais en disparaissant, cette angoisse avait laissé à mon esprit toute latitude pour explorer des zones que j'avais soigneusement laissées dans l'ombre, comme lorsqu'on tâte les contours d'un hématome estompé. Ça faisait mal. Ce premier mois chez ma mère, je souffrais tout le temps. Je n'avais toujours pas parlé de Calder à ma mère et à Molly parce que je ne savais pas si j'étais assez forte pour le faire. C'était un autre pas que je devais être prête à franchir ; je saurais quand le moment serait venu. Mais ma mère n'avait pas l'air de vouloir discuter d'Acadie, de toute façon. Chaque fois que j'y faisais allusion, elle changeait de sujet. J'ignorais si c'était pour me protéger de la tristesse ou si elle préférait ne pas y penser. Je penchais pour la seconde solution.

Ma mère avait un piano dans son salon et je donnais quelques leçons. Je jouais aussi quand je n'avais pas d'élèves. Certains jours, ça m'aidait vraiment.

Quand je ne jouais pas, je me promenais dans le quartier. J'admirais les vieilles bâtisses, je me baladais dans les boutiques sans intention d'acheter ; je me réaccoutumais au monde par petits bouts. Je rendais visite à Marissa à qui je racontai enfin mon histoire puis je fis des recherches sur Internet et trouvai des choses que je ne compris pas. En un mot comme en cent, *j'existais.* Était-ce la vie que j'étais censée mener ? Était-ce là mon destin ? Traverser les jours en ressentant ce vide infini et ce manque permanent ? Si je marchais lorsque la question surgissait dans mon esprit, je m'arrêtais net et un infime murmure me répondait que non. *Mais quoi alors ?*

Même si ma mère ne paraissait pas disposée à aborder des sujets d'adulte, elle était constamment près de moi, elle me touchait et m'adressait des regards presque craintifs, comme si je pouvais disparaître d'un instant à l'autre. Je comprenais son attitude et une partie de moi l'appréciait. Après tout, j'avais manqué de mère pendant très longtemps. J'avais désiré être aimée comme ça pendant une éternité. Mais une autre partie de moi avait pris goût à la liberté et je voulais découvrir qui j'étais. Je souhaitais être traitée comme la femme de vingt et un ans que j'étais et non comme l'enfant qu'elle semblait toujours voir en moi. Nous devions toutes les deux trouver un équilibre. Ça ne pouvait pas se faire du jour au lendemain.

J'avais l'impression d'avoir toujours été prisonnière, au fond : d'abord d'Hector, puis de la peur provoquée par Clive Richter, puis de moi-même, et maintenant de ma propre mère. Je craignais de ne jamais avoir la liberté d'être moi-même. Je n'avais éprouvé ce sentiment qu'avec Calder et il ne reviendrait jamais. À cette idée, je sentais le désespoir m'envahir.

Un beau matin du début de l'automne, je me réveillai juste après l'aube et pris mon café dans le patio. Il faisait froid : j'attrapai le plaid posé sur le canapé et l'emportai dehors. Je m'enroulai dedans et sirotai le breuvage chaud et fort tout en admirant les chrysanthèmes et le lierre. Le jardinage servait de thérapie à ma mère. Elle entretenait ses fleurs comme si c'était son propre cœur : une chose tangible et magnifique à aimer et à nourrir. Nous avons tous besoin de ça. Pour moi, c'était la musique. Je m'y plongeais pour me sentir vivante.

J'avais bu la moitié de ma tasse quand Molly fit son apparition, vêtue d'un pantalon de yoga et d'un tee-shirt à manches longues.

— Salut, marmonna-t-elle, encore à moitié endormie.

— Bonjour. Tu t'es levée tôt.

— Toi aussi. J'avais envie d'aller à la zumba. Le cours est à sept heures. Ça te dit de m'accompagner ?

— C'est quoi ? demandai-je en haussant un sourcil.

— De la gym à base de danse latine. C'est super fun. Tu devrais venir.

— Le fun à sept heures du matin, ça ne me dit rien.

Molly pouffa.

— Tu as peut-être raison.

Elle me dévisagea par-dessus son café.

— Tu n'as rien contre la fête que prépare Carolyn ?

Ma mère avait organisé ce qu'elle appelait une petite *garden party* pour ses amis les plus proches. Elle avait accepté de ne pas prévenir la police mais elle crevait d'envie de dire à ceux qu'elle aimait que j'étais de retour. Je n'avais pas le cœur de le lui interdire. Je me mordis la lèvre.

— Ça m'angoisse un peu, finis-je par avouer. Mais je lui fais confiance.

Molly hocha la tête et but une gorgée de café.

— Je pense que tout ira bien, dit-elle. Du moins, la fête. Mais je dois te prévenir : Carolyn a décidé d'en profiter pour te présenter quelqu'un.

— Comment ça ?

— Elle voudrait que tu tombes amoureuse du fils de son voisin, Bentley.

— Bentley ? répétai-je en haussant un sourcil.

Elle acquiesça en s'emparant de sa tasse.

— Ouais, Bentley Von Dorn. Quel nom affreux, n'est-ce pas ? ricana-t-elle. Il est très beau mais c'est quelqu'un d'horrible.

Elle détourna les yeux mais j'eus le temps de deviner une lueur possessive dans son regard.

— Ma mère veut me présenter un homme horrible ? m'étonnai-je. Sympa de sa part.

Molly reporta son attention sur moi et agita la main.

— Bon, peut-être que le terme « horrible » est exagéré. Disons qu'il est désagréable. Et je suis certaine que Carolyn ne le sait pas, répliqua-t-elle en considérant ses ongles. Je préfère te prévenir. Je serais toi, je ne m'approcherais pas de lui.

Je l'observai sans répondre. Mon intuition me disait qu'elle me cachait quelque chose et qu'elle ne trouvait pas Bentley aussi détestable que ce qu'elle voulait bien me faire croire.

La pluie se mit soudain à tomber. Je contemplai les gouttes en sentant la tristesse approcher lentement comme une amie timide. Évoquer les hommes ou l'amour en général me rendait mélancolique. Ça ne m'arrivera plus jamais. Jamais. De toute façon je ne le voulais pas. Calder avait été mon véritable amour, l'autre moitié de mon cœur. Il était mort à présent, et cette partie de ma vie avec lui.

Il y a une source. Je t'attendrai à côté.

Je sentis le regard de Molly posé sur moi tandis que je contemplais les gouttes qui ridaient la surface de la piscine.

— J'aimerais que tu te confies à nous, Eden. Ça t'aiderait peut-être. Tu es ici depuis un mois maintenant et tu sais que nous t'aimons.

Je levai les yeux vers elle, surprise qu'elle ait deviné ma tristesse.

— Je sais, répondis-je à mi-voix. Moi aussi je vous aime toutes les deux. Et être là, vous avoir à mes côtés, m'a beaucoup aidée. Je ne peux même pas t'expliquer à quel point.

J'esquissai un faible sourire. Je bus une gorgée de mon café et reposai la tasse sur la table.

— Je sais, ma puce, mais ce n'est pas ce que je voulais dire. J'aimerais que tu me laisses t'aider à balayer ta tristesse. Peut-être...

— Personne ne peut m'aider, murmurai-je. J'aimerais bien, pourtant. (Je reportai mon attention sur la pluie.) Je sais que Felix a retrouvé ma mère pour moi. Mais j'aime à croire que c'est *lui* qui m'a guidée vers vous. (Je m'interrompis un instant.) Si tant est que ce genre de choses soit possible.

— Qui ça, lui ? demanda Molly en s'emparant de ma main.

Je la dévisageai sans répondre, me contentant de laisser les mots couler.

— Parfois, j'imagine qu'il est la pluie, fis-je en riant doucement. Si je suis seule, je lève le visage vers le ciel. (Je joignis le geste à la parole) et je le *sens*. (Je fermai les yeux.) Je ne pourrai jamais lui rendre visite, alors je suis avec lui quand il pleut. (Je rouvris les yeux et regardai Molly.) Mais ça me renvoie là-bas par la même occasion. Je ne sais jamais ce que je vais ressentir.

Elle baissa les yeux sur nos mains avant de les relever.

— Acadie, chuchota-t-elle.

Je laissai mon regard errer sur la piscine et acquiesçai.

— Aux infos, ils ont appelé ça une secte. Je suppose que c'est le bon mot. (Je me mordis la lèvre en songeant à l'horreur des derniers jours.) Mais pour moi, c'était chez moi. J'aimais des gens là-bas. Et c'est dur.

— Il y avait un garçon, affirma Molly.

— Oui.

— Et il...

— Oui.

Molly baissa les yeux en se mordant les lèvres à son tour.

— Oh, Eden. Je comprends mieux. Tu étais amoureuse. Je suis vraiment désolée pour toi.

Je hochai la tête et une larme roula sur ma joue.

— Est-ce qu'il y a une chance pour qu'il se soit échappé, lui aussi ? demanda Molly en se penchant en avant ? Tu n'es pas allée trouver la police, après tout...

Je secouai la tête en m'essuyant les joues.

— Le site était totalement inondé. Tu as probablement dû le voir à la télé, mais être là-bas... (Je frissonnai et enroulai mes bras autour de moi.) Tout a été inondé puis le bâtiment s'est effondré.

— Mon Dieu.

Elle se leva pour me prendre dans ses bras et me serrer étroitement contre elle. Lorsqu'elle regagna son siège, elle avait les yeux pleins de larmes.

Nous séchâmes nos pleurs juste au moment où ma mère franchit la porte-fenêtre.

— Bonjour les filles, lança-t-elle joyeusement.

Elle était habillée et coiffée comme si elle était debout depuis des heures. Elle s'approcha de moi pour m'embrasser et me dévisagea, un sourire aux lèvres, pendant dix bonnes secondes. Son parfum poudré et floral me chatouilla les narines. Je ne pus m'empêcher de lui sourire et je sentis ma tristesse s'alléger un peu.

— Quoi ? demandai-je.

— Toi ! répondit-elle en me pinçant la joue. Tu illumines mes journées. Et tu es si belle, même quand tu sors du lit.

Un immense sourire éclaira ses traits. Molly ricana.

— Et moi, je suis quoi ? Une saucisse mal cuite ?

— Oh, s'exclama ma mère en battant des mains. Toi aussi tu es magnifique, c'est juste que j'ai l'habitude de te voir. (Elle fit la bise à Molly et lui pinça la joue à son tour avant de se laisser tomber sur la chaise à côté de moi.) J'ai tellement de choses à faire avant la fête.

— Tu es sûre que tes amis seront discrets ? demandai-je, inquiète. On peut leur faire confiance pour qu'ils n'aillent pas tout raconter à la police, n'est-ce pas ? Du moins pas avant qu'on soit prêtes à le faire ?

— Oh, oui, répondit ma mère, surprise. Je leur ai fait jurer de garder le secret. Ils savent à quel point nous avons souffert toutes les deux. Ils ne feraient jamais une chose pareille. (Elle s'interrompit, l'air un peu préoccupée.) Mais, Eden, ma chérie, il faudra bien qu'on prévienne la police qu'on t'a retrouvée. Ils voudront classer le dossier, faire une enquête et tout ce qu'ils font dans une situation pareille.

J'acquiesçai, sourcils froncés.

— Tu n'auras pas d'ennuis parce que tu n'es pas allée les trouver tout de suite, n'est-ce pas ?

— Tu n'as enfreint aucune loi, intervint Molly, et même si c'était le cas, je ne vois pas ce qu'ils pourraient bien faire. Ils auraient l'air de quoi ? N'importe qui aurait agi comme toi à ta place. (Elle jeta un coup d'œil à Carolyn, qui hocha la tête.) Mais tu ne peux quand même pas vivre avec cette épée de Damoclès au-dessus de la tête. Plus vite tu géreras cette pagaille, plus tôt tu pourras reprendre une vie normale.

— Pagaille, répétai-je dans un murmure.

— Il va forcément y avoir un véritable cirque médiatique. Tu dois t'y préparer, expliqua Carolyn en fronçant un peu les sourcils.

Je sentis la compassion m'envahir. Si quelqu'un savait de quoi elle parlait, c'était bien elle.

J'étais encore plus résolue à repousser la confrontation avec la police. *Police.* Comme toujours, ce seul mot suffit à me faire frissonner de peur. *Prisonnière de ma peur.*

— De toute façon, nous en reparlerons après la fête, affirma Carolyn en souriant. On prendra la décision ensemble.

Je souris, pas vraiment rassurée.

— D'accord. En parlant de fête, tu as bien dit que tu n'avais invité qu'un groupe d'amis très restreint ?

— Absolument. Juste vingt personnes. Mais tout le monde connaît mes *garden partys* et j'ai une réputation à tenir, dit-elle avec un clin d'œil. Et puis il va faire froid, ce qui me complique la tâche. Il me faut des braseros, des guirlandes... ça va être splendide. Je vais pouvoir rattraper toutes les fêtes d'anniversaire que je n'ai pu organiser pour toi.

Je ris.

— D'accord. (Je me levai et ma mère et Molly m'imitèrent.) Je vais me doucher.

— Parfait. J'ai posé ta tenue sur ton lit, dit ma mère comme je tournais les talons.

Je fis volte-face.

— Ma tenue ?

— Pour la fête.

J'entendis Molly gémir et grimacer comme si Carolyn avait perdu la tête. Mais où était le mal ?

— C'est très gentil à toi, dis-je en souriant à ma mère. Merci.

Elle s'illumina et me sourit en battant des mains.

— Eden, fit Molly. J'ai été ravie de discuter avec toi.

Elle m'adressa un sourire chaleureux bien qu'un peu triste.

Je lui souris en retour.

— Moi aussi, Molly.

Une fois dans ma chambre à l'étage, je découvris, horrifiée, une robe rose pâle sans manches à l'encolure brodée d'une fleur énorme. Je brandis le cintre devant moi et j'eus l'impression que la fleur grossissait sous mes yeux. Bon.

Je la posai de nouveau sur le lit et sentis un vent de rébellion s'emparer de moi. *Ce n'est pas la même chose,* me dis-je en songeant à une robe blanche en dentelle. *Ce n'est pas pareil.* Je suspendis la robe dans mon placard, dont je refermai fermement la porte.

CHAPITRE 4

Eden

Je faisais défiler la page Internet ouverte sur l'écran en prenant des notes quand je tombais sur quelque chose d'important mais je me contentais surtout de lire et de m'arrêter parfois pour digérer une information. Ce que j'apprenais m'emplissait l'esprit au détriment de tout le reste et me donnait la paix dont j'avais un besoin impérieux, du moins pour le moment.

Un coup frappé à ma porte me fit tressaillir. Je rabattis l'écran de mon ordinateur portable. Personne ne comprendrait, surtout pas ma mère. Molly passa la tête par l'entrebâillement, me sourit et pénétra dans la pièce en refermant la porte derrière elle.

— Tu sais ce dont tu as besoin ?

J'éclatai de rire en repoussant mon ordinateur.

— De tant de choses que je ne sais même pas par où commencer.

Elle rit à son tour.

— Non. Tu as besoin de sortir.

Je secouai la tête en m'adossant aux oreillers de mon lit.

— Oh, non, non. Je ne fréquente pas les bars. Et puis de toute façon, je n'ai même pas de papiers d'identité.

— Je n'ai pas l'intention d'aller dans un bar. Avec deux potes de l'école, on a prévu d'aller au vernissage de l'expo d'un artiste local dont tout le monde parle.

Je me levai pour aller poser mon portable sur le bureau sous la fenêtre.

— Un artiste ?

Molly était en licence dans une école d'art où elle étudiait la mode et le marketing et elle sortait souvent avec ses camarades de classe.

Elle acquiesça en se laissant tomber sur le lit.

— Oui. C'est le vernissage, mais ma copine Ava a réussi à la voir en avant-première et du coup elle m'a filé ses deux entrées pour ce soir. Elle m'a dit qu'il était beau comme un dieu. (Elle devint soudain sérieuse.) Non pas que tu cherches quelqu'un.

— C'est bon, Molly, ne t'inquiète pas, répondis-je avec un petit rire.

Je gagnai le miroir et soupirai en voyant mon reflet. J'étais mal coiffée et pas maquillée. Je m'emparai d'une brosse pour essayer de dompter mes boucles.

Molly surgit derrière moi et réunit mes cheveux en chignon. Je balançai la brosse, ravie.

— Je me suis dit que ça ne pouvait pas te faire de mal de rencontrer du monde, expliqua-t-elle en me jetant un regard nerveux dans le miroir.

Je la considérai un instant, reconnaissante d'avoir une amie de mon âge. Elle comprenait beaucoup mieux la vie que moi.

— Ça se voit tant que ça que je ne sais pas comment rencontrer du monde ? répondis-je en baissant les yeux.

Molly attrapa une épingle qu'elle glissa dans mes cheveux.

— C'est normal, Eden, fit-elle avec un sourire compréhensif. Et après tout ce que tu as subi... c'est un long processus, tu sais ? Et je comprends très bien qu'il te faille démarrer doucement. J'attendais le bon moment pour te faire sortir de ta tanière et je l'ai trouvé.

Elle glissa une deuxième épingle dans mon chignon.

J'appréciais la prévenance de Molly. Je n'avais jamais eu d'amie auparavant et j'avais besoin de m'entraîner aussi dans ce domaine. Molly me rendait les choses faciles. Elle arrangea quelques mèches autour de mon visage.

— Voilà. C'est parfait. Enfile une tenue dans laquelle tu te sens jolie et rejoins-moi en bas dans une demi-heure.

— Je ne suis pas sûre. J'ai juste envie de me rouler en boule dans mon lit avec mon ordi, ce soir. Et la *garden party* a lieu demain. Je pense que c'est assez de socialisation pour la semaine.

— Mais ce ne seront pas des gens de ton âge. Ce sont les amis de ta mère. Ce n'est pas pareil, répliqua-t-elle en posant les mains sur ses hanches. Te rouler en boule avec ton ordi ? Non, c'est trop triste. Et puis c'est exactement ce que tu as fait toute la journée, poursuivit-elle en croisant mon regard dans le miroir. Pourquoi, d'ailleurs ? s'étonna-t-elle.

— Oh, bah, tu sais, j'essaie de rattraper le temps perdu. Tout est tellement différent dans le monde extérieur.

Molly me dévisagea avec bienveillance.

— J'imagine. Mais tu n'es pas obligée de faire ça toute seule, Eden. Je peux t'aider.

Mon cœur se gonfla et je lui souris.

— Merci, Molly.

Je me dirigeai vers mon bureau pour mettre de l'ordre dans les papiers que j'avais imprimés dans la journée.

— Il est hors de question que tu refuses de venir ce soir, continua-t-elle. Il faut que tu voies le mec de la source dans le désert. Ses tableaux sont tellement lumineux ! Et je ne les ai vus que sur la brochure.

Je pivotai vers elle, perplexe.

— La source dans le désert ?

Je n'avais parlé à personne, pas même à elle, de notre source. J'inclinai la tête, intriguée par ce qu'elle venait de dire, alors que je venais juste de lui raconter mon histoire avec Calder.

— Oui, opina Molly. Il peint des tableaux avec une source extraordinaire encaissée entre de grands rochers. On dirait un paradis, une espèce de jardin d'Éden, et cette fille... Il ne la peint que de dos, partout, tout le temps, mais, acheva-t-elle avec un sourire rêveur, tout ça a l'air tellement réel et romantique. Il a un talent fou.

Un artiste... *un artiste ?*

Mon sang ne fit qu'un tour. Ma propre voix me parvint de très loin, comme si elle était extérieure à moi.

— Une fille ? demandai-je avec difficulté. Dis-m'en plus.

Le sourire de Molly s'effaça et elle m'examina avec curiosité.

— Comment il s'appelle ? m'exclamai-je presque en criant, les lèvres tremblantes.

C'était impossible. Incroyable. Impossible. N'y pense même pas, Eden. Cette seule pensée va te détruire. Il y a des tas d'artistes dans le monde... et ils sont certainement plusieurs à peindre des sources. Mais des sources dans le désert ? Et une fille... ?

— Eden, qu'est-ce qui ne va pas ? demanda Molly d'un air inquiet.

Je la saisis par les bras et la secouai légèrement.

— Comment il *s'appelle* ? répétai-je.

— Storm, répondit-elle, un peu perplexe. Il se fait appeler Storm. C'est tout. Un pseudo, j'en suis sûre. On dirait un nom de stripteaseur, constata-t-elle avec un rire embarrassé, mais je n'aurais rien contre le fait de lui ôter ses vêtements...

— Où est la brochure ? Je dois la voir.

— Eden...

Je poussai un soupir pour me calmer.

— S'il te plaît, Molly, montre-moi le flyer.

— Je suis désolée, je ne l'ai pas ici. J'ai regardé celui d'Ava à la fac mais je ne l'ai pas rapporté.

Je fus parcourue par un frisson violent. Je la lâchai et ôtai le peignoir dans lequel j'avais traîné toute la journée. J'attrapai un jean posé au bout du lit et l'enfilai. Je tremblais comme une feuille et j'avais l'impression d'être sur le point de faire une attaque.

J'ouvris le placard et m'emparai du premier tee-shirt venu, un truc bleu marine ou noir. Sombre, en tout cas. Il me fallut m'y prendre à deux fois pour parvenir à passer la tête par l'encolure et je me mis à pleurer sous l'effet de l'émotion intense et de la frustration de ne pas parvenir à m'habiller. J'entendais Molly parler et lorsque je parvins enfin à enfiler correctement le tee-shirt, je réussis à saisir ses mots.

— Tu me fais peur. Qu'est-ce qui se passe ? C'est ce type ? Storm ? Je...

En mettant le tee-shirt, j'avais détruit le chignon de Molly ; je passai rapidement la main dans mes cheveux, qui tombèrent de nouveau sur mes épaules. Je pris plusieurs inspirations sans réussir à calmer mes tremblements.

— Il faut que tu me conduises à cette galerie, dis-je d'une voix étranglée. Tout de suite.

Le visage de Molly exprimait à la fois l'étonnement et l'inquiétude.

— D'accord. Aucun problème. Allons-y.

Je hochai la tête et enfilai des tongs. Il faisait beaucoup trop froid pour sortir chaussée ainsi mais je m'en fichais royalement. *Ne pense pas. Ne pense pas avant d'être arrivée là-bas.* Tu es peut-être folle. Si c'est le cas, ce n'est pas grave. Tout ira bien.

Je descendis l'escalier en courant et ouvris la porte d'entrée à la volée. J'entendis la voix de ma mère derrière moi tandis que je me précipitais dehors.

— On va au vernissage ! s'écria Molly.

— Ah, d'accord. Mais ramène-la sans...

La réponse de Carolyn fut coupée net par la porte que Molly claqua derrière nous. Je descendis à toute allure les quelques marches qui menaient au garage attenant à la maison et j'attendis près de la portière du passager que Molly déverrouille les portes.

Une fois qu'elle eut fait marche arrière et gagné la rue, elle se tourna vers moi.

— Tu ne veux pas m'expliquer...

— Non, Molly, je suis désolée. Je le ferai quand on sera arrivées. Là, j'ai juste envie de vomir. S'il te plaît, ne me demande rien.

Mon cœur faisait des sauts périlleux dans ma poitrine. Molly acquiesça et se concentra sur la route.

Un quart d'heure plus tard, nous atteignîmes le centre-ville. Nous dépassâmes la galerie d'art et je vis qu'une file immense s'était formée devant. J'aperçus des taches vertes dans la vitrine mais nous étions trop loin pour que je reconnaisse quoi que ce soit et les gens me bloquaient la vue.

— Il doit y avoir un parking au coin de la rue, dit Molly.

— Laisse-moi descendre, s'il te plaît. Je dois sortir d'ici, suppliai-je, en posant la main sur la poignée.

— Ouh la. On ne saute pas d'une voiture en marche ! Je viens avec toi de toute façon, Eden. Tu m'inquiètes.

Je secouai la tête en essayant de reprendre le contrôle de ma respiration. Ma peau était brûlante, parcourue de picotements et je ne sentais plus mes extrémités.

— Je vais bien, promis. C'est juste que je dois entrer dans cette galerie. Je t'en prie. Au prochain feu rouge, je descends.

Molly fit la moue.

— D'accord. Mais je te rejoins dans cinq minutes.

— Oui. Merci.

Je poussai un profond soupir en pressant mes mains l'une contre l'autre pour les empêcher de trembler. Je ravalai la bile qui montait dans ma gorge et respirai de la manière que j'avais apprise à maîtriser, après avoir fui Acadie, quand j'avais été obligée de mettre mes émotions sous contrôle pour fonctionner correctement.

La voiture de Molly s'arrêta au feu rouge à quelques centaines de mètres de la galerie. Je lui pressai l'épaule avant de bondir hors du véhicule et de rejoindre le trottoir en courant.

Je crois qu'ensuite je me mis à courir, mais je n'en suis pas certaine. Je me retrouvai soudain au bout de la longue file de personnes qui attendaient le début du vernissage, en nage et le souffle court.

Mon Dieu, mon Dieu, mon Dieu.

C'était impossible. Impossible. C'était forcément une coïncidence extraordinaire. Obligé.

Je me frayai un chemin dans la foule. Certains me jetèrent des regards noirs et quelques-uns m'ordonnèrent de faire la queue comme tout le monde. Je les ignorai. Il fallait à tout prix que je parvienne jusqu'à la vitrine.

Il fallait que je voie. Absolument.

Plusieurs personnes étaient adossées à la vitre, me bloquant la vue, même si je me hissais sur la pointe des pieds.

— Excusez-moi, je suis désolée, je dois absolument voir à l'intérieur, dis-je d'une voix tremblante.

Les quatre personnes qui se trouvaient là me dévisagèrent avec curiosité et se déplacèrent comme un rideau qui s'ouvre.

Je retins ma respiration, les poings serrés.

Elle était là. *Notre source.* En couleurs. Vives. Et lumineuses.

Je laissai échapper un sanglot, émerveillée, la main sur la bouche et les larmes aux yeux. Le monde devint plus brillant autour de moi et l'adrénaline explosa dans tout mon corps.

C'était bien notre source. J'en reconnaissais le moindre roc, le moindre buisson, le moindre brin d'herbe.

Et je me reconnus.

Je me tenais, grande et fière, puissante et assurée devant un énorme serpent qui me dominait depuis notre rocher préféré. J'avais le menton haut, les épaules droites et mes cheveux tombaient en cascade dans mon dos, recouvrant ma nudité et ne dévoilant que mes épaules et mes jambes. On ne voyait pas mon visage mais c'était bien moi.

Je baissai les yeux sur le cartel afin de lire le titre du tableau. « Celle qui affronte le serpent ». Un bruit à mi-chemin entre le sanglot étranglé et le rire m'échappa. Je portai les mains à ma bouche et pleurai pendant plusieurs minutes jusqu'à ce que je parvienne à me ressaisir suffisamment pour m'éloigner de la vitrine et me frayer un chemin jusqu'à l'entrée.

Personne ne tenta de m'arrêter et personne ne m'ordonna de faire la queue comme tout le monde. Les gens s'écartèrent pour me laisser passer en me lançant des regards surpris. Je pleurais à chaudes larmes à présent, sans faire aucun effort pour le cacher.

Même si je l'avais voulu, j'en aurais été incapable.

Il est là. Je le sens.

Mon Dieu, mon Dieu, mon Dieu.

Lorsque je parvins devant l'entrée, un type en costume noir me dévisagea, étonné, avant de poser les yeux sur mon jean.

— Je dois entrer, dis-je d'une voix qui me parut étrangère, mais forte et assurée, tout en m'essuyant les yeux d'un revers de manche.

— Je suis désolé. Il vous faut un billet. Tout le monde en a un.

— Les voici, dit Molly en surgissant à mes côtés. Deux entrées pour le vernissage.

Il les lui prit des mains en nous regardant tour à tour, puis il examina les billets et nous fit signe d'entrer.

Je franchis rapidement la porte vitrée et regardai autour de moi. Des tableaux ornaient le moindre centimètre carré de mur : notre source, les belles-de-jour, et *moi*, encore et encore, partout, toujours de dos ou parfois très légèrement de profil mais toujours moi. L'excitation, la peur, l'adrénaline et une angoisse intense m'avaient envahie. Mais le sentiment dominant était la stupeur. J'avais l'impression que mon cœur allait jaillir de ma cage thoracique. Je regardai autour de moi frénétiquement.

Où est-il ? Où est-il ?

Molly posa la main sur mon bras et je m'appuyai sur elle, reconnaissante.

— Viens, dit-elle à voix basse. Il ne doit pas être loin.

— Oui, dis-je d'une voix aiguë, le cœur battant à tout rompre.

Il doit être tout près. Il y aura une source. Je t'attendrai à côté. Je serai là.

Nous contournâmes un mur et une fois de l'autre côté, je le vis. Le monde entier disparut. Il ne restait plus que lui. *Calder. Mon Calder.*

Il était vivant. Il était *vivant.*

Je sentis les larmes couler de nouveau sur mes joues et pendant une bonne minute, je me contentai de le dévisager, de l'absorber tout entier du regard pour permettre à mon cerveau de comprendre ce qu'il voyait.

Il était en train de parler à un petit groupe de personnes et lorsqu'il tourna la tête vers moi, un petit sourire aux lèvres, il cilla, écarquilla les yeux et blêmit. Le verre qu'il tenait à la main se fracassa sur le sol et les gens autour de lui poussèrent un cri de surprise. Son expression était un mélange de sidération et d'incrédulité. Son visage devint rêveur et il pencha la tête sans me quitter des yeux. Il commença à marcher dans ma direction, bousculant tous ceux qui se trouvaient sur son passage et écrasant les éclats de verre sous ses semelles. J'étais paralysée, incapable de bouger.

J'entendis Molly murmurer « Mon Dieu » mais je ne me retournai pas. Je ne pouvais pas quitter Calder des yeux.

Une fois parvenu à ma hauteur, il posa une main hésitante sur ma joue et essuya mes larmes du bout du pouce. Il ôta ensuite sa main, la considéra, perplexe, puis m'observa de nouveau. Il ouvrit la bouche et la referma. Il s'illumina puis s'empara de mon visage et poussa un cri torturé, le regard fou.

— Comment ? coassa-t-il. Comment, comment, comment ?

Il secouait frénétiquement la tête en me serrant si fort les joues que je laissai échapper un petit cri.

Je posai les mains sur les siennes et nous nous laissâmes tomber par terre. Il me dévisageait avidement et il avait de la difficulté à respirer.

— Tu es bien réelle, répéta-t-il à plusieurs reprises.

Nous étions tous les deux agenouillés sur le sol de la galerie et Calder me caressait les épaules et les bras en me secouant doucement. Je pressai les mains sur ses larges épaules pour me convaincre à mon tour qu'il était là. Bien réel et bien vivant.

— Eden, Eden, je ne comprends pas, suffoqua-t-il. Comment, comment ?

Des gens nous remirent soudain sur pied. Je trébuchai, comme Calder, sans le quitter des yeux, et on nous guida dans une pièce dont on referma la porte. Ça sentait le café et quelque chose de sucré. J'entendais les voix de ceux qui nous avaient accompagnés mais j'étais incapable de détourner les yeux.

— Tu as survécu, constata Calder. Tu as survécu. Mais comment, Eden ? Comment ?

— J'ai flotté, répondis-je simplement, en pleurant à chaudes larmes. Comme tu me l'as appris. J'ai flotté.

Il se mit à pleurer à son tour.

— Mais il n'y avait pas d'air. Personne n'a survécu. Il n'y avait pas d'air.

Je fermai les yeux et secouai la tête, incapable de prononcer un mot. Je ne pouvais penser à rien d'autre que lui... là, devant moi.

Je pris ses mains dans les miennes. Nous tremblions tous les deux comme des feuilles, l'adrénaline refluant de nos corps. Des voix assourdies me parvenaient.

— Je sais, c'est beaucoup, beaucoup, et ton art... (Les larmes coulèrent de nouveau sur mes joues.) ... Ton art, mon Dieu, Calder. C'est tellement beau. (Un sanglot m'échappa.) Tu es un artiste.

— Tu habites où, Eden ? Eden.

Il secoua la tête comme si les mots qu'il prononçait lui paraissaient irréels.

— Avec ma mère et ma cousine Molly.

— Ta *mère* ? répéta-t-il, abasourdi. Eden...

— Qu'est-ce qui se passe, ici ? Les gens dehors sont... (Je pivotai en direction de la voix de Xander juste à temps pour voir ce dernier se retenir au mur.) Putain de merde. Putain de merde ! (Il se précipita vers moi pour me secouer gentiment.) Putain de merde. Putain de merde.

Il nous entoura de ses bras, Calder et moi, et nous nous étreignîmes en pleurant jusqu'à ce que Xander finisse par reculer et essuyer ses yeux rougis du revers de sa manche.

— Eden, comment est-ce possible ? finit-il par demander en me dévisageant, émerveillé.

J'ouvris la bouche pour répondre mais une voix de femme m'en empêcha.

— On devrait peut-être prendre un café tous ensemble après le vernissage pour discuter ? dit-elle sur un ton très calme.

Je me retournai, essuyai mes yeux et repris le contrôle de ma respiration sans la quitter des yeux. Elle était très belle, avec des cheveux bruns et brillants qui arrivaient au niveau de ses épaules et de grands yeux verts.

— Madison, je vais annuler le vernissage, affirma Calder en me regardant comme s'il doutait encore que je sois bien réelle.

Madison posa les mains sur ses hanches.

— Calder, ce vernissage est très important pour ta carrière. Ne fais pas ça. Il ne dure que trois heures. Trois heures que tu ne pourras jamais rattraper.

— Eden, dit doucement Molly, laisse-moi te ramener à la maison, ma chérie, et tu pourras appeler... Storm, après le vernissage. Juste après, d'accord ?

— Calder, dis-je sans le quitter des yeux. Il s'appelle Calder.

Il était encore plus beau que dans mon souvenir : ses cheveux sombres et soyeux étaient plus longs, ses pommettes plus marquées, il avait une barbe de trois jours et ses yeux sombres étaient emplis de joie.

La femme qui s'appelait Madison poussa un profond soupir.

— C'est une bonne idée. Tu as subi un gros choc. Cela vous donnera le temps de vous ressaisir tous les deux et on se retrouvera une fois que Calder aura conquis le public et se sera fait un nom.

On ? Je me tournai vers Madison et lui tendis la main.

— Je m'appelle Eden, dis-je à mi-voix.

Madison considéra un instant ma main encore tremblante avant de la serrer. Elle me dévisagea en silence pendant de longues secondes. Elle avait dit que c'était un choc : *elle devait savoir qui j'étais. Sait-elle que je suis la fille qui figure sur tous les tableaux de Calder ?*

— Je m'appelle Madison, finit-elle par dire, et je suis la petite amie de Calder et la propriétaire de cette galerie.

Mon sang se glaça dans mes veines et je déglutis péniblement avant de regarder Calder. Il ferma brièvement les yeux et ouvrit la bouche comme pour parler, livide et du regret plein les yeux.

— Eden... fut tout ce qu'il parvint à dire.

Je pris une profonde inspiration et jetai un coup d'œil à Xander, qui avait l'air à la fois incrédule et peiné. Il lança un regard à son ami.

— Tout ce que tu veux, dit-il.

— Je veux annuler, répondit Calder sans me quitter des yeux. Madison, je dois parler à Eden. Tout de suite.

Je secouai la tête et pris une grande goulée d'air.

— Non. Ce n'est que trois heures. On discutera après, d'accord ? dis-je en parvenant à esquisser un sourire. On peut bien attendre trois heures, tous les deux, contrairement au vernissage.

Je lui souris. Ça me paraissait totalement absurde de faire quoi que ce soit d'autre que de s'étreindre follement, mais même dans mon état de sidération et de joie, je savais qu'il avait une vie à laquelle je n'appartenais plus. Un chagrin terrible s'abattit sur moi à l'idée qu'il avait une petite amie, mais je pris une profonde inspiration et me concentrai sur lui. *Il était vivant.*

— Tu veux bien m'attendre ici ? demanda-t-il.

Je jetai un coup d'œil à Madison, qui pinçait les lèvres, l'air contrarié. Je ne pourrais pas passer trois heures dans la même pièce ni même dans le même immeuble que la copine de Calder. J'en mourrais.

— Non. Je vais rentrer avec Molly, me rafraîchir et revenir dans quelques heures, d'accord ?

Je posai la main sur la joue de Calder et il s'y appuya. Madison toussota et je retirai ma main sans la regarder.

— Non, Eden, non. Je... J'ai besoin... je ne peux pas te laisser partir. Non.

— Calder, l'interrompit Madison. *J'insiste* pour que tu restes ici au moins deux heures. *Nous* avons embauché tous ces gens. Ils dépendent tous de toi. Et tu as signé un contrat avec la galerie. Deux heures, c'est tout, acheva-t-elle d'une voix teintée d'inquiétude.

— Je vais m'occuper d'elle, dit Xander en nous regardant tour à tour. Et la protéger, mon frère. D'accord, Calder ? demanda-t-il, un peu anxieux.

Calder poussa un soupir et hocha la tête, son expression hésitant entre stupéfaction et tristesse.

— Bien. Je m'occupe d'elle. Tu me fais confiance, pas vrai ? Je t'enverrai son numéro et son adresse par texto et je lui donnerai les tiens. Ne t'inquiète pas.

Calder se passa la main dans les cheveux, les lèvres pincées.

Je pris une profonde inspiration. Je tremblais encore et un bourdonnement dans ma tête m'étourdissait.

— Cela ne durera que quelques heures, murmurai-je.

Calder resta immobile, l'air tourmenté, et il tendit une main tremblante vers moi avant de la laisser retomber.

— Bon. Avec un peu de chance, seuls quelques employés de la galerie ont assisté à la scène et on peut rattraper le coup. Lori, tu veux bien rouvrir les portes et expliquer que...

La porte se referma sur la voix de Madison. Je quittai la galerie d'un pas chancelant. Les gens rentraient en masse à présent et certains me jetèrent des regards curieux. Xander et Molly m'encadraient.

Il avait commencé à pleuvoir. Les gens se pressaient contre la vitrine et le mur pour se protéger sous le petit auvent.

— Eh bien, on peut dire que c'était plutôt inattendu, commenta Molly en reculant pour ne pas se faire tremper.

Il y eut une brève discussion pour savoir dans quelle voiture je monterais, mais je n'y prêtai aucune attention et lorsque Xander s'empara de mon bras pour m'entraîner derrière lui, je ne protestai pas. Nous nous mîmes à courir sous la pluie.

Il m'aida à grimper dans un pick-up rouge miteux et je m'adossai à mon siège tandis qu'il s'installait derrière le volant et mettait le contact. Je fis courir mes mains sur mes cheveux humides puis sur mon jean. J'étais totalement vidée par le maelstrom d'émotions qui m'avaient submergée si brusquement que je n'arrivais pas à leur donner du sens. *Calder était vivant.* Calder était *ici,* à Cincinnati. Calder vendait ses tableaux. Calder avait *une copine.* Je fermai les yeux.

— Je n'ai pas dit à ton amie que je n'avais pas le permis, constata Xander en passant la main dans ses cheveux mouillés avant de l'essuyer sur sa chemise. J'avais peur qu'elle ne t'interdise de monter avec moi. C'est un vrai problème de ne pas avoir de papiers d'identité...

Il laissa sa phrase en suspens et me jeta de nouveau un regard incrédule. Il mit les essuie-glace en route et mon cœur se mit à battre au même rythme que la lamelle de caoutchouc sur le pare-brise.

Je lui adressai un faible sourire.

— Je sais. Molly est ma cousine.

Il s'inséra dans la circulation et me jeta un regard interrogateur.

— J'ai retrouvé ma mère, répondis-je.

— Quoi ? Comment ? demanda-t-il, ahuri. Je... (Il s'interrompit et secoua la tête, abasourdi.) Bon sang, Eden, et *comment* ? Comment tu as survécu ? Putain de merde.

— Je te raconterai tout quand on sera chez moi. J'ai besoin de boire un verre ou deux.

Xander me jeta un coup d'œil avant de se concentrer de nouveau sur la route avec un petit rire.

— Moi aussi.

— Je n'arrive pas à croire que je suis en train de m'éloigner de lui, murmurai-je comme pour moi.

Xander me lança un regard compatissant.

— Je sais que ça te paraît horrible, mais cette exposition pourrait le rendre célèbre. Ce vernissage ne durera que quelques heures et ça vous donnera l'occasion à tous les deux de vous ressaisir.

J'acquiesçai et posai une main sur son épaule.

— Je t'ai cherché, constatai-je à mi-voix. Après Acadie... une fois arrivée à Cincinnati. Je vous ai cherchés, Kristi et toi. Encore aujourd'hui, j'ai passé la journée à la chercher.

Je poussai un petit soupir en secouant la tête.

Xander me regarda, stupéfait.

— Elle est partie à la fac. Tu t'en souviens...

— Oui. J'ai même réussi à obtenir son nom de famille quand j'ai eu le courage d'appeler les gardes forestiers. Je pensais que la police... je ne sais pas ce que je pensais, mais elle était déjà partie. Ils m'ont donné son nom, rien de plus. Smith. Elle s'appelle Smith.

Je secouai la tête et Xander émit un petit rire.

— Oui, ce n'est pas le nom le plus rare du monde.

— Non. Est-ce que tu sais combien il y a de Kristi Smith dans les facs du pays ? Certaines ne sont même pas dans l'annuaire, soupirai-je. Mais je le savais, Xander. Je *savais* qu'elle ne t'abandonnerait pas et qu'elle t'aiderait d'une manière ou d'une autre. Je n'aurais jamais arrêté de te chercher.

Xander me jeta un coup d'œil affectueux avant de froncer les sourcils.

— J'ai perdu le contact avec elle. Pendant longtemps, on n'a pas eu de téléphone, et quand on a déménagé, j'ai perdu son numéro. J'ai cherché partout. (Il me lança un regard plein de regret.) Même si tu avais réussi à la retrouver, elle n'aurait pas su comment me contacter.

— Mais j'aurais au moins appris que Calder était en vie. Et que vous étiez tous les deux à Cincinnati.

Je laissai cette idée peser sur mes épaules pendant un instant. Xander s'empara de ma main.

— Merci de m'avoir cherché.

— Je me suis fait tellement de souci, expliquai-je tristement. Tu savais forcément ce qui s'était passé à Acadie et j'imaginais très bien ce que tu ressentais... je te croyais seul au monde.

Xander m'adressa un regard malheureux.

— Mais ce n'était pas le cas.

Je fis un petit bruit à mi-chemin entre le rire et le sanglot.

— Non. Mon Dieu.

Les larmes se mirent à couler sur mes joues et je les essuyai.

— Il était censé me retrouver à la gare routière le jour de ton dix-huitième anniversaire, dit Xander à voix basse. On avait décidé de se rendre à Cincinnati. C'était le seul endroit avec lequel on avait un lien et on savait qu'on devait quitter la ville. Il n'a probablement pas eu le temps de te mettre au courant.

Je secouai la tête en contemplant son beau profil, à la fois si familier et si différent ; plus âgé et plus viril. Xander ne quittait pas la route des yeux ni la voiture de Molly qui nous précédait. La pluie continuait de tomber dru, sans aucun signe d'accalmie.

— Vous n'êtes jamais venus, poursuivit Xander en serrant les dents, l'air affligé. J'y suis retourné le lendemain. Je me disais qu'il vous avait peut-être fallu un peu plus de temps que prévu et je ne voulais pas vous manquer. Mais quand j'ai vu que vous n'arriviez pas, j'ai compris que quelque chose avait mal tourné. Je n'imaginais pas un seul instant que... (Il secoua lentement la tête comme pour refouler ses propres souvenirs. Lorsqu'il me regarda, je lus de la détresse dans ses yeux.) Kristi m'a conduit là-bas le lendemain matin… Je ne savais pas… Je ne savais pas. Je suis tellement désolé.

Sa voix se brisa sur le dernier mot ; il avait l'air malheureux et plein de regrets.

— Xander, dis-je en posant la main sur la sienne. (Il la pressa fermement.) Aucun de nous n'avait compris à quel point Hector était devenu fou. Tu ne pouvais pas savoir. Et en toute honnêteté, si tu étais arrivé plus tôt, tu aurais très bien pu te retrouver parmi eux. Tu as sauvé Calder, c'est tout ce qui compte.

Il me jeta un regard dévasté. Je devinais qu'il portait le fardeau du « et si » depuis longtemps. Et personne n'était assez solide pour supporter un pareil poids. Xander était un peu brisé. Acadie nous avait tous brisés, d'une manière ou d'une autre.

Je l'ai abandonné là-bas. Je ne pouvais même pas y penser. Du moins pas tout de suite.

— Comment a-t-il survécu ? demandai-je.

Je prononçai le dernier mot d'une voix étranglée et Xander me jeta un regard inquiet.

— Sa cellule. Je sais que tu n'y es jamais entrée, et moi non plus, mais Calder l'a décrite comme une petite boîte en ciment. De l'eau s'est infiltrée dedans mais il y avait un tuyau d'évacuation sur le sol et l'eau n'est pas montée. Heureusement, parce qu'il était inconscient. Il ne se rappelle pas grand-chose. Et il s'en veut beaucoup. Il y a beaucoup de choses qu'il ne se pardonne pas.

Xander demeura un instant silencieux et une larme roula sur ma joue.

— Tout s'est effondré, Eden, tu le sais. Quand je suis arrivé, l'eau avait commencé à descendre mais des morceaux de cadavres émergeaient des gravats et… (Il fit la grimace.) On aurait dit les profondeurs de l'enfer.

Je me souvenais des corps sans vie et boursouflés qui flottaient dans le sous-sol. Ces images me hantaient depuis trois longues années. Je n'étais pas certaine qu'elles disparaîtraient un jour.

— C'était ça, répondis-je. C'était exactement ça.

Il me pressa de nouveau la main sans quitter la route des yeux.

— Ça avait l'air sans espoir. Puis j'ai entendu un faible martèlement et j'ai suivi la direction du bruit. J'ai ôté le plus de décombres possible et je l'ai trouvé. Il était à moitié mort, on lui avait tiré dessus, il saignait, il était couvert de bleus, roué de coups, suffoquant, en état de choc, mais *vivant*, assis dans le coin du tuyau d'écoulement, dans un espace à peine assez grand pour lui. Un putain de miracle. Il frappait un morceau de ciment contre le sol sans s'arrêter. Il n'était pas vraiment lui-même. Il marmonnait un truc sur les sources, Élysée, toi et Mère Willa.

Il tourna dans ma rue.

— On l'a sorti de là et emmené chez un ami de Kristi. Elle a même reculé son départ pour être sûre qu'on allait s'en sortir. (Il s'interrompit et considéra un point par-dessus mon épaule.) J'avais tellement peur de la police. Après Clive... mais maintenant je me dis que si je les avais appelés... si tu avais vu Calder à la télévision, tout aurait été différent. (Il secoua la tête.) Kristi a essayé de me convaincre, mais j'ai refusé de l'écouter et Calder nous a suppliés de ne pas le faire une fois qu'il a retrouvé ses esprits. Il y avait tellement de choses qu'on ne comprenait pas à l'époque et qui nous terrifiaient.

— Xander, moi non plus je n'ai pas prévenu la police. Je ne l'ai pas fait non plus depuis, même si ma mère... c'est une autre histoire, mais, je comprends. Je comprends tout à fait.

Il acquiesça et s'engagea dans l'allée qui menait chez ma mère.

— Il est toujours vivant, quelque part, dit-il.

Je me mordis la lèvre.

— Je sais.

J'allais ajouter quelque chose mais ma mère ouvrit la portière à la volée, me tendit la main et me tira littéralement sous le parapluie qu'elle avait ouvert pour nous protéger de la pluie. Elle attendait manifestement mon retour. J'en déduisis que Molly lui avait passé un coup de fil entre-temps.

Nous courûmes nous mettre à l'abri dans la maison, et une fois séchés, Xander et moi nous installâmes au salon avec un thé brûlant au lieu de l'alcool évoqué un peu plus tôt. J'étais transie jusqu'aux os et j'avais l'impression que je ne pourrais jamais plus me réchauffer. Mais sous le choc et la tristesse, je ressentais une joie féroce !

Il était vivant.

Ma mère se présenta à Xander, puis Molly l'entraîna hors de la pièce pour que je puisse discuter seule à seul avec lui.

Je lui racontai tout ce qui s'était passé depuis ce jour terrible où Clive nous avait embarqués dans la voiture de patrouille. Xander me serra dans ses bras à plusieurs reprises et ma mère vint nous voir une ou deux fois en me lançant des regards inquiets. Molly l'obligea à sortir chaque fois mais je lui fis un signe de tête pour lui dire que ça n'avait pas d'importance. Carolyn avait besoin de se sentir utile, même de la manière la plus simple possible, et elle voulait peut-être aussi entendre mon récit.

Xander m'apprit que Calder et lui travaillaient surtout dans le bâtiment, parce qu'il était facile d'être payé au noir. Ils se débrouillaient très bien et enchaînaient les chantiers. Ça payait les factures. J'éprouvai une grande fierté en apprenant comment ils avaient survécu.

— J'ai travaillé pour nous faire vivre tous les deux pendant la première année, expliqua Xander en évitant mon regard. Calder... il n'a pas fait grand-chose d'autre que de rester allongé, l'air ailleurs. (Il se passa la main dans les cheveux. Il les portait plus longs et ça lui allait bien. Il resta un moment silencieux, perdu dans ses souvenirs.) Il était sous le choc, tu comprends, et il était fou de chagrin. Moi aussi, ajouta-t-il en soupirant. Une fois ses blessures guéries, j'ai fait ce que j'ai pu pour lui, ce qui à l'époque n'était guère plus que de faire en sorte qu'il mange.

Il s'interrompit de nouveau, si longtemps cette fois-ci que je pensai qu'il n'ajouterait rien de plus. Une douleur vibrante avait pris possession de moi et une boule s'était formée dans ma gorge, mais je refoulai mes larmes. J'avais déjà trop pleuré.

— Un jour, je suis rentré du boulot et il n'était pas là, finit-il par poursuivre en secouant un peu la tête. J'ai fouillé l'appartement et j'ai trouvé un ticket de caisse pour une bouteille de whiskey qu'il était descendu acheter comme il aurait pris un médicament, je suppose. J'ai fini par le trouver sur le toit : il était assis sur le rebord et il pleurait, chancelant. (Le chagrin envahit le visage de Xander.) Je l'ai convaincu de descendre, je l'ai traîné à l'intérieur et il s'est calmé. Mais si j'étais arrivé quelques minutes plus tard, Eden... (Il n'acheva pas sa phrase et je posai la main sur son genou que je pressai.) S'il n'avait pas sauté volontairement, il serait tombé.

— Je connais cette souffrance. Je sais. Heureusement que tu étais là.

Xander me considéra en silence.

— C'est lui qui devrait être là, pas moi.

Je secouai la tête.

— Non. Ça a été très dur de le laisser, mais après tout ce qui s'est passé, je ne me pardonnerais jamais de lui gâcher cette chance. C'est son art. *Son destin,* conclus-je dans un murmure.

Xander pinça les lèvres.

— Ça l'a sauvé, tu sais, constata-t-il avec un regard lointain. Après ce qui s'était passé sur le toit, je ne savais pas quoi faire d'autre. Je suis allé dans une boutique d'art et j'ai dépensé l'argent qu'on n'avait pas pour acheter tout ce que j'ai pu. Il n'a pas eu l'air intéressé au départ, mais quand je suis rentré du boulot le lendemain, il s'était mis à peindre. C'était un bout de la source où vous vous êtes rencontrés.

Les larmes me montèrent aux yeux, et cette fois, je ne pus les retenir.

Xander soupira.

— Tous les soirs quand je rentrais, je découvrais qu'il en avait peint un peu plus. Au bout d'un moment il s'est mis à te peindre. Encore et encore. C'était comme si ça te faisait revivre, d'une certaine manière.

Mais il n'a jamais peint mon visage. Pourquoi ? En était-il incapable ?

Xander prit une profonde inspiration.

— C'est moi qui l'ai encouragé à prendre des cours du soir. La prof a reconnu son talent et l'a présenté à une de ses amies, Madison, qui est la propriétaire de la galerie où il expose. (Il me jeta un regard coupable.) Elle s'est intéressée à lui tout de suite, et pas seulement pour ses talents d'artiste. Je l'ai encouragé, Eden. Je l'ai encouragé à trouver le bonheur avec elle. Je l'ai convaincu de lui donner une chance. Je l'ai littéralement poussé dans ses bras.

Il fit une grimace et baissa les yeux.

— Tu ne pouvais pas savoir, répondis-je à mi-voix, le cœur douloureux. Tu es son ami. Tu l'aimes. Tu voulais juste l'aider à tourner la page.

Ce soir, c'était le vernissage de son expo dans la galerie de Madison. Si je comptais correctement, ça voulait dire qu'ils étaient ensemble depuis quelques mois. Six, peut-être ? Je ne demandai pas à Xander. Je ne voulais pas savoir.

Xander se frotta le visage.

— Ouais, et maintenant ? Tout ça est hallucinant.

Je ris tout bas en levant ma tasse à cette absurde tragédie. Si je ne riais pas, j'allais me mettre à pleurer comme une Madeleine.

— Calder... il est à la fois le même et différent. Il a un comportement auto-destructeur. Il s'est acheté une moto et il conduit sans casque et trop vite. Il se porte sans arrêt volontaire pour travailler sur les toits, pas parce qu'il aime ça mais parce que c'est dangereux. Je n'ai pas l'impression qu'il veuille se suicider mais c'est comme s'il n'avait pas peur de mourir. Il tente le destin de toutes les manières possibles.

Il poussa un soupir et je devinai que ça l'affectait beaucoup. Je ne pouvais pas lui en vouloir. Calder était tout ce qu'il avait.

— Xander...

Je m'arrêtai et soupirai, attristée. Je ne savais pas quoi dire d'autre.

Son téléphone sonna soudain pour annoncer qu'il avait reçu un texto. Xander secoua la tête comme pour reprendre ses esprits et baissa les yeux sur l'écran.

— Il est rentré.

— Déjà ? demandai-je en jetant un coup d'œil sur la pendule posée sur la cheminée.

Ça faisait deux heures seulement que nous avions quitté la galerie.

— Je suis surpris qu'il ait tenu aussi longtemps, rétorqua Xander en se levant. Viens, on y va. (Il m'étreignit en disant doucement, d'une voix suffocante d'émotion :) Je suis tellement content de t'avoir retrouvée, Eden.

Je le serrai fort contre moi.

Malgré l'inquiétude de ma mère, je grimpai dans le pick-up de Xander et l'embrassai quand il me laissa sur le trottoir devant l'immeuble de Calder, m'observant jusqu'à ce que je franchisse la porte. J'attendis l'ascenseur pendant une minute, l'esprit carburant à mille à l'heure. Je ne savais pas si je pouvais faire ça, parce qu'il sortait avec Madison, mais j'avais désespérément besoin d'être dans ses bras. J'avais besoin de *lui*. Mais avait-il trouvé le bonheur, comme Xander l'avait espéré en l'y poussant ? Avait-il tourné la page ? Comme l'ascenseur tardait, je grimpai les quinze étages en courant.

CHAPITRE 5

Calder

L'appartement était plongé dans l'obscurité. Je m'assis sur le seul siège que je possédais, une petite chaise en bois que le précédent locataire avait oubliée dans un placard. Un frémissement diffus courait dans mon sang et je serrais et desserrais les poings posés sur mes cuisses. J'avais réussi à dominer mes émotions juste assez pour donner le change pendant deux heures, et chaque minute avait été un pur exercice du triomphe de l'esprit sur le corps. Je n'avais qu'une envie : courir retrouver Eden. *Elle était vivante. Ma sublime Belle de Jour était en vie.* Mes pensées tourbillonnaient. Je poussai un soupir lorsqu'un mélange de sidération et d'euphorie me submergea pour la centième fois en deux heures. Ma peau était moite et je suffoquais. J'avais l'impression d'être toujours en état de choc.

On frappa un coup léger à ma porte ; je bondis sur mes pieds et me précipitai pour ouvrir. Je poussai un petit cri désespéré et attirai Eden contre moi. Nous restâmes enlacés sur le seuil, nous contentant de respirer. Son souffle était saccadé et rapide comme si elle avait couru. Je ne sais pas combien de temps nous demeurâmes ainsi, mais au bout d'un moment, Eden recula un peu et m'adressa un petit sourire triste. Sa respiration était redevenue normale.

— Ton vernissage ? Ça s'est bien passé ?

J'acquiesçai et l'entraînai à l'intérieur avant de refermer la porte derrière elle. Elle laissa tomber son sac à main sur le sol.

— En fait, non, pas vraiment. (Je me grattai la nuque.) Te voir partir, c'était... absurde, Eden. J'aurais dû annuler. (Il eut un petit rire sans joie.) C'était débile.

Elle secoua la tête.

— Le timing n'était pas...

— Oui, je sais, répondis-je précipitamment.

Nous nous dévisageâmes, immobiles, éclairés simplement par les lampadaires de la rue. Elle était incroyablement belle.

— Tu as de la lumière ? demanda-t-elle au bout d'un moment, en examinant la pièce dans la pénombre.

Je secouai la tête.

— Pas encore. Un type avec qui je bosse me loue cet appart bien en dessous du prix du marché. Je le retape en échange de ça et de l'absence de dossier... tous les imbroglios dus à l'absence de papiers d'identité. (Je me massai la nuque.) Je n'ai pas encore refait l'électricité.

Elle acquiesça en observant la grande pièce.

— Je n'ai pas demandé à Xander où il habitait.

— À dix minutes d'ici, dans son propre appartement. Je voulais qu'on partage celui-ci mais il a décidé qu'il était temps pour nous de nous séparer.

Elle hocha de nouveau la tête, mais nous gardâmes le silence.

— Eden...

Elle se passa la langue sur les lèvres et ouvrit la bouche comme pour parler avant de la refermer, sourcils froncés. Puis elle se décomposa et poussa un long soupir tremblant.

— C'est (Un petit sanglot franchit ses lèvres.)... étrange et douloureux. C'est comme si nous... et tu as une... tu as une...

Ses épaules étaient secouées de sanglots silencieux. En la voyant pleurer, la souffrance me heurta de plein fouet, avec une telle acuité qu'elle en devint physique et me fit tressaillir. Je fis un pas en avant et l'attirai à moi.

— Pardon, pardon, répétai-je.

Je la sentis trembler contre mon torse.

— Non, non, tu croyais que j'étais morte. Tu essayais de tourner la page, je sais.

— Non, répliquai-je d'une voix forte avant de fermer brièvement les yeux. Non, répétai-je. Je n'ai pas tourné la page, Eden. Jamais. Je... je ne sais même pas. Je n'ai pas essayé de tourner la page, mais de survivre. Je suis tellement désolé.

Nous restâmes l'un contre l'autre dans l'obscurité et nous fîmes courir nos mains sur le corps l'un de l'autre comme pour nous assurer qu'il était bien réel, pas juste un fantôme ou une hallucination née de nos imaginations tourmentées.

Je l'écoutai respirer, les yeux fermés.

— Tu sens toujours les fleurs de pommier, chuchotai-je en inhalant son parfum que j'adorais, celui que je pensais ne plus jamais sentir.

Elle poussa un petit soupir et elle sourit contre mon tee-shirt, qu'elle agrippa.

— Tu sens différent, murmura-t-elle. Tu as une odeur de lessive.

Je secouai la tête en souriant. C'était hallucinant. Je tenais ma Belle de Jour dans mes bras. C'était comme dans un rêve. Le silence plana pendant quelques minutes.

— On a tellement de choses à se dire.

— Je sais.

Mais aucun de nous deux ne bougea ni ne posa de question. Son cœur battait contre ma poitrine et le mien répondit à son rythme régulier en accélérant. Sa douceur se pressait contre moi : elle était réelle, solide et *vivante.*

Quelque chose changea dans l'atmosphère ; les molécules dans l'air se mirent à bouger plus vite autour de nous. Eden leva la tête et plongea son regard dans le mien. Avant que j'aie le temps de réfléchir, mes lèvres trouvèrent les siennes et nous poussâmes tous les deux un soupir de désespoir et de soulagement mêlés. Ma langue pénétra sa bouche tiède et elle se pressa contre moi. Nous nous goûtâmes, nous familiarisant de nouveau l'un avec l'autre.

Puis nous commençâmes à arracher nos vêtements avec une brutalité tremblante et affamée. Je la fis reculer jusqu'à ce qu'elle heurte le mur en poussant un petit cri que je fis taire en me pressant contre elle. Elle glissa les mains dans mes cheveux et s'y agrippa.

Je reculai juste assez pour ôter mon tee-shirt dans un mouvement souple avant de faire de même pour le sien. Elle poussa un petit gémissement.

Je déboutonnai mon jean et le laissai tomber sur le sol. Eden trébucha en se penchant pour enlever le sien. Je la rattrapai et nous nous effondrâmes sur le plancher que nous heurtâmes avec un bruit sourd. Dans d'autres circonstances, ça aurait été drôle, mais en cet instant je ne ressentais que de la peur et un désir aussi impérieux que douloureux. C'était presque comme si nous brûlions tous deux d'entailler la peau de l'autre pour nous y glisser et nous y enfouir si profondément qu'il serait impossible de nous séparer de nouveau.

Lorsque nous fûmes entièrement déshabillés, peau contre peau, nous soupirâmes et nos baisers devinrent plus lents et plus profonds : notre soif désespérée l'un de l'autre était assouvie, du moins pour le moment.

J'encadrai tendrement son visage entre mes mains, accoudé sur le sol au-dessus d'elle. Elle posa la main sur mon érection et je gémis en me frottant contre elle. Ça faisait si longtemps que je n'avais pas ressenti ça, mais c'était toujours pareil. Eden éveillait en moi le même désir fougueux qui allumait comme un brasier en moi.

Elle m'attira plus étroitement contre elle et enroula ses jambes autour de mes hanches. Nous tremblions en poussant de petits cris, manifestations de notre joie, ou de notre désarroi ou de notre désir douloureux. Je ne savais pas ; peut-être tout ça à la fois et bien plus encore.

Les épreuves que nous avions traversées ensemble me revinrent presque toutes en mémoire, accélérant mon rythme cardiaque, ma peur, mon désir. Puis l'angoisse terrible de ces trois années sans elle envahit mes pensées. Nos larmes se mêlèrent à nos baisers, donnant à Eden un goût doux-amer.

J'avais très envie d'entrer en elle mais je pris une profonde inspiration pour me calmer.

Cette fois-ci, je la protégerais.

Je rompis le baiser et tendis la main vers mon jean pour attraper mon portefeuille. J'en sortis un préservatif d'une main tremblante. Je déchirai l'emballage avec les dents. Elle me regarda faire et le chagrin se peignit sur son visage. Elle se décomposa et des sanglots silencieux la secouèrent tandis que les larmes roulaient sur ses joues.

— Je suis désolé, murmurai-je d'une voix brisée.

Je ne savais pas si elle réagissait ainsi parce que le préservatif lui rappelait le martyre qu'elle avait enduré parce que nous n'avions pas été assez prudents la première fois, ou parce que j'en avais un sur moi. Les deux, probablement.

Elle hocha la tête.

— Je sais, je sais, chuchota-t-elle.

J'avais l'impression qu'elle m'avait entendu penser et qu'elle répondait à mes deux préoccupations. Comme si elle connaissait toujours les secrets de mon cœur et qu'elle me pardonnait de l'avoir abandonnée. Ma Belle de Jour. Une fois que j'eus enfilé le préservatif, elle m'attira de nouveau à elle pour m'embrasser. Lorsque je la pénétrai, elle renversa la tête en arrière en poussant un petit cri. *Mon Dieu, mon Dieu.* C'était exquis, d'une beauté aveuglante. *Elle* était exquise. Ma vision se troubla et des étoiles explosèrent devant mes yeux. Je gémis et me mis à aller et venir : le plaisir était si intense que mon corps se hérissa de chair de poule.

— Eden, Eden, j'étais mort sans toi. J'errais comme un spectre, à moitié dans ce monde, à moitié dans l'autre. Eden...

Je gémissais mes mots. Ils flottaient ensemble et j'ignorais si je les avais prononcés à haute voix ou simplement pensés.

Eden m'attira encore plus près, m'emprisonnant entre ses jambes, et gémit :

— Oui, oui.

Me répondait-elle ou se contentait-elle de manifester son plaisir ? Je léchai son cou et le goût doux-amer de sa peau explosa sur mes papilles. J'avais envie de la dévorer. Je poussai un grondement et accélérai le rythme. Nos peaux claquaient l'une contre l'autre et son dos heurtait le plancher. Elle agrippa mes cheveux à pleines mains et tira brutalement dessus en criant.

Nous ne fûmes bientôt plus que deux masses enchevêtrées, criantes et gémissantes, faites de chair, de chaleur et de plaisir. Tout était surréaliste. Quelque part loin de moi, mon cerveau enregistrait la brutalité étrange avec laquelle nous faisions l'amour, mais elle m'était si nécessaire que je refusai de m'y attarder. Je ne le pouvais pas. Mon amour était dans mes bras. Rien d'autre n'avait d'importance. Je laissai le soulagement me submerger. Notre union m'apportait tellement l'apaisement dont j'avais tant besoin que je le cherchais d'une manière bestiale.

Je sentis Eden se raidir sous moi : elle se cambra et cria en jouissant. Elle me griffa le dos avec tant de violence que je sentis mon sang couler. Cela m'enflamma encore plus et mon sexe se gonfla davantage en elle. Son plaisir entraîna le mien et l'orgasme tourbillonna dans mon ventre avant de se nicher plus bas. Je me contractai et jouis en elle en gémissant contre la douceur de sa gorge.

Nous restâmes étendus pendant un moment. Notre respiration reprit un rythme normal et nos cœurs se calmèrent. Je me redressai pour la regarder. Son expression était tendre mais triste. Je repoussai ses cheveux sur son front puis l'embrassai doucement. Je me retirai et m'étendis sur le dos, l'attirant contre moi.

Je pris une profonde inspiration. Je laissai courir mes mains le long de ses bras tandis qu'elle me serrait fort contre elle. Lorsque je me rendis compte que je n'avais pas ôté le préservatif, je dis à mi-voix, en le désignant d'un geste du menton :

— Laisse-moi me débarrasser de ça.

Elle s'assit. Une fois lavé, simplement vêtu d'une serviette de toilette, je m'adossai au mur de la salle de bains pour essayer de contrôler les battements effrénés de mon cœur. Je massai ma poitrine. J'avais l'impression que quelque chose était brisé à l'intérieur. Ou était au contraire en train de se recoller.

Lorsque je sortis de la salle de bains, Eden s'était rhabillée et, debout devant la baie vitrée, elle contemplait la nuit. Je m'immobilisai pour l'admirer, baignée par la lueur de la lune et les lumières de la ville, le cœur douloureux.

— C'est comme ça que je t'ai toujours préférée, dis-je.

Elle se tourna vers moi et inclina la tête pour m'inviter à continuer.

— À la lueur de la lune, répondis-je en marchant vers elle.

Elle m'adressa un doux sourire.

— Pendant un instant, j'ai pensé que tu étais une hallucination et que j'avais tout inventé. Est-ce qu'un jour j'arrêterai de penser ça ?

— Je ne sais pas, répondit-elle. Je ne sais pas comment ça marche. Je n'avais jamais imaginé...

— Est-ce que tu as pensé que j'étais en vie ? Même un instant ?

Elle secoua la tête.

— J'ai vu les décombres, Calder. J'étais là quand tout s'est effondré. J'ai vu les corps, l'eau qui recouvrait encore tout. Je... (Elle prit une inspiration tremblante.) C'est à ce moment-là que je suis morte à l'intérieur.

Elle écarquilla les yeux, horrifiée, comme si elle revivait le souvenir et ressentait de nouveau les mêmes émotions. Je m'emparai instinctivement de ses mains.

— C'était impossible... (Elle ravala un sanglot.) Je t'ai abandonné là-bas, murmura-t-elle, vivante image de la détresse. Mon Dieu, Calder, dit-elle en portant la main à sa bouche avant de la laisser retomber, je t'ai abandonné là-bas. (Elle secouait la tête comme pour repousser cette idée.)

Je ne me le pardonnerai jamais. Jamais. Aussi longtemps que je vivrai, je ne...

Je l'attirai à moi et la tins tout contre moi.

— Chut, dis-je en lui caressant les cheveux. Tu n'avais aucun moyen de le savoir. J'ai vu les images aux infos. Je n'aurais eu aucun espoir moi-même. Je te jure que je ne t'en veux absolument pas d'avoir pensé que personne n'avait survécu. (Elle acquiesça mais elle avait toujours l'air malheureux.) Asseyons-nous, suggérai-je en l'entraînant vers le mur, à droite de la baie vitrée. Je suis désolé de ne pas avoir de meubles.

Elle s'assit sur le sol et s'adossa contre le mur. Je laissai tomber ma serviette de toilette pour enfiler mon jean avant de la rejoindre et de la serrer contre moi. Lorsque je m'appuyai contre le mur, les griffures qu'elle m'avait faites dans le dos m'élancèrent. J'avais envie de soupirer de bonheur : ces blessures étaient la preuve de son existence. Je compris soudain que c'était la même chose avec la douleur émotionnelle. Pendant toutes ces années, je m'y étais cramponné, je ne voulais pas la lâcher. À dire vrai, une partie de moi avait eu envie de se noyer dans le désespoir. J'aurais voulu me torturer et m'emmurer vivant. Et une partie de moi aimait ça parce que c'était tout ce qu'il me restait d'elle.

Elle enroula les bras autour de ma taille et se blottit contre moi. Je laissai mon âme se réjouir, les yeux fermés, enivré par le parfum de ses cheveux.

— Xander m'a expliqué comment tu t'en étais sorti, murmura-t-elle.

J'opinai en permettant aux souvenirs de refaire surface.

— Quand ils m'ont traîné dans la cellule, j'étais quasiment inconscient. Je... tu as vu dans quel état j'étais. On m'avait tiré dessus aussi. Je ne m'en suis rendu compte qu'en essayant de me lever. (Elle me lança un regard triste mais ne dit rien. Puis elle reposa la tête sur mon épaule.) J'ai perdu beaucoup de sang mais il ne me reste plus qu'une seule cicatrice pour témoigner de tout ça.

Je soupirai et gardai le silence un instant. Eden attendait.

— J'ai cru que j'allais mourir. J'en étais même certain. Et j'ai ressenti une certaine... acceptation. De temps en temps, je refaisais surface et j'entendais des hurlements. Je n'arrêtais pas de penser que tu étais avec eux et ça me dévastait, Eden. Je ne veux même pas y penser, pas même pour te le raconter.

Elle me pressa la taille.

— Ce n'est pas grave, chuchota-t-elle. Tu n'as pas besoin de le faire. Je sais.

Je sentis le chagrin faire son chemin.

— Je suis désolé pour tout ce que tu as enduré. Et je n'étais pas là.

Elle plongea de nouveau son regard dans le mien et posa un doigt sur mes lèvres.

— Tu n'aurais absolument rien pu faire de plus. Tu t'es battu de toute ton âme. Tu ne crois pas que je le sais ?

— Mais ça n'a pas suffi ! suffoquai-je.

Elle me lâcha la taille, se tourna complètement vers moi et posa son front sur le mien. Nous gardâmes le silence un moment.

— Ça a suffi. Nous sommes ici tous les deux. Tu comprends ? Ça a suffi. Ce que nous avons fait a suffi, finalement. Nous nous sommes déjà mutuellement pardonnés. Nous pourrions peut-être essayer de nous pardonner à nous-mêmes à présent.

Des larmes roulaient de nouveau sur ses joues et elle les essuya.

— Hector nous a enfermés dans les deux seuls endroits de ce trou à rats où il y avait assez d'air pour survivre. Les dieux ont oublié de lui fournir cette information, fit-elle avec un tout petit rire sans joie.

Le silence s'installa entre nous.

— Quand tout s'est effondré, finit-elle par poursuivre, est-ce que tu étais conscient ?

— Non. Après les hurlements, c'est le trou noir jusqu'à ce que j'entende la voix de Xander au-dessus de moi. Il dit que je frappais quelque chose par terre et que c'est comme ça qu'il m'a trouvé, mais je ne me rappelle rien. Je me souviens juste de m'être réveillé chez un ami de Kristi. (Il grimaça.) Je ne voulais même pas être en vie. J'étais furieux. Et je pense que j'ai été dans cet état jusqu'à il y a deux heures.

Eden soupira, secoua la tête et posa brièvement la main sur ma joue.

— Ça aussi, je le sais, murmura-t-elle. Raconte-moi la suite, ordonna-t-elle après un instant de silence.

— L'ancien coloc de Kristi était étudiant en médecine. Elle lui a raconté qu'on faisait partie d'un gang et il m'a soigné de son mieux, expliquai-je en me passant la main dans les cheveux. Une semaine plus tard, Xander et moi avons pris un bus pour Cincinnati.

— Ça fait trois ans que nous vivons dans la même ville, constata-t-elle, accablée.

Je ressentais le même chagrin et le regret emplit mon cœur.

— Oui, fut tout ce que je parvins à articuler. Eden... (Je la regardai droit dans les yeux.) Tu sais que c'est mon système d'irrigation qui a causé l'inondation, n'est-ce pas ?

J'étais certain qu'elle l'avait compris. La reconstitution des faits avait été abondamment commentée par la presse. Mais la police n'était pas sur place au moment où tout était arrivé. Nous, si. Moi seul savais qu'ils avaient fait quelques erreurs.

L'expression d'Eden s'adoucit.

— C'est Hector qui a provoqué l'inondation. Il se trouve qu'il a utilisé ton système pour... amener l'eau de la rivière en crue juste sur le sous-sol et comme ça, quand la pluie a commencé à tomber...

Elle n'acheva pas sa phrase.

Je baissai la tête et me massai la nuque.

— C'est moi qui ai construit ce système. Eden, ce n'est pas Hector qui l'a dévié. C'est moi. Je l'ai détruit dans un accès de rage.

Eden cilla.

— Oh, Calder, chuchota-t-elle.

— Tu vois, c'était bien ma faute. Si je n'avais pas fait ça, tous ces gens...

— Arrête, dit-elle d'une voix plus aiguë. Tu ne l'as pas fait exprès. Tu ne pouvais pas savoir ce qui allait se produire. Ce n'est pas ton fardeau. (Elle posa les doigts sous mon menton et fit pivoter mon visage pour que je la regarde bien en face.) Tu as mis au point ce système pour améliorer les choses, Calder. C'était une belle invention malgré ce qui s'est produit. Je ne penserai jamais le contraire.

La culpabilité et l'amour m'envahirent en même temps ; la culpabilité pour la part que j'avais prise dans la tragédie qui s'était déroulée ce jour-là et l'amour pour qui elle était et pour ce qui brillait dans ses yeux.

— Tu es toujours ma Belle de Jour, murmurai-je.

Elle me lança un regard plein de tendresse.

— Tu sais ce que les journalistes n'ont pas dit ? Ce que moi seule sais ? Hector a avalé la clef du sous-sol. *Il l'a avalée.* Il ne s'est pas contenté de verrouiller la porte. (Elle eut un petit rire dégoûté avant de redevenir sérieuse.) Il n'a jamais eu l'intention de laisser ces gens sortir, qu'ils le veuillent ou non. Et puis, Calder, à la fin, la plupart étaient contents d'être là. *Ils croyaient.* Rien n'est ta faute.

Je cillai. Je ne savais que penser de cette révélation : *Hector avait avalé la clef.* C'était à la fois horrible et un peu déculpabilisant. Xander m'avait seriné que je n'étais pas coupable, mais découvrir qu'Eden le pensait aussi avec une sincérité fougueuse m'apportait enfin la paix après laquelle je courais désespérément depuis trois ans. Ma douce et courageuse Belle de Jour.

— Raconte-moi comment tu t'en es sortie, finis-je par dire.

Eden soupira et tourna la tête vers la fenêtre, une expression indéchiffrable sur le visage.

— En y repensant, ça me semble irréel.

Puis elle me raconta tout ce qu'elle avait enduré cette nuit-là : elle avait flotté dans l'obscurité la plus complète tandis que les hurlements et les appels au secours de l'autre côté de la porte se transformaient en gargouillis et que la mort faisait son œuvre. Mon cœur se mit à saigner et une boule se forma dans ma gorge, si grosse que je manquai m'étouffer. J'étais horrifié et nauséeux, je sentais mes entrailles se tordre ; mais malgré tout ça, j'éprouvais surtout de *la fierté*. J'étais fier d'elle. Non seulement elle avait survécu, mais en plus, elle s'était servie de ce que je lui avais appris. Une partie de moi était présente dans cette pièce avec elle ce jour-là. Cette idée m'apaisait.

Elle me raconta ensuite comment elle était arrivée à Cincinnati et me parla de Felix et de Marissa, des cours de piano qu'elle donnait, de la façon dont elle avait retrouvé sa mère et était allée sonner à sa porte. Je l'écoutai en silence, incrédule et émerveillé par sa force et sa résilience. Mais elle avait pourtant l'air d'une tristesse infinie. Je voyais bien qu'elle se sentait très seule.

Quand elle eut terminé son récit, je l'admirai en silence pendant un moment. Je devais avoir l'air sidéré.

— J'ai toujours pensé que tu étais forte, commentai-je. Mais j'étais loin du compte.

Elle me sourit puis jeta un coup d'œil autour d'elle.

— Xander m'a dit que vous bossiez dans le bâtiment, tous les deux. C'est là que tu as appris ce que tu es en train de faire ici ? demanda-t-elle avec un geste du bras englobant la pièce.

Je m'éclaircis la voix, conscient qu'elle avait sciemment changé de sujet. Elle en avait peut-être besoin. Et moi aussi. Tout cela était difficile à digérer. Il nous faudrait peut-être une vie entière pour y parvenir.

— Oui. Ma spécialité, c'est plus les toitures.

Une expression inquiète se peignit sur ses traits.

— Oui, Xander m'a dit ça aussi. (Un silence.) Mais ta peinture...

— Ne m'a pas fait gagner un seul centime jusqu'à présent.

— Mais ça va venir, affirma-t-elle avec conviction.

Nous nous regardâmes en silence.

Mon téléphone portable, qui était posé sur le plancher à côté de nous, vibra et l'écran s'alluma. Je baissai les yeux vers lui et vis s'afficher un SMS de Madison.

« Je me fais du souci. Rentre à la maison. »

Je tendis tout de suite le bras pour l'éteindre mais je me rendis compte qu'Eden avait les yeux rivés sur lui et je devinai à son expression qu'elle avait lu le texto. Elle plongea son regard blessé dans le mien. Je n'avais qu'une envie : balancer mon téléphone par la fenêtre.

— Eden...

— À la maison ? Tu vis avec elle ? demanda-t-elle à voix basse.

— Non. Enfin, merde. J'habite avec elle pendant que je fais les travaux ici, c'est temporaire. Comme tu peux le voir, ce n'est pas habitable, conclus-je avec un geste de la main en direction de la pièce.

Eden se mordit la lèvre. Ses yeux étaient pleins de chagrin.

— Est-ce que tu es amoureux d'elle ? demanda-t-elle si bas que j'eus de la peine à distinguer ses paroles.

— Non. Pas du tout. Je... (Seigneurs, *Seigneur*, c'était affreux, absolument atroce. J'avais envie de hurler et de casser quelque chose. Je pris une profonde inspiration.) C'est *toi* que j'aime. Je n'aimerai jamais personne d'autre.

— Mais tu sors avec elle. (Ce n'était pas une question, plutôt une affirmation énoncée sur un ton détaché. Elle fixa un point au-dessus de mon épaule pendant un instant avant de me regarder de nouveau.) Tu me croyais morte, Calder. Je comprends.

— Non ! Je n'ai pas envie que tu comprennes. Ce n'est pas compréhensible. Je ne le comprends pas moi-même.

Eden soupira, se leva et étira ses jambes. Je bondis sur mes pieds. Elle posa une main sur ma joue.

— Nous avons encore tant de choses à nous dire, fit-elle avec un sourire morose. On pourrait discuter pendant des jours sans faire le tour de tout ce que nous avons traversé. (Elle se mordit la lèvre.) Mais, Calder, pour l'instant, nous avons tous les deux besoin de repos.

Elle se dirigea vers son sac à main, en sortit son téléphone et envoya un SMS, je suppose à la fille qui l'avait accompagnée à la galerie.

— Dors ici, lâchai-je en l'attrapant par le bras.

Il m'était insupportable de la voir franchir le seuil de mon appartement. Cette seule idée m'emplissait de terreur, comme un peu plus tôt au vernissage.

— Reste avec moi. Ne me quitte pas.

Elle secoua la tête.

— Je ne te quitte pas. Mais il est hors de question que j'aie une liaison secrète avec toi. Tu as ta vie. Je ne t'en veux pas. Mais....

— Je sais. (Mon cœur se brisa dans ma poitrine.) On mérite mieux que ça.

— Oui.

Mon portable vibra de nouveau. Je fermai brièvement les yeux. Eden jeta un coup d'œil vers mon téléphone.

— Toi aussi tu dois rentrer à la maison, constata-t-elle à mi-voix.

Elle buta sur l'expression « à la maison », et ça me transperça le cœur.

— C'est toi que je veux, Eden. Je n'ai jamais voulu personne d'autre que toi. Je te demande pardon, je ne voulais pas qu'on se trouve dans une telle situation.

Eden prit une profonde inspiration et m'adressa un petit sourire désolé.

— Ma mère a organisé une petite *garden party* pour moi demain. Quelques amis proches qui n'ébruiteront pas mon retour. Je pense que ce sera terminé vers dix-huit heures. On pourrait peut-être se voir à ce moment-là ? demanda-t-elle en faisant courir sa langue sur sa lèvre inférieure.

— Oui, bien sûr. Tout ce que tu veux. Dis-moi ce que je dois faire, suppliai-je, désespéré. Je ne sais pas quoi faire.

Elle me considéra un instant puis hocha la tête.

— Je t'appelle quand c'est fini.

— D'accord.

Mon téléphone vibra une troisième fois et je dus me retenir physiquement de le piétiner.

Eden devina ma colère.

— Elle n'y est pour rien, elle non plus, dit-elle.

Je la fixai. *Toujours aussi charitable.*

Je poussai un soupir agacé et me passai la main dans les cheveux.

— Tu as raison.

Eden se pencha pour m'embrasser et je dus faire appel à tout mon sang-froid pour ne pas la forcer à rester avec moi. Je me sentais à la fois dévasté, malheureux et heureux.

Quelques instants plus tard, le portable d'Eden bipa.

— C'est Molly, fit-elle après avoir jeté un coup d'œil à l'écran.

Je me contentai d'acquiescer en silence. Elle esquissa un faible sourire puis nous nous enlaçâmes en même temps pendant ce qui était peut-être une éternité mais me parut trop court. Lorsque nous nous séparâmes, elle eut un dernier sourire malheureux, puis la porte se referma sans bruit derrière elle.

Je traversai l'appartement pour me laisser tomber contre le mur près de la baie vitrée. J'étendis mes jambes devant moi et soufflai longuement. Je ne voyais pas quoi faire d'autre.

Au bout d'un moment, j'envoyai un texto à Madison pour lui dire que je dormirais chez moi cette nuit-là, puis j'éteignis mon portable. Je m'adossai au mur et fermai les yeux de soulagement lorsque les griffures m'élancèrent. C'est là que je finis par m'endormir, peu avant l'aube.

*
* *

Lorsque je me réveillai, j'avais la nuque raide et les tempes bourdonnantes. Je me rendis compte en me redressant lentement que le martèlement que je croyais entendre dans ma tête venait de la porte.

— Une minute ! criai-je d'une voix rauque, comme elle l'était toujours le matin.

Je toussotai et ouvris la porte. Madison.

Elle entra d'un pas vif, regarda autour d'elle puis posa les yeux sur moi.

— Est-ce qu'elle est là ?

— Non, répondis-je à mi-voix en me dirigeant vers la cuisine où j'avais une petite cafetière portative à piles et du café.

Je me mis à préparer le café sous le regard de Madison, immobile devant le plan de travail. Elle ne prononça pas un mot. Une fois que j'eus terminé et que l'odeur du café emplit la pièce, je m'accoudai au comptoir face à elle.

— Je suis désolé, dis-je.

Elle baissa les yeux, l'air peiné. Je contournai l'îlot pour la prendre dans mes bras et la serrer contre moi.

— Je suis désolé, répétai-je, parce que je ne voyais pas quoi dire d'autre.

Au bout d'un moment, elle se mit à me caresser le dos et m'embrassa le cou. Je reculai.

— Mad...

Elle laissa retomber les mains le long de son corps.

— Quoi ? Je n'ai plus le droit de te toucher ?

Je passai la main dans mes cheveux et pris une profonde inspiration.

— Non. Je suis désolé, mais c'est comme ça.

— Pourquoi ? demanda-t-elle, blessée.

J'avais l'impression d'être le plus gros connard de la Terre.

— Parce que si tu me touches, je la trompe. Et je ne ferai jamais ça.

Je fis la grimace. C'était la vérité mais ça me faisait mal de lui parler comme ça. Elle avait toujours été sympa avec moi. Je tenais à elle.

Elle me lança un regard incrédule.

— *La* tromper ? s'exclama-t-elle, stupéfaite. C'est moi que tu trompes, putain ! Tu l'as sautée ?

Je serrai les dents.

— Arrête, Madison.

— Arrête ? Espèce d'ordure ! Qu'est-ce que je devrais arrêter ? D'avoir envie de toi ? De me battre pour te garder ? Tu voudrais que je sorte gentiment de ta vie pour que tu puisses être avec *elle* ?

Elle secoua la tête, les poings sur les hanches.

— Non, arrête d'envenimer les choses ! Tu crois que je ne sais pas que la situation est insupportable ? Que j'ignore que je suis un gros connard ? Je suis censé faire quoi ? Pour l'amour des dieux ! *De Dieu* ! Eh merde !

Je fis demi-tour pour contourner de nouveau le plan de travail sur lequel je posai les paumes, tête basse.

— Tu es censé rester avec moi. Tu es supposé te rendre compte qu'elle est ton passé et que je suis ton avenir. Tu es présumé comprendre que si vous vous remettez ensemble, vous allez vous retrouver *là-bas,* en enfer. C'est ça que tu veux ? Quelqu'un qui te rappelle la tragédie et le trauma ? Quelqu'un dont tu n'es même pas capable de peindre le visage parce que tu n'as pas le courage de le regarder ?

Je levai la tête vers elle. Elle était belle, aucun doute là-dessus, mais elle ne faisait pas vibrer mon cœur d'un amour presque violent. Un seul visage avait ce pouvoir. Un seul l'avait jamais eu, depuis l'année de mes dix ans. Un seul l'aurait jamais.

— Je peins son visage, Madison. Mais je ne le partage avec personne.

Madison se décomposa et une nouvelle bouffée de culpabilité m'assaillit.

— Ça ne se passerait pas comme tu le dis, Mad, poursuivis-je.

Mais au fond de moi, ses paroles avaient trouvé un écho. Est-ce que ça serait vraiment *comme ça* ? Et si ce n'était pas le cas pour moi, serait-ce le cas *pour elle* ? Méritait-elle de tourner la page ? D'explorer sa vie sans moi et sans le chagrin qui était le sien ? Elle m'avait peu parlé de sa vie, mais j'avais eu l'impression qu'elle errait, sans but. Était-elle seulement capable de tourner la page ? Méritait-elle la chance de le découvrir ?

Madison poussa un soupir irrité.

— Tu ne le penses pas maintenant, mais c'est pourtant ce qui se passera. (Elle fronça les sourcils.) Prends au moins le temps de réfléchir. Tu n'as pas à retourner avec elle par devoir. Tu ne lui *dois rien,* Calder. Tu peux être ami avec elle, mais rentre à la maison avec moi. S'il te plaît. Ne prends pas de décision tout de suite.

Je ne répondis rien, à court de mots.

Elle baissa les yeux.

— Je suis désolé, répétai-je. (Je me penchai en avant pour prendre ses mains dans les miennes. Il fallait que je trouve les mots justes.) Je sais qu'Eden et moi avons survécu au pire ensemble. Mais... ce n'était pas que ça. C'était un détail, en définitive. (Je secouai la tête et retirai mes mains.) Je ne sais pas si je peux expliquer ça à quelqu'un qui n'était pas là-bas, ce que c'était pour nous.

J'avais parlé d'Acadie à Madison, mais je ne lui avais pas tout dit. Elle savait ce que j'avais subi et j'avais été ravi d'être capable d'en discuter avec quelqu'un d'autre que Xander. J'avais confiance en elle.

Mais comment lui raconter ce que j'avais vécu avec Eden ? Ce ne serait ni juste ni sympa et en plus, au fond, je voulais garder ça pour moi. C'était à nous, à Eden et à moi. C'était sacré.

— Tu n'as pas besoin de m'expliquer quoi que ce soit. Je vois tes tableaux. Tous les jours, je vois ton art. Tu crois vraiment que je ne sais pas combien tu tiens, ou tenais, je ne sais pas, encore à elle ? Je... s'il te plaît, prends le temps de réfléchir. Une fois que tes émotions se seront calmées. S'il te plaît, mon chéri.

Une larme coula sur sa joue et je l'effaçai du bout du pouce. Elle m'adressa un sourire tendre.

Je pris une profonde inspiration, complètement perdu. Je savais qu'elle comprenait mon art, en partie au moins. Mais me comprenait-elle, moi ? Voyait-elle combien je souffrais ? Combien je me sentais incomplet ? Vide ? J'attrapai deux tasses dans le placard, versai du café et lui en tendis une.

— Je n'avais pas prévu une chose pareille, dis-je. C'est juste...

Madison prit une profonde inspiration et garda le silence un instant, le regard rivé sur sa tasse.

— Je sais, finit-elle par dire avant de lever les yeux sur moi. Je suis là pour t'aider, d'accord ?

Je ne savais pas exactement ce qu'elle entendait par là mais j'acquiesçai.

— Merci.

Madison soupira et sirota une gorgée de café.

— Tu as tout vendu, hier soir, me confia-t-elle à mi-voix.

J'eus un pas de recul.

— Tout vendu ? Quoi ?

Madison me regarda avec un petit sourire.

— Oui. Jusqu'au dernier tableau. Tu es parti après les deux premières ventes et les autres ont suivi rapidement. Ton départ était une idée brillante, finalement. Tu es « inaccessible » maintenant, un « artiste sensible » qui ne supporte pas la foule. Génial. C'est comme si j'avais tout prévu.

Mais son expression était blessée. Les choses ne s'étaient pas terminées comme elle l'aurait voulu.

— Mad...

Elle secoua la tête et agita la main.

— Je vais y aller. Promets-moi de m'appeler dans la journée, d'accord ?

Elle me regarda tendrement en lissant sa jupe. Puis elle contourna l'îlot et déposa un baiser sur ma joue avant de prendre une profonde inspiration et de tourner les talons.

— Madison, attends, dis-je en posant ma tasse avant de la rejoindre en deux enjambées. (Elle me fit face, à la fois peinée et sereine.) Je veux que tu saches que je n'ai jamais eu l'intention de te faire du mal. Jamais, avouai-je maladroitement. Tu t'es montrée sympa avec moi. Tu m'as beaucoup aidé, ce dont je te serai toujours reconnaissant. Et je ne parle pas seulement d'art.

Elle ferma les yeux comme pour réfléchir à sa réponse. Puis elle baissa la tête vers le sol. Quand elle posa les yeux sur moi, ils étaient pleins de larmes.

— Je t'appelle, dit-elle.

Puis elle tourna les talons et quitta l'appartement.

Je contemplai la porte close en essayant de mettre de l'ordre dans mes pensées. Est-ce que Madison avait raison ? *Eden et moi avions-nous un avenir ?* Je l'avais abandonnée une fois. Je ne commettrais plus la même erreur. Je me frottai le visage d'une main puis regagnai la cuisine pour finir mon café et essayer de résoudre l'imbroglio qu'était devenue ma vie.

CHAPITRE 6

Eden

Je pénétrai sous la douche brûlante, l'esprit entièrement concentré sur Calder. Je ne savais pas quoi penser des événements de la nuit précédente. J'étais en proie à la plus complète confusion et j'étais perpétuellement au bord des larmes depuis que j'avais quitté la galerie, la veille. Je n'éprouvais pas uniquement de la tristesse et du désespoir, mais aussi d'autres émotions qui me submergeaient sans relâche. C'était épuisant et j'étais restée au lit jusqu'à ce que je décide d'aller prendre une douche, bien après midi.

J'avais posé mon portable sur la table de nuit, m'attendant à ce que Calder m'ait au moins envoyé un texto en se réveillant. Mais ce n'était pas le cas. Je ne savais que penser de ça.

Nous avions fait l'amour. J'interrompis mon shampoing et me mordis la lèvre. Il avait trompé sa petite amie avec moi. Cette idée me donnait envie de hurler. Comment sur la terre verte des dieux pouvions-nous être considérés comme adultères ? Mais techniquement... je poussai un gémissement et me remis à me laver les cheveux. Ça n'avait même pas été du sexe. Ou, du moins, la satisfaction sexuelle n'en était pas le but. C'était plutôt un besoin viscéral d'être unis de toutes les manières possibles. L'angoisse me serra le cœur : nous avions peut-être été intimes pour la dernière fois.

Je me séchai et me campai devant le miroir, uniquement vêtue de mes sous-vêtements. J'allumai le sèche-cheveux et commençai à sécher mes longs cheveux. Je croisai mon regard dans le reflet.

— Il est vivant, dis-je à haute voix pour moi-même. Et peut-être que je devrai m'en contenter.

Je réprimai un sanglot.

Il avait tourné la page. S'il était heureux, pouvais-je vraiment lui demander de tout jeter aux orties pour moi ? Nous nous étions aimés avec passion jadis. Je n'avais aucun doute là-dessus. Et ce serait toujours, *toujours*, l'amour de ma vie. Mais nous avions changé. Le destin avait mis fin à notre histoire. Pouvait-on la reprendre là où elle s'était arrêtée ? Était-ce seulement possible ? Le chagrin me submergea avec une telle violence que j'en eus le souffle coupé. Je reposai le sèche-cheveux et me cramponnai au lavabo en prenant de petites inspirations.

Une fois calmée, j'attachai mes cheveux en ce que j'espérais être une queue-de-cheval élégante et je lissai mes boucles. La monstrueuse fleur qui ornait le décolleté de la robe que ma mère avait choisie ne me permettrait pas de garder les cheveux détachés, du moins pas si je voulais éviter qu'ils ne soient dévorés tout crus.

On frappa un coup à la porte.

— Entrez, dis-je.

Molly ouvrit la porte, magnifique dans une robe bustier bleue, les cheveux bouclés et libres. J'enviais sa beauté simple et élégante. Je ne le serais pas dans la robe enfantine que ma mère voulait que je porte. Mais j'étais tellement fatiguée que je n'avais pas la force de me mettre en colère.

Molly m'étreignit avant de m'examiner attentivement.

— Est-ce que ça va ? demanda-t-elle, anxieuse.

Je poussai un soupir, grimaçante, et secouai la tête en signe de dénégation.

— Oh, Eden, dit-elle en me serrant de nouveau contre elle. Je ne peux même pas imaginer ce que tu es en train d'endurer. C'est incroyable. (Elle me repoussa un peu sans me lâcher les bras.) Mais il est en vie, murmura-t-elle, abasourdie. Tu m'as parlé de lui, et voilà qu'il est vivant.

J'acquiesçai en reniflant.

— Je sais, je sais. Il faut que je me concentre sur ça. Le reste...

Molly fit un pas en arrière.

— Oui... le reste. Ça va être le plus dur.

Je hochai la tête en inspirant puis en expirant profondément.

— Tu crois que tu vas pouvoir supporter cette fête ? J'ai dit à Carolyn qu'elle ferait mieux d'annuler mais elle pense que ça te fera du bien. (Elle leva les yeux au ciel.) Carolyn a souvent tendance à voir les choses comme ça l'arrange. Elle veut bien faire... enfin, la plupart du temps. Je lui ai raconté ce que je savais sur Calder.

— Merci. (Je croisai les bras.) Peut-être qu'elle a raison et que la fête m'apportera une distraction bienvenue. C'est ça ou passer la journée au lit. Mes émotions sont un nœud inextricable. Je ne sais même pas ce que je pense d'une minute à l'autre.

Molly soupira.

— Je comprends. Tu vas lui parler aujourd'hui ? Qu'est-ce que vous avez décidé, hier soir ?

Molly était venue me chercher chez Calder mais j'étais trop épuisée pour lui parler. J'étais montée directement dans ma chambre et je m'étais couchée immédiatement. J'avais eu besoin de m'évader dans le sommeil.

— Je lui ai dit que je l'appellerais après la fête, répondis-je en essayant de retenir mes larmes. Mais je pensais qu'il essaierait de me contacter avant. C'est compliqué. Il a une copine. Il vit pratiquement avec elle.

Molly se décomposa.

— Oh, Eden, je suis désolée. J'avais compris qu'il avait une amie, mais je ne savais pas qu'il habitait avec elle. Mais c'est toi qu'il a choisie, non ?

Je me mordis la lèvre en réfléchissant.

— Je n'en sais rien. Je... peut-être, mais comment saurais-je que je suis celle qu'il veut vraiment ? Il prétend qu'il ne l'aime pas mais peut-être qu'il ressent l'obligation d'être avec moi ? On a changé. Je suis toujours en train d'essayer de digérer le fait qu'il soit en vie, qu'il ait réussi à s'en sortir.

Molly acquiesça, songeuse.

— C'est une histoire incroyable, il faut dire. Carrément hallucinante. Et encore, je n'ai pas tous les détails.

Je m'apprêtais à répondre quand Carolyn entra dans la chambre d'un pas vif.

— Bonjour Eden, ma chérie, dit-elle en me prenant dans ses bras et en me serrant étroitement contre elle. Comment vas-tu ?

Elle semblait à la recherche des traces de ma rencontre d'hier sur mon visage.

Je haussai les épaules.

— Pas très bien, maman. Mais je pense que ça va s'arranger.

— Bien sûr que oui, répondit-elle, compatissante. Cette fête va te permettre d'oublier ce garçon.

— Je ne veux pas oublier ce garçon, répondis-je, un peu agacée.

Elle agita la main.

— Tu comprends ce que je veux dire. Même si c'est merveilleux de savoir que tes amis ont survécu à cette terrible inondation, dit-elle en frissonnant, il a une autre femme dans sa vie et il a tourné la page. Ce doit être très décevant, mais, Eden, ma chérie, tu as toute la vie devant toi. Il vaut mieux que tu ailles de l'avant aussi, tu ne crois pas ? Et que tu trouves un gentil garçon qui ne te rappelle pas sans arrêt cet endroit absolument épouvantable.

— Tu veux dire qui ne *te* rappelle pas cet endroit absolument épouvantable ? demanda sèchement Molly.

Carolyn lui jeta un coup d'œil par-dessus son épaule, peinée.

— Je pense qu'il vaut mieux pour nous tous que nous regardions vers l'avenir et non vers le passé.

Molly poussa un soupir.

— Je ne voulais pas être méchante, Carolyn, s'excusa-t-elle avant de me regarder. Mais je pense qu'on doit laisser *Eden* déterminer ce qui est le mieux pour elle. C'est à elle de décider de tourner ou pas la page et comment.

Je poussai un soupir de reconnaissance envers Molly. En un très court laps de temps, elle était devenue plus qu'une cousine, une sœur très chère. Quelque chose que je n'avais jamais eu. Elle me connaissait bien alors que nous ne vivions ensemble que depuis un mois. Elle me protégeait et ça m'aidait à me montrer patiente avec Carolyn.

Ma mère se tourna vers moi.

— Oui, bien sûr. (Elle inclina la tête en souriant.) J'espère juste que tu laisseras ta mère t'aider et te guider, ma petite fille chérie. J'aime à croire que j'ai atteint une certaine forme de sagesse. Et ça m'a manqué de ne pas pouvoir te couver de ma tendresse maternelle. Laisse-moi le faire, s'il te plaît.

Je soupirai.

— Bien sûr. Merci, maman.

Je la serrai de nouveau contre moi avant de me tourner vers ma commode pour attraper les collants achetés par ma mère.

Carolyn et Molly poussèrent un petit cri d'effroi et je me tournai vers elles, étonnée.

— Quoi ? demandai-je sèchement.

— Qu'est-ce qui t'est arrivé ? s'écria ma mère.

— Hein ?

Ma mère me conduisit vers le miroir et me fit pivoter. Je jetai un coup d'œil en arrière et sentit mon estomac se nouer. J'avais le dos, les cuisses et les épaules couverts de bleus et de traces de doigts.

— Oh, euh...

Molly se mit à rire sous cape et quand je croisai son regard dans le miroir, elle porta la main à sa bouche.

Puis je regardai à nouveau ma mère, écarlate. Elle, elle était blanche comme un linge.

— Est-ce qu'on peut faire comme si tu n'avais rien vu ?

Elle pinça les lèvres.

— Est-ce qu'il t'a frappée ?

— Non ! m'écriai-je en secouant la tête avec véhémence. Il ne ferait jamais une chose pareille. Maman... les choses sont juste devenues un peu... euh... enthousiastes. Il y a eu beaucoup d'émotions dans nos... retrouvailles. Mon Dieu. (J'enfouis le visage dans mes mains.) Est-ce qu'on peut arrêter de parler de ça ? Je vais physiquement très bien. Promis.

Elle me dévisagea un instant avant de pousser ce qui ressemblait à un soupir résigné.

— Tant qu'il ne l'a pas fait exprès, finit-elle par répondre.

— Non, je te le jure. Jamais.

Elle sembla réfléchir un peu et son expression s'adoucit.

— Eden, ma chérie, dit-elle en prenant ma main, un grand sourire aux lèvres. Toi et moi devrions avoir une petite conversation mère-fille. Les garçons vont vouloir des choses de toi, ma puce...

Je gémis.

— Maman. (Je pris une profonde inspiration et lui souris.) Je sais très bien ce qui se passe entre les hommes et les femmes quand ils sont amoureux.

La déception se lut sur son visage.

— Oh. D'accord. Bon, nous reparlerons de ça une autre fois. Habille-toi et rejoins-moi en bas. Les invités devraient arriver d'ici deux heures et j'aurais aimé que vous me donniez un coup de main toutes les deux.

Molly m'adressa un regard compatissant et quitta ma chambre à son tour. Je jetai un coup d'œil sur mon portable et sentis mon cœur se serrer en voyant que je n'avais pas de messages. Calder regrettait-il ce qui s'était passé la nuit dernière ? Remettait-il en question ses sentiments pour moi ? Avait-il changé d'avis sur l'amour qu'il disait me porter ? L'angoisse me vrillait le cœur.

Je sortis la tenue que ma mère avait choisie et commençai à m'habiller. Je mis d'abord les collants... Des collants !

Pour autant que je sache, seules les danseuses et les fillettes en portaient. D'un autre côté, je n'étais pas vraiment à la pointe de la mode. C'était Marissa qui avait acheté toute ma garde-robe. Je fronçai les sourcils et enfilai les collants blancs en sautillant pour les remonter le plus haut possible.

Puis je passai la robe et remontai la fermeture à glissière. La fleur arrivait juste sous mon menton et je tentai de la repousser à deux mains : elle me chatouillait le cou et la mâchoire. J'aurais juré l'avoir entendue grogner.

Je chaussai les escarpins rose pâle posés près de mon lit. Ils étaient jolis et pas très hauts mais je vacillai légèrement quand j'essayai de marcher avec. Ma mère n'avait certainement pas pensé que c'était ma première paire de chaussures à talons. Je m'entraînai à marcher dans ma chambre pendant quelques minutes et quand je fus certaine de ne pas trébucher dans l'escalier, je gagnai la cuisine où j'entendais les voix de Carolyn et de Molly.

Quand j'entrai, elles me dévisagèrent toutes les deux. Ma mère poussa un petit cri ravi, les mains jointes, et Molly poussa un autre genre de cri, la main sur la bouche.

— Oh, Eden, tu es splendide, affirma ma mère.

Je souris.

— Merci, maman. Merci pour la robe.

Carolyn s'approcha de moi, prit mes mains dans les siennes et me fit tourner.

— C'est parfait, soupira-t-elle.

Elle arrangea la fleur, les sourcils froncés, et se dérida quand elle eut réussi à la placer exactement comme elle le voulait.

— C'est quoi ça ? demanda Molly en s'approchant à son tour.

Elle batailla avec la fleur comme je l'avais fait un peu plus tôt. Je me penchai vers elle.

— N'énerve pas la fleur, murmurai-je en haussant les sourcils avant de baisser un regard faussement effrayé sur elle.

Elle pouffa et ma mère posa les mains sur ses hanches.

— Ça suffit vous deux. Cette fleur est adorable. Élégante et féminine à la fois. Elle affirme son identité.

— Absolument. Elle proclame : « Je suis taaaaarée », répliqua Molly, en chantant le dernier mot d'une voix aiguë de soprano.

J'explosai de rire, pliée en deux. Molly m'imita et Carolyn pinça les lèvres, vexée.

— Si vous n'aimez pas la robe... commenta-t-elle en détournant les yeux. C'est juste que tu en avais une identique quand tu avais quatre ans et c'était ta robe préférée. Tu la portais tout le temps. J'ai pensé...

Je m'arrêtai immédiatement de rire, soudain assaillie par la culpabilité, et posai une main sur son bras. Je n'aimais pas cette robe mais ses intentions n'étaient pas mauvaises... Enfin, presque pas. J'espérais que ce n'était qu'une phase et qu'elle apprendrait vite qui j'étais *maintenant*. Je ne pouvais pas refuser son affection maternelle, même si elle était un peu maladroite.

— Oh, non, non, vraiment, elle est très... jolie. Je ne suis juste pas habituée à m'habiller comme ça. Mais je vais m'y faire très vite, promis-je en souriant.

Elle m'attira à elle et me serra étroitement contre elle.

— Merci. (Elle recula et joignit les mains.) Bon, nous sommes prêtes en avance mais il y a encore tant à faire. Le fleuriste a livré les fleurs, qui sont au frais dans le garage. Est-ce que Molly et toi pouvez vous occuper des centres de table ?

— Avec plaisir, répondis-je en jetant un coup d'œil à Molly, toujours fascinée par la fleur qui avait poussé sous mon menton.

Je toussotai et elle leva les yeux.

— Oh, oui. Bien sûr. On va s'en occuper toutes les trois, je veux dire toutes les deux.

Je pinçai les lèvres pour réprimer un rire et entraînai Molly avec moi vers le garage tandis que ma mère disait :

— Les vases sont dans le placard bas, dans le garage.

Tandis que Molly et moi assemblions les centres de table, j'en profitai pour lui raconter ce qui s'était passé avec Calder la veille et pour lui décrire notre vie d'avant, à Acadie. En parler était beaucoup moins douloureux à présent. *Il était vivant !* Je vérifiai mon portable à de nombreuses reprises mais il ne m'appela pas ni ne m'envoya de textos. Espérer recevoir un message de lui avait quelque chose d'irréel. Il y a trois ans, il ne savait même pas utiliser un téléphone. J'aurais aimé lui demander comment il avait géré le choc culturel. Et lui parler de la façon dont les choses s'étaient passées pour moi. Penser au garçon que j'avais connu et dont j'étais tombée amoureuse me causait un étrange chagrin. Calder était de retour, il était en vie, et pourtant... il ne serait plus jamais ce garçon-là. Plus jamais. Qu'il soit toujours à moi ou pas, j'avais perdu cette version de lui à jamais et ça me faisait *mal.*

Mais moi non plus je n'étais plus la même. J'avais changé, moi aussi.

Je fus interrompue dans mes pensées par le carillon de la porte d'entrée. L'entreprise qui fournissait les tables, les chaises et les braseros était arrivée. Je leur indiquai où tout installer et ils furent bientôt suivis par le traiteur. Les heures qui suivirent passèrent à toute allure.

Je montai pour me rafraîchir rapidement et vérifiai mon portable. J'avais reçu un SMS. Je retins mon souffle en ouvrant l'écran.

Xander : Comment ça va aujourd'hui ? Je te le demande parce que je le peux. Toujours surréaliste. :-)

Je souris et lui répondis tout de suite ;

Moi : Ça va. C'est aussi surréaliste pour moi. J'ai encore du mal à le croire.

Je reposai mon téléphone mais il bipa tout de suite et je le repris.

Xander : Tu as eu de ses nouvelles aujourd'hui ?

Je répondis en fronçant les sourcils.

Moi : Non.

La réponse de Xander me parvint tout de suite.

Xander : Il va te contacter.

Moi : J'espère. Je t'envoie un message plus tard.

Xander : Top.

Je demeurai un instant immobile. Calder allait-il me contacter ? Je décidai de descendre mon portable et de le laisser sur le plan de travail de la cuisine afin de pouvoir le consulter de temps en temps.

Les invités arrivèrent et ma mère me présenta. Ses amis crièrent leur étonnement devant moi et m'étreignirent, la plupart les larmes aux yeux.

Marissa avait amené Sophia avec elle et nous nous embrassâmes, ravies, dans le vestibule, même si nous nous étions vues récemment. Ma mère, qui avait rencontré Marissa peu de temps après que je m'étais installée chez elle, la prit dans ses bras et se mit à pleurer, comme chaque fois qu'elle la voyait.

Nous gagnâmes tous le jardin, magnifiquement décoré avec des tables recouvertes de nappes blanches et de vases remplis de lys orange, de roses d'un orange plus soutenu ou jaunes et de branches couvertes de petites baies vertes dont j'ignorais le nom.

Des guirlandes suspendues dans les arbres étincelaient dans le soleil de cette fin d'après-midi. Le ciel ne tarderait pas à s'obscurcir et il serait alors temps d'allumer les braseros. Une atmosphère magique régnait dans le jardin mais je me sentais vide à l'intérieur. Calder m'avait tellement manqué, alors que je pensais ne jamais le revoir, mais voilà que je le pouvais et qu'il me manquait toujours autant. Le désespoir me vrilla le ventre. Est-ce qu'il était avec *elle* en ce moment même ? Était-il en train de décider de ne pas la quitter ? De penser qu'il avait tourné la page et qu'il valait mieux continuer à avancer ? *C'était ça ?* Il n'avait jamais eu personne d'autre que moi... enfin, avant elle. C'était peut-être égoïste de ne pas le laisser choisir ce qu'il voulait, maintenant qu'il avait plus de choix qu'une gamine naïve rencontrée près d'une source qui vénérait le sol qu'il foulait. Nous étions dans le monde, à présent, la grande société, et on y trouvait des femmes dans le genre de Madison. Je m'emparai d'une flûte de champagne posée sur un plateau et l'avalai à petites gorgées en me battant avec la fleur.

— On dirait que vous êtes sur le point de fuir.

Je me tournai en direction de la voix et me retrouvai nez à nez avec un bel homme, grand et blond, qui me souriait.

Je lui rendis son sourire.

— Ça se voit tant que ça ?

Je pris une autre gorgée de champagne en grimaçant un peu.

— Je pense que personne ne s'en est rendu compte, répondit-il en jetant un coup d'œil en direction des femmes qui riaient et bavardaient en petits groupes.

Ma mère était au centre de l'un d'eux. Elle lança un coup d'œil dans ma direction et me fit un petit signe de la main en souriant largement. Elle ne me quittait jamais longtemps des yeux. Je lui souris. L'homme et moi nous regardâmes de nouveau en riant discrètement.

— Je n'ai jamais vu votre mère aussi heureuse depuis, eh bien, depuis que je la connais. (Il pivota un peu pour me faire complètement face.) Ah, au fait, j'ai un avantage sur vous. Je connais votre nom. Je suis Bentley Von Dorn.

— Oh. Oui, ma cousine Molly m'a dit que vous étiez notre voisin. Ravie de faire votre connaissance, dis-je en lui tendant la main qu'il serra fermement.

Il pinça les lèvres.

— Oh, Molly, oui. J'imagine sans peine ce qu'elle a dû raconter sur mon compte.

Il s'interrompit pour laisser son regard errer sur l'assemblée, probablement à la recherche de ma cousine. Voilà qui était intéressant. Il secoua légèrement la tête en souriant.

— C'est un honneur de vous rencontrer, Eden. Vous êtes plus belle que ce que disait votre mère. Et croyez-moi, elle ne tarissait pas d'éloges.

— Merci, Bentley, répondis-je en souriant. C'est très gentil de votre part.

— Eh bien, j'ose l'affirmer même si je n'aperçois qu'un quart de votre visage derrière cette fleur mais vous êtes ravissante, poursuivit-il avec un clin d'œil.

J'éclatai de rire.

— Elle est ridicule, n'est-ce pas ? finis-je par dire, en reprenant mon sérieux.

Bentley tendit la main pour la faire bouger et elle reprit aussitôt sa position initiale.

— Aïe, fit-il en retirant son doigt en fronçant les sourcils. Je pense qu'elle m'a mordu.

Je ris de plus belle : une partie de la tension et de la solitude qui m'habitaient s'estompa et tout ça devint plus supportable.

Tout en bavardant avec Bentley, je remarquai qu'il quittait rarement Molly des yeux. Je discutai ensuite avec plusieurs des amis de ma mère. Je réussis à me détendre un peu, même si l'excitation diffuse qui courait dans mes veines depuis que j'avais retrouvé Calder la veille ne disparut pas. Tout le monde se montra aimable et chaleureux et nous profitâmes du dîner alors que la nuit tombait pour de bon. Les guirlandes luisaient d'un éclat plus brillant et les braseros réchauffaient l'air frais. Assise entre Bentley et Molly, je faisais semblant d'écouter leurs plaisanteries mais mon esprit était tout entier préoccupé par Calder. La soirée était magnifique et j'aurais aimé la passer avec lui.

Je me faufilai à l'intérieur pour consulter mon portable, mais toujours pas d'appel. Il était près de dix-huit heures mais je décidai de ne pas lui téléphoner avant que la fête soit terminée, afin de pouvoir le rejoindre s'il me le demandait. *Il se peut qu'il ne le fasse pas, Eden, tu dois t'y préparer.*

Lorsque les tables furent débarrassées et le dessert sur le point d'être servi, ma mère se dirigea vers l'espace, sous les arbres, où trois musiciens jouaient depuis le début. Deux traiteurs installèrent un écran blanc derrière elle tandis qu'elle se plaçait face à l'assemblée. Tout le monde se tut pour l'écouter.

— Merci infiniment à vous tous d'être venus aujourd'hui, commença-t-elle en souriant. Ce dernier mois a été le plus heureux de ma vie. (Elle s'essuya les yeux avec un mouchoir.) Je ressens presque la même émotion que lorsque je suis revenue de la maternité avec toi. (Elle rit doucement en me regardant et je lui souris.) Je ne peux m'empêcher de te regarder tout le temps, de m'émerveiller devant ta beauté et le miracle de ta présence, bien réelle, dans mes bras. (Elle renifla et porta le mouchoir à son nez.) Je ne pouvais pas passer une minute de plus sans te montrer, comme je l'ai fait jadis, à mes amis les plus chers. (Elle adressa un grand sourire à l'assemblée, rayonnante.) La semaine dernière, j'ai commencé à regarder mes vieux albums photo. (Elle secoua légèrement la tête.) J'en avais été incapable pendant toutes ces années, expliqua-t-elle en se tapotant les yeux. Mais j'ai éprouvé tellement de joie en les feuilletant de nouveau. Ça m'a rappelé que, même s'il me manque des années, j'en ai vécues certaines et elles ont été magnifiques, comme toi. Je ne sais pas comment tu étais à dix ans, à quatorze ou à seize, mais je sais à quoi tu ressembles à vingt et un, et je ne pensais pas avoir cette chance. (Elle renifla de nouveau en me lançant un regard d'adoration éperdue. Je m'emparai d'une serviette pour m'essuyer les yeux.) Et maintenant, nous avons le reste de nos vies pour rattraper le temps qu'on nous a volé.

Elle se redressa, carra les épaules et sourit. Elle jeta un coup d'œil par-dessus son épaule puis se déplaça sur le côté du grand écran blanc sur lequel une photo de moi bébé venait d'apparaître. Je ris doucement en m'essuyant les yeux face à mon propre sourire édenté. D'autres photos suivirent : moi toute petite avec deux dents seulement, un morceau de gâteau d'anniversaire écrasé dans ma main potelé. Je riais et pleurais en même temps. Je ne me rappelais pas avoir jamais vu ces photos, en fait je n'avais jamais vu de clichés de moi enfant. Et il n'y en aurait jamais d'Acadie. Mon cœur se serra.

D'autres photos défilèrent : ma première rentrée scolaire, mes couettes blondes attachées par un ruban rose, les noëls, moi sur un poney dans une espèce de fête foraine, et mon père *et* ma mère figuraient sur la plupart d'entre elles, leurs bras autour de moi. Je n'avais aucun souvenir de ces événements mais en découvrant à quel point j'avais eu une enfance heureuse, je me sentis réchauffée et reconnaissante d'être ici malgré tout ce qu'on avait perdu.

J'étais aimée. J'avais été aimée tout du long. Par ma mère, et malgré ses erreurs, par mon père. Et *par Calder.* Toute ma vie, quelqu'un m'avait aimée. Tout le monde ne pouvait pas en dire autant. Une paix profonde s'empara de moi et je sus que, *d'une manière ou d'une autre,* tout irait bien. J'ignorais comment et pourquoi, les détails étaient un mystère, comme toujours, mais assise dans ce jardin illuminé, parfumé et festif, emplie d'amour, j'en eus la certitude. Je changerais peut-être d'avis plus tard, mais en cet instant, j'entendis comme un murmure et *je sus.*

Soudain, il fut là.

À l'extrémité du jardin, presque comme s'il était un rêve en train de se matérialiser, vêtu d'un pantalon de costume gris, d'une chemise blanche et d'une cravate noire. Je le contemplai, lèvres entrouvertes sous l'effet de la surprise, des papillons dans le ventre. Il s'approcha, les mains dans les poches, tandis que le spectacle s'achevait. Tout le monde se mit à applaudir. La plupart des gens s'essuyaient les yeux en me souriant. Je leur rendis leur sourire avant de reporter mon attention sur Calder.

— Je sais à quoi elle ressemblait à dix ans, dit-il en lançant un regard un peu timide à ma mère.

Ma mère fronça légèrement les sourcils mais lui sourit en l'examinant des pieds à la tête. Il n'avait jamais été plus beau qu'aujourd'hui. *Calder Raynes était là, en costume.* Le moment était onirique, irréel. Figée sur place, cramponnée au dossier de ma chaise, j'attendais de voir ce qu'il allait faire ensuite.

— C'était une petite fille courageuse, rêveuse et dotée d'une détermination inébranlable. (Il fit un pas en avant.) Elle était suffisamment éblouissante pour me voler mon cœur.

Il fit un pas de plus. Il était à côté de ma mère à présent mais ne me quittait pas des yeux. Je cillai, la bouche toujours ouverte. Non loin de moi, j'entendis plusieurs femmes murmurer « Oh la la ! » et « Eh bien ! ».

Calder regarda ma mère pour lui demander en silence la permission de continuer. Elle hocha la tête.

— À quatorze ans, elle a commencé à rayonner et je ne pouvais plus détourner le regard. Je le voulais, pourtant. Parce que là où nous vivions, c'était dangereux de la remarquer. (Il s'interrompit. Tout le monde était suspendu à ses lèvres et penché en avant dans l'attente de ce qu'il allait révéler ensuite.) Chaque fois qu'elle entrait dans une pièce, sa force illuminait tout. (Il inclina la tête, pensif.) Est-ce que ça paraît exagéré ? Est-ce que ce ne sont pas que des mots trop poétiques de la part d'un garçon qui l'a aimée toute sa vie ? (Il secoua la tête.) Pas du tout. Ce n'est que la vérité. Eden est devenue une femme sous mes yeux et même si personne n'était là pour l'aider à le faire, elle l'a accompli avec grâce et toute seule. Ce sont sa force et son inflexible courage qui la rendent belle à mes yeux, confia-t-il, très sérieux.

Ma mère le dévisageait à présent elle aussi, avec une amabilité méfiante. Calder se dirigea vers moi. La joie envahit mon cœur et les larmes me montèrent aux yeux quand je le vis se frayer un chemin parmi les tables.

— Quand elle avait seize ans, elle pouvait me couper le souffle. Et elle l'a fait souvent. Elle m'a rendu malheureux et très heureux, et tout le reste entre les deux. (Il contourna une table non loin de la mienne.) Je ne savais pas grand-chose du monde à cette époque. Et il s'est révélé que j'en savais encore moins que ce que je croyais. Je menais une vie simple. Je me suis lavé dans une rivière jusqu'à mes dix-huit ans.

Les femmes autour de moi soupirèrent à l'unisson et je leur jetai un regard surpris.

— Ce n'est pas une vision désagréable, commenta un peu trop fort une femme d'un certain âge assise près de moi.

Je me mordis la lèvre avant de me tourner de nouveau vers Calder.

— Mais ce que je savais, c'est que j'aimais une fille. Que je l'aimais d'une manière dont je ne me remettrais jamais. Je l'aimais du plus profond de mon âme. Et je savais qu'elle m'aimait en retour. (Il s'immobilisa et pivota vers ma mère.) Moi aussi je sais ce que ça fait de la perdre. Je connais le sentiment qu'il vous manque un bout du cœur. (Sa voix devint très rauque et il s'éclaircit la gorge. Mon cœur gonfla dans ma poitrine et mes larmes se mirent à couler.) Je sais ce que ça fait quand la personne qui est toute votre vie vous est volée et que les jours s'écoulent lentement, dans un brouillard de désespoir.

Ma mère s'essuya les yeux puis croisa les mains sur ses épaules. Calder se tourna vers moi.

— Je sais aussi ce que ça fait quand votre vie vous est rendue de manière inattendue et *miraculeuse.* (Un silence.) Nous avons survécu à une tragédie si horrible et incompréhensible que la plupart du temps il m'est insupportable d'y penser. (Son visage fut traversé par un éclair de chagrin.) Mais aujourd'hui, j'ai songé à toute la beauté que nous avons connue, à l'amour et l'émerveillement. J'avais besoin de me rappeler tout ça parce qu'au milieu de mon immense douleur, j'avais bloqué toute la lumière, qui pourtant était omniprésente, n'est-ce pas ?

Il parvint à ma hauteur et s'agenouilla devant moi. Je laissai échapper un petit sanglot étranglé en hochant la tête. Je posai la main sur sa joue en souriant à travers mes larmes et il s'y appuya, les yeux fermés. Quelqu'un me tendit une serviette pour que je m'essuie les yeux et Calder me sourit. Je pris une profonde inspiration. Il était vivant. Et là, avec moi. Sa bonté et sa chaleur étaient deux des raisons pour lesquelles j'étais tombée amoureuse de lui. Il était toujours le même Calder.

— Je suis désolé d'interrompre la fête, dit-il. En fait, je suis venue de te demander si tu voulais aller au bowling avec moi.

Je cillai.

— Au bowling ? répétai-je, perplexe.

— Oui. C'est un jeu où on fait tomber des quilles avec...

— Je sais ce qu'est le bowling, l'interrompis-je en riant. J'ai appris.

Il me sourit largement.

— Je me disais que je n'ai jamais eu l'occasion d'avoir un véritable rendez-vous avec toi et j'ai l'intuition que tu aimes le bowling.

J'éclatai de rire et me penchai pour poser le front contre le sien. Je finis par reculer un tout petit peu.

— Madison ? murmurai-je.

Calder secoua la tête.

— Crois-tu que je me sois posé la question une seule seconde, Eden ? chuchota-t-il. J'ai toujours su quelle était la réponse. Je... (Je devinai de la vulnérabilité dans son regard, comme s'il n'était pas certain que je ressente la même chose pour lui mais *comment était-ce possible ?* Il soupira et se mordit la lèvre.) Je veux faire en sorte que tu ne te poses pas la question non plus, acheva-t-il.

J'ouvris la bouche mais les mots restèrent coincés dans ma gorge. Je secouai la tête.

Des larmes se mirent de nouveau à couler sur mes joues. Le soulagement se peignit sur les traits de Calder, qui se pencha et les fit disparaître par des baisers.

— Cette fleur est gigantesque, constata-t-il, faussement effrayé.

— Chut, répondis-je en pouffant. Elle s'est enfin endormie, ne la réveille pas.

Nous nous relevâmes, blottis l'un contre l'autre, et chassâmes nos larmes par des baisers, sous les applaudissements et les hourras de l'assemblée. Je ris en contemplant le visage magnifique et tendre de Calder et il me sourit.

J'aperçus ma mère approcher du coin de l'œil et m'éloignai un peu de Calder. Elle lui tendit la main :

— Je suis Carolyn, se présenta-t-elle d'une voix peu assurée.

— Calder.

Il lui serra la main. Il y eut un instant embarrassant : il rata sa main parce que tous deux ne me quittaient pas des yeux, puis Calder décida de la prendre dans ses bras au moment où elle se tournait vers moi et nous entrâmes tous les trois en collision. Nous finîmes par nous étreindre tous les trois, ma mère et moi au bord des larmes.

Quand nous nous séparâmes, Calder demanda en souriant :

— Je me demandais si je pouvais sortir avec votre fille, ce soir ?

Ma mère avait l'air partagée.

— Eh bien... (Elle jeta un coup d'œil à l'assistance, qui attendait anxieusement sa réponse, puis m'adressa un sourire triste avant de reporter son attention sur Calder.) Oui. Mais promets-moi de la ramener tôt, d'accord ? Et de veiller sur elle ?

— Promis.

Ma mère me pressa la main et me fit la bise. Je pris la main de Calder, qui m'entraîna hors du jardin. Quand nous fûmes parvenus à son extrémité, je me retournai, agitai la main en signe d'adieu et m'écriai :

— Merci à vous tous.

Puis nous pénétrâmes dans la maison alors que tous les invités nous criaient au revoir.

CHAPITRE 7

Calder

La main d'Eden était tiède au creux de la mienne. Nous traversâmes la cuisine déserte.

— Il faut que je me change, constata-t-elle en se tournant vers moi.

Je m'autorisai à me perdre dans ses yeux d'un bleu profond que je pensais ne plus jamais voir et je laissai l'instant apaiser mon cœur meurtri et blessé. Je finis par opiner.

— Tu veux que je t'attende ici ou...

— Non, viens avec moi, répondit-elle, mais aucun de nous ne fit un geste.

Nous demeurâmes enlacés plusieurs minutes sans parler avant qu'elle m'entraîne au-delà de la vaste cuisine.

Nous gravîmes l'escalier et Eden me conduisit dans le grand couloir qui menait à sa chambre. Elle ferma la porte derrière nous et défit la fermeture à glissière sur le côté de sa robe. Elle la laissa retomber en corolle autour de ses pieds en murmurant « merci mon Dieu » lorsque la fleur gargantuesque s'éloigna de son menton. Je ris doucement et laissai mon regard errer lentement sur son corps. Je n'avais pas pris le temps de la regarder attentivement la veille. Elle était toujours mince mais elle me paraissait plus féminine, ses hanches étaient plus rondes, sa taille plus fine et ses petits seins se dressaient, fermes, sous son soutien-gorge bandeau. Mon corps s'éveilla et mon pantalon, celui que j'avais acheté une heure plus tôt pour être décemment vêtu à la fête de sa mère, devint soudain trop serré.

J'avais passé la journée à faire exactement ce que j'avais dit, à me souvenir de la beauté que nous avions vécue ensemble. Les trois dernières années, je n'avais pas eu le courage de m'aventurer dans ce territoire et j'en avais besoin. J'avais éprouvé la nécessité de passer du temps avec le *nous* que nous avions été afin d'être en mesure d'avancer dans notre futur. Je m'étais rendu chez Madison pour lui expliquer tout ça. Ça n'avait pas été facile mais je me devais d'être honnête. Je n'avais jamais envisagé le moindre avenir avec elle. Je n'en avais pas été capable. Elle méritait tout ou rien du tout, pas une demi-mesure. Et je n'avais pas pu me donner tout entier. J'allais devoir vivre avec les remords de lui avoir fait du mal.

Eden fit rouler ses collants le long de ses cuisses, puis les balança sur le sol, avant de me jeter un coup d'œil et de s'immobiliser, rougissante.

— Est-ce que c'est bizarre que je sois un peu gênée en ta présence ? demanda-t-elle, l'air navré.

Je la rejoignis, pris ses mains entre les miennes et secouai la tête.

— Nous avons beaucoup de choses à réapprendre, Belle de Jour. Il n'y a pas de manuel pour ça. Je doute même qu'il existe un bouquin de développement personnel qui parle de ce que nous avons subi. On va devoir se débrouiller tout seuls.

Eden secoua la tête avant de la baisser brièvement pour plonger de nouveau son regard dans le mien.

— Est-ce qu'on va s'en sortir, Calder ? Est-ce qu'on a une chance, au moins ?

Je pris le temps de réfléchir. Je lui avais fait tant de promesses, jadis, j'avais juré de la protéger, que tout s'arrangerait... et j'avais échoué. Je pris une profonde inspiration pour chasser la culpabilité, la colère, la mort et le dégoût que je m'inspirais. Ce dernier plus que tout le reste.

— On va essayer de toutes nos forces, Eden. C'est tout ce que je peux te donner. Je ne peux rien te promettre de plus.

Elle se passa la langue sur les lèvres, semblant réfléchir à mes propos. Elle finit par acquiescer.

— Ça me suffit, dit-elle en plongeant son regard tendre et résolu dans le mien.

La confiance que je lus sur son visage me prit par surprise et me coupa le souffle. Après tout ce qui s'était passé... elle était encore capable de me regarder comme ça ? *Comment ? Pourquoi ?* J'ouvris la bouche pour lui poser la question mais elle se pencha et m'embrassa. Ses lèvres étaient douces et sucrées, exactement comme dans mon souvenir. Même si elle avait été volée à sa famille, élevée seule, livrée pour la plus grande part à elle-même dans une ville inconnue alors qu'elle venait de nous perdre, moi et notre enfant... Malgré tout ce qu'elle avait enduré, en dépit de mon incapacité à être là quand elle en avait besoin, elle s'offrait quand même sans penser à elle ni hésiter. Je l'acceptai comme le cadeau qu'elle me faisait, ouvris la bouche et glissai la langue entre ses lèvres. J'avais follement envie de sentir sa peau contre la mienne. Mais nous nous trouvions chez sa mère, dans une maison pleine d'invités. Je voulais la ramener chez moi, où je pourrais prendre mon temps. Nous avions gagné ce droit. Si nous ne méritions qu'une chose, c'était bien celle-là.

J'interrompis notre baiser et reculai à regret. Son regard exprimait le même désir. *Ma belle.* Je la désirais ardemment mais nous avions besoin de passer du temps ensemble dans ce monde. Il fallait que nous vivions normalement.

— Dis-moi, fit-elle en attrapant un jean posé sur son lit. Tu te débrouilles comment au bowling ?

— Oh, répondis-je en m'asseyant sur le lit. Je n'en ai jamais fait. Xander et moi avions l'habitude d'y aller tous les lundis soir, il y a deux ans. (Je m'interrompis en me souvenant à quel point j'étais l'ombre de moi-même à l'époque ; je restais assis, l'esprit ailleurs, à regarder les gens pousser des hourras, rire et boire de la bière.) On était fauchés comme les blés. Ils avaient un buffet de nachos à volonté. (Je fis mine de vomir.) Je te jure que je ne veux plus voir un saladier de fromage orange pour le reste de ma vie.

Eden pouffa, mais le rire ne gagna pas ses yeux. Elle ouvrit le tiroir de sa commode et en sortit un débardeur qu'elle enfila. Je m'étendis sur son lit et me tournai de manière à pouvoir inhaler l'odeur de ses oreillers, qui sentaient bon la pomme. Si j'avais mon mot à dire, je choisirais de me réveiller dans cette odeur demain et tous les jours du reste de ma vie.

Elle referma le tiroir.

— Plus de buffet de nachos à volonté pour toi, monsieur le peintre célèbre.

Elle se dirigea vers son placard, l'entrouvrit et tendit le bras à l'intérieur.

— Tu parles, répondis-je, un peu embarrassé, sans savoir pourquoi.

Elle tourna la tête vers moi et me dévisagea un instant.

— Tu vas l'être, j'en suis certaine.

— Je... (Je me redressai soudain, glacé.) Eden, qu'est-ce que tu caches là-dedans ?

Elle attrapa un tee-shirt et referma la porte tout de suite.

— Rien, rétorqua-t-elle, nerveuse, le vêtement contre la poitrine. C'est juste, euh, des recherches.

Je me levai, marchai jusqu'au placard et posai la main sur la poignée de la porte.

— Calder, commença Eden en recouvrant ma main de la sienne.

Je m'immobilisai mais elle me lâcha et recula en poussant un soupir résigné.

J'ouvris la porte : elle était entièrement recouverte d'articles de journaux concernant Acadie et des photos des membres du conseil dont les corps avaient été identifiés. Il y avait aussi un cliché de Clive Richter, c'était ça qui avait attiré mon attention quand j'étais sur le lit. Elle l'avait certainement imprimé depuis Internet ; il y avait aussi un portrait-robot grossier de quelqu'un que je supposai être

Hector et d'innombrables notes de la main d'Eden. En plein milieu était punaisée ce qui ressemblait à une chronologie. Elle avait fixé un panneau en liège à l'arrière de la porte, et il était couvert de papiers jusqu'au sol.

— Qu'est-ce que tu trafiques, Eden ? demandai-je froidement.

Elle détourna les yeux en rougissant.

— Pas la peine de me prendre pour une folle. Je fais juste... des recherches. Je... (Elle poussa un soupir frustré.) Je rassemble des informations. Ça m'aide à me sentir en contrôle et j'ai moins peur comme ça, je suppose. Moins...

Elle n'acheva pas sa phrase. Je l'observai.

— Belle de Jour, dis-je en la prenant dans mes bras et en l'étreignant, qu'est-ce que tu essaies de découvrir ?

Elle secoua la tête contre ma poitrine, les bras prisonniers entre nous, le tee-shirt toujours dans les mains. Elle fit un tout petit pas en arrière pour lever la tête vers moi. Puis elle soupira et enfila le haut noir.

— Ils n'ont pas réussi à identifier Hector, répondit-elle à mi-voix.

Elle défit sa queue-de-cheval et passa les mains dans ses cheveux qui tombèrent en cascade sur ses épaules comme la lumière du matin. J'inspirai le doux parfum de shampoing qui se répandit dans l'air.

— J'ai pensé que si j'arrivais à comprendre qui il était et d'où il venait, ça m'aiderait à le voir comme un homme et pas comme un...

— Monstre ? achevai-je à sa place.

Elle leva les yeux vers moi et se mordilla la lèvre inférieure.

— Oui.

Je poussai un soupir.

— Je comprends. Plus que n'importe qui sur cette Terre. Mais tout ça, poursuivis-je en désignant le panneau en liège, ce n'est pas bon pour toi... De passer autant de temps avec *eux*, ce n'est pas sain.

Elle croisa les bras en examinant ses notes.

— Je pensais aussi que ça me permettrait de trouver qui étaient tes parents, avoua-t-elle tristement. La police est loin d'avoir identifié tous les corps.

Je pris ses mains entre les miennes.

— Tu n'as plus besoin de faire ça, constatai-je gentiment. Je suis là, à présent.

— Mais tu ne sais toujours pas qui tu es, protesta-t-elle. Si tu pouvais découvrir où vivaient tes parents avant Acadie, tu trouverais peut-être des grands-parents quelque part... des tantes, des oncles, *une famille.*

— Je pense que je ne suis pas né à Acadie, de toute façon, répondis-je en détournant les yeux.

Elle inclina la tête, perplexe.

— Comment ça ?

Je lui racontai ce que Mère Willa m'avait dit il y avait des années de ça : Maya était née à Acadie mais pas moi. Puis je lui rappelai les propos d'Hector, qui avait prétendu m'avoir « amené » à Acadie. Certes, il était fou à lier, mais...

— Je n'ai pas du tout le même teint ni la même couleur de cheveux que mes parents et ma sœur. (Une douleur sourde m'étreignit le cœur à la mention de Maya mais je la balayai.) Et maintenant que je sais que tu as toi-même été enlevée, je me dis qu'il est possible que j'aie été kidnappé aussi. Ce n'était clairement pas le genre de chose qui arrêtait Hector.

— Raison de plus pour...

— On ne trouvera jamais, affirmai-je. Désolé, mais, c'est juste que, je ne peux pas... Je ne peux pas retourner là-bas, pas même en pensée, d'accord ? J'en suis incapable. C'est trop tôt.

Elle m'adressa un regard tellement chargé de compréhension et de tristesse que je sentis quelque chose en moi sur le point de se rompre. J'inspirai et reportai mon attention sur le panneau.

— Je vais t'aider à le défaire.

— Non, protesta-t-elle en secouant la tête. Pas tout de suite. Je le ferai plus tard. (Elle fit un geste en direction du bas de la porte.) Mais on peut ôter ça : c'était mes recherches pour retrouver Kristi et espérer ainsi localiser Xander.

Je baissai les yeux sur les listes, dont certaines lignes étaient barrées, et sur les notes collées les unes à côté des autres. On aurait dit des noms d'université imprimés depuis Internet. Mon cœur se serra si fort que je portai la main à ma poitrine comme si je faisais une attaque. Je ne savais pas si je devais rire ou pleurer. Au lieu de ça, j'attirai Eden pour la serrer étroitement contre moi en déversant tout mon amour dans cette étreinte. *Belle de Jour. Belle de Jour.*

Elle me pressa aussi contre elle et leva les yeux vers moi au bout de quelques minutes. J'adorais quand elle me regardait comme ça. Ça me donnait l'impression d'être à la hauteur. Elle referma la porte du placard.

— Je m'occuperai de ça plus tard. Tu m'as promis un rendez-vous, Calder Raynes, dit-elle en souriant. Ce sera mon premier, tu sais.

— Je suis toutes tes premières fois, murmurai-je, et je serai tous tes dernières.

— Et je serai toutes les tiennes, chuchota-t-elle.

Je lui adressai un sourire étincelant, blessé par le fait qu'elle ne serait plus jamais mes « seulement ». Il allait falloir que j'apprenne à me pardonner ça aussi. Et j'espérais qu'elle saurait en faire de même.

— Viens, dis-je en lui prenant la main. Oh, et prends des chaussettes.

Elle obéit et enfila ses chaussures.

Nous descendîmes l'escalier en silence. On entendait toujours des voix en provenance du jardin. J'avais emprunté le pick-up de Xander pour ne pas faire monter Eden sur ma moto. Je ne possédais pas de casque, même pas pour moi, et il était hors de question que je la mette en danger. J'étais d'ailleurs un peu plus conscient de ma propre sécurité. Je l'aidai à grimper dans le véhicule et en profitai pour lui presser légèrement la main, envahi par l'incrédulité pour la millionième fois depuis un jour et demi. Puis je me penchai pour respirer son parfum et me rappeler que c'était bien réel. Son expression détendue et tendre m'apprit qu'elle savait exactement ce à quoi je pensais. J'en étais certain. Je contournai le pick-up, m'installai derrière le volant et mis le contact.

— Tu as donc appris à utiliser un ordinateur, Eden ?

Je me demandais comment elle avait fait toutes ces recherches sur Acadie. J'allumai les phares et débouchai sur la rue.

— Oui. J'ai économisé et acheté un portable il y a six mois. Je me suis rendu compte qu'il m'en fallait un pour retrouver Xander. Passer des coups de fil ne m'a menée à rien.

— Tu as appelé les gardes forestiers ?

Je lui jetai un coup d'œil et la vis hocher la tête dans l'obscurité.

— Oui. C'est comme ça que j'ai appris le nom de famille de Kristi. Ils ont refusé de me dire dans quelle fac elle s'était inscrite, si tant est qu'ils le savaient, mais j'ai supposé qu'ils avaient cette information. (Elle se mordit la lèvre et haussa les épaules.) Ils m'ont certainement prise pour une folle. (Elle s'interrompit un instant.) J'étais tellement parano que je les ai appelés depuis un téléphone dans le hall de l'immeuble de Felix. (Elle secoua la tête en considérant ses mains.) C'est si dur de ne pas savoir comment les choses fonctionnent... ce qui est prudent et ce qui ne l'est pas. J'étais paralysée par la peur quasiment en permanence. (Sa voix était devenue un murmure.) L'ordinateur me semblait plus sûr, plus anonyme.

J'acquiesçai et lui pris la main.

— Bref. Je fais des recherches sur d'autres choses, aussi, la politique, la religion. J'essaie de comprendre ce que les gens croient et ce qui me paraît juste pour moi.

Je ricanai.

— Comment peux-tu encore croire en quoi que ce soit ?

Elle garda le silence un instant et je sentis le poids de son regard rivé sur moi.

— Parfois, je ne crois pas. (Elle regarda de nouveau droit devant elle.) Je travaille sur ça, aussi.

— Et tu fais des recherches sur quoi d'autre ? demandai-je pour changer de sujet.

— Euh, toutes sortes de choses. J'essaie de comprendre la grande... le monde, je veux dire. Tu sais.

Je lui souris.

— Oui, je sais. Xander n'arrête pas d'essayer de me persuader d'acheter un ordinateur... et d'ouvrir un compte Facebook. Il m'en a longuement parlé. Il a bien sûr choisi un nom qui n'est pas tout à fait le sien.

— À cause de Clive Richter, murmura-t-elle.

J'opinai, étonné. Cet homme n'avait apparemment pas quitté nos pensées ces dernières années, nous dictant nombre de nos actions.

Je regardai droit devant en silence.

— Xander avait l'air contrarié de ne pas pouvoir participer à ce truc, le « Throwback Thursday », où on poste de vieilles photos, parce qu'il n'en possédera jamais.

J'eus un petit rire triste. Xander avait l'air vraiment ennuyé.

— Et toi, est-ce que ça te contrarie ? demanda Eden en inclinant la tête. Pour toi, je veux dire.

J'y réfléchis un instant tout en pénétrant dans le parking du bowling. J'éteignis le moteur et m'adossai à mon siège.

— Je ne pense pas.

Elle me dévisagea avant de hocher la tête.

— Et qui sont les amis de Xander sur Facebook ? demanda-t-elle en haussant un sourcil.

— Aucune idée. Des gars avec qui il bosse, peut-être ? Les femmes qu'il fréquente. Et Dieu sait qu'elles sont nombreuses.

Xander avait sa façon bien à lui de lutter contre les démons qui le hantaient et la solitude dans laquelle il se débattait.

Je sentis le regard d'Eden peser sur moi.

— Je suis allée sur Facebook dans l'espoir de trouver Kristi, avoua-t-elle, mais en vain. J'ai pensé ouvrir un compte mais à cette époque j'aurais été « Eden – Sans nom de famille » et mes statuts auraient toujours été les mêmes « La vie, ça craint – j'ai envie de me flinguer », et je me suis dit que je ne risquais pas de me faire des amis comme ça.

J'éclatai de rire puis essayai de me rattraper. Ma réaction était extrêmement déplacée. Mais lorsque je lui jetai un coup d'œil, je vis qu'un sourire amusé étirait ses lèvres et je me remis à rire.

Elle m'imita et bientôt nous étions pliés en deux, les larmes aux yeux.

Une émotion inattendue me submergea comme une vague.

Je me penchai sur le volant et continuai à rire jusqu'à ce que je me rende compte que je pleurais à chaudes larmes, les épaules secouées de sanglots.

— Viens là, fit Eden, d'une voix enrouée.

Je me déplaçai pour la serrer contre moi si fort qu'elle poussa un petit cri de surprise.

— Tu m'as tellement manqué. Tellement, putain. Eden, mon Eden. Je voulais mourir avec toi.

Je tentai de ravaler mes larmes, mais quelque chose avait pris le dessus ; peut-être que la réalité de son retour m'avait violemment bousculé ou peut-être que le fou rire avait brisé un barrage d'émotions mal contenues. Je l'ignorais. Mais j'étais incapable de me contrôler et je me contentai de me cramponner à elle et de respirer son parfum réconfortant en pleurant comme un bébé contre sa poitrine tandis qu'elle me caressait le dos. Je sentais ses larmes couler dans ma nuque. C'était la première fois que je pleurais depuis que Xander m'avait traîné loin de ce toit.

Nous restâmes agrippés l'un à l'autre pendant un temps infini. Mon cœur finit par reprendre son rythme normal et j'écoutai, émerveillé et reconnaissant, le sien battre contre mon oreille humide de larmes.

— Pour info, marmonnai-je, ce n'est pas comme ça qu'un premier rendez-vous est censé se passer.

Eden rit doucement, renifla et déposa un baiser sur le sommet de mon crâne.

— Non, dans d'autres circonstances, ce ne serait pas un bon début.

Je me redressai. Eden se pencha pour poser un baiser sur ma joue. Elle se frotta contre moi et nos larmes se mêlèrent. Elle sourit contre ma bouche puis effleura mes lèvres. Nous nous embrassâmes tendrement. Je mordillai sa lèvre inférieure. C'était lent et délicat et ça me fit du bien.

Au bout de quelques minutes, mon sang se mit à affluer vers un endroit fort peu approprié pour un parking public. Je reculai donc et regagnai mon siège. Eden essuya ses dernières larmes.

— Il va falloir du temps pour que ça nous semble réel, dis-je. Et pour que je parvienne à contrôler mes fichues émotions.

Je la regardai en riant un peu, embarrassé.

— Tu n'as pas besoin de m'expliquer quoi que ce soit, Calder, répondit-elle gentiment.

J'acquiesçai, les yeux rivés sur le pare-brise. C'était un soulagement extrême que d'être compris. Xander avait toujours pigé plus de choses que la plupart des gens. Mais il n'avait pas perdu l'amour de sa vie en plus du reste. *Mais tu l'as retrouvée. L'amour de ta vie est assise juste à côté de toi.*

Je lui pris la main et la même joie frémissante que celle que j'avais ressentie à la fête de sa mère m'emplit le cœur. Dieux tout-puissants, j'étais incapable de suivre mes propres émotions d'une minute à l'autre.

Je la regardai en haussant les sourcils.

— Prête à te fabriquer des souvenirs de bowling ?

— Il y aura des nachos ? demanda-t-elle, taquine.

— Hors de question, répondis-je en riant.

Elle m'imita puis nous descendîmes du pick-up et pénétrâmes dans le bowling.

Un quart d'heure plus tard, nous étions correctement chaussés et on nous indiqua quelle était notre piste.

Tandis que je rentrais nos informations sur l'ordinateur, Eden alla chercher une boule. Quand j'eus terminé, je me redressai et la cherchai des yeux. Je ne l'aperçus pas tout de suite et la panique m'envahit. Mon cœur se mit à battre à tout rompre et mon sang ne fit qu'un tour. J'agitai la tête en tous sens, complètement affolé.

— Eden ! hurlai-je.

Plusieurs personnes me lancèrent un regard curieux. Je sautai sur un siège pour avoir une meilleure vue par-dessus la tête des gens et je criai de nouveau le nom d'Eden.

Un type dans la ligne d'à côté se tourna vers moi.

— Vous avez perdu un enfant ?

Je secouai la tête.

— Non, ma...

Je m'interrompis en voyant apparaître une tête blonde : Eden surgit de derrière les étagères contenant les boules et se dirigea vers moi. Son sourire s'effaça quand elle m'aperçut debout sur une chaise, l'air probablement paniqué. Je bondis du siège pour me précipiter vers elle. Je la pris dans mes bras et la boule qu'elle tenait en main entra en collision avec mon ventre. Aucune importance. Je la tins enlacée une minute, le temps pour mon cœur égaré de reprendre son rythme normal.

— Ouah, murmura-t-elle. Tu vas bien ?

Je hochai la tête avec un sourire forcé.

— Oui, désolé. C'est juste que j'ai tourné la tête et que tu avais disparu...

— Je comprends, m'interrompit-elle en souriant. Pardon. J'ai eu du mal à trouver une boule qui ne soit pas trop lourde pour moi. J'étais juste derrière. (Elle fronça les sourcils.) Cela va s'arranger au fil du temps, affirma-t-elle avec un regard encourageant.

J'acquiesçai en souriant et la conduisis vers notre piste. J'espérais vraiment que les choses s'améliorent. Arriverais-je un jour à la laisser seule sans que la terreur s'empare de moi ?

Eden s'assit et je me penchai pour l'embrasser, histoire d'alléger l'atmosphère. Quand je me redressai, je me rendis compte que le mec de la piste d'à côté me dévisageait, intrigué. Oui, j'avais probablement l'air d'un fou furieux qui panique parce que sa petite amie était cachée par une étagère. Mais il ne savait pas pourquoi j'étais comme ça. Et connaissions-nous jamais l'histoire des gens que nous croisions ? Non, en vérité.

Je me plaçai en bout de piste et visai comme j'avais vu des centaines de gens le faire pendant que je bâfrais des nachos avec Xander, affamé. Si quelqu'un m'avait dit alors qu'un jour je jouerais au bowling *avec Eden*, je l'aurais frappé pour le punir de me faire une blague aussi cruelle.

Je fis un pas en avant et lâchai la boule. Elle roula le long de la piste, changea brusquement de trajectoire à la fin et heurta la quille qui était le plus à gauche. Ce n'était pas une réussite. Mais je me tournai vers Eden quand même en levant les bras et en m'écriant :

— Oui !

Eden rit.

— Je pense que ce n'est pas vraiment terrible. Tu n'as eu qu'une quille.

Je lui fis un clin d'œil, bien résolu à ce que ce rendez-vous soit réussi.

— C'est vrai, répondis-je en me penchant pour l'embrasser, mais du coup les choses ne peuvent que s'améliorer.

Elle haussa un sourcil.

— Ou tu pourrais mettre la boule dans la glissière.

— Que tu es pessimiste. Ça n'arrivera pas, rétorquai-je en riant doucement.

Elle croisa les bras.

— Tu es bien sûr de toi.

— J'apprends toujours de mes erreurs.

Puis je repris position en bout de piste et visai. Sauf que cette fois-ci, je lançai la boule sur la droite : lorsqu'elle fit de nouveau un angle droit en bout de ligne, elle heurta la quille au centre qui fit tomber toutes les autres. *Spare* !

J'entendis Eden pousser un cri de triomphe derrière moi. Je me tournai vers elle : elle arborait un large sourire et battait des mains. Je la rejoignis en riant, la soulevai, la fis tourbillonner puis l'embrassai passionnément.

— Danse avec moi, marmonnai-je dans ses cheveux.

Elle leva les yeux vers moi et alors seulement sembla entendre la musique qui se déversait des enceintes. Les paroles parlaient de deuil et de quelque chose qui concernait toutes les étoiles, ce qui me semblait approprié.

— Depuis quand tu sais danser ? me taquina-t-elle.

J'ouvris la bouche pour répondre mais me retins, ne voulant pas évoquer Madison. Elle se rembrunit.

— Oh, fit-elle en détournant les yeux.

Je posai les doigts sous son menton pour la forcer à me regarder.

— Je n'ai jamais dansé *avec toi.* Je veux réparer ça. Danse avec moi.

— Je vais probablement te marcher sur les pieds.

— Aucune importance, répondis-je en la prenant dans mes bras et en l'attirant à moi.

Nos corps se mirent à se balancer au rythme de la musique et le vacarme du bowling s'estompa tandis que le son de la chanson semblait plus fort. Et soudain il n'y eut plus que nous, nos corps à l'unisson et sa douceur contre moi.

— Rentre à la maison avec moi, Eden, chuchotai-je dans ses cheveux.

Elle poussa un petit cri de surprise et recula un peu pour plonger ses yeux bleus pleins d'amour et de tendresse dans les miens. Elle hocha la tête en signe d'approbation mais sans prononcer un mot. La joie vibra dans tout mon corps. Nous dansâmes jusqu'à ce que la chanson prenne fin puis nous reprîmes notre partie. Nous rîmes et nous nous amusâmes pendant les neuf manches suivantes. Une fois qu'elle eut compris comment procéder, Eden se révéla être une bonne joueuse. De mon côté, la regarder se divertir suffisait à mon bonheur. En dehors de la partie de « Frappe la canette », il y avait des années de ça, je n'avais jamais eu le privilège de voir Eden *jouer*. J'étais bien déterminé à lui fournir autant d'occasions que possible. Le but de ma vie serait de lui rendre tout ce qu'elle avait perdu.

Au moment où nous remettions nos chaussures, une fillette de trois ou quatre ans nous passa devant en courant et en riant aux éclats, poursuivie par sa mère, qui gloussait en lui disant : « Reviens ici, coquine ! ». Je souris et jetai un coup d'œil à Eden qui me lança un regard attristé. Elle sembla se ressaisir, se dérida et se pencha pour achever d'enfiler sa chaussure.

— Eden, dis-je doucement en m'asseyant à ses côtés. (Elle leva un regard plein de chagrin vers moi.) Je suis au courant. Pour le bébé. Quelqu'un m'a fait passer un mot quand j'étais enfermé dans la cellule d'Acadie.

Elle cilla et se mordit la lèvre. Les larmes lui montèrent aux yeux et elle hocha lentement la tête.

— Je n'avais pas l'intention de te le dire. Je ne voulais pas que tu portes ce fardeau en plus du reste.

Je contemplai son visage peiné et la tristesse m'emplit le cœur : elle était prête à souffrir seule pour m'épargner.

— Ma Belle de Jour, murmurai-je. Je suis tellement navré que tu aies dû endurer ça. Ça me tue d'imaginer ce que tu as subi. (Je tentai de me ressaisir et d'être fort pour elle.) On se souviendra de cette petite vie ensemble, et un jour, quand nous serons prêts, nous en ferons une autre.

Eden me lança un regard douloureux.

— Calder, commença-t-elle, mais mon prénom sembla se coincer dans sa poitrine.

Elle s'interrompit et se mordit la lèvre.

— Qu'est-ce qu'il y a ? demandai-je, préoccupé par son expression désolée.

Elle prit une profonde inspiration.

— Quand je suis arrivée à Cincinnati, j'avais très mal et Marissa m'a emmenée voir un médecin et... il m'a dit que j'avais des séquelles de la fausse couche. Hector m'a donné une espèce de thé et ça... (Elle secoua la tête.) Le docteur pense que je ne pourrai plus tomber enceinte, acheva-t-elle doucement. Je ne peux plus avoir d'enfants.

La douleur me fit l'effet d'un uppercut.

— Non, suffoquai-je.

— Pardon, dit-elle. Je n'aurais pas dû te dire ça maintenant. C'est juste que...

— Chut, dis-je en l'attirant à moi et en plaçant une main dans sa nuque.

Le chagrin me submergea comme une vague. Je reculai un peu et frottai mon nez contre son nez avant de poser mon front contre le sien.

— On demandera un autre avis médical quand on sera prêts, ou on adoptera, ou... tout ce que tu voudras.

Eden poussa un petit soupir.

— D'accord.

— Ma douce Belle de Jour. Tu portes ça aussi depuis tout ce temps ?

— Je l'ai accepté, murmura-t-elle. Avant...

Elle n'acheva pas sa phrase.

Je repoussai une mèche de cheveux de son visage et lui adressai un sourire contrit.

— C'est pour ça que tu as pleuré hier soir ? Quand j'ai mis le...

— En partie. Surtout.

— Je comprends, affirmai-je d'une voix rauque.

Elle opina et détourna un instant les yeux avant de plonger son regard dans le mien.

— C'est n'importe quoi ce rendez-vous, pas vrai ? demanda-t-elle en riant doucement.

— Ça risque d'être souvent comme ça pour nous.

— Nous, répéta-t-elle doucement, et un éclat nouveau se mit à briller dans ses yeux.

— Oui, nous, dis-je en souriant. (Je la pris par la main pour l'aider à se lever.) Rentrons à la maison.

Elle acquiesça et nous sortîmes dans la nuit froide. Je l'enlaçai pour traverser le parking puis l'aidai à monter dans le pick-up.

Nous fîmes le trajet en silence, la radio jouant doucement en arrière-fond. Je n'habitais qu'à dix minutes de là.

Lorsque nous pénétrâmes chez moi, les lumières de la ville brillaient à l'extérieur et toute la pièce était baignée dans une douce lueur. J'adorais cet appartement malgré l'absence de confort. J'aimais le fait que ce soit un seul espace ouvert et la vue aussi, mais plus que tout, je tirais une grande fierté d'avoir fait les travaux tout seul. J'en avais fait mon chez-moi, j'avais choisi et posé le plancher, acheté mes plans de travail préférés et appris à poser des placards. Je n'étais pas propriétaire des lieux mais c'était quand même la première fois que je possédais quelque chose.

Eden posa son sac à main et me lança un regard presque timide. Une réminiscence d'elle dans la lueur du clair de lune, me jetant le même regard, me revint à l'esprit, et pour la première fois depuis des années, cette image ne m'apporta pas de tristesse mais un bonheur lumineux et un profond sentiment de reconnaissance.

CHAPITRE 8

Eden

— J'ai quelque chose à te montrer, fit Calder en me prenant par la main.

Je lui jetai un regard intrigué mais il se contenta de me sourire en m'entraînant dans le couloir. Il me fit entrer dans une petite chambre, qui contenait uniquement un vaste lit recouvert d'un couvre-lit à rayures grises et blanches et de quelques oreillers. Je levai les yeux vers Calder, qui avait l'air d'attendre une réaction de ma part.

— Qu'est-ce que je suis censée voir ? demandai-je.

— Ça, répondit-il en désignant le lit. Je l'ai acheté pour nous aujourd'hui. Avec les draps et le couvre-lit. (Il me lâcha la main pour le retourner : de l'autre côté, le tissu était gris pâle avec des fleurs mauves.) Il est réversible. Tu peux choisir le côté que tu préfères.

— Calder, dis-je en lui reprenant la main, tu es chez toi. Tu devrais choisir ce qui te plais à toi.

— Mais je veux que ce soit ton foyer aussi, répondit-il sur un ton plein de vulnérabilité. Je veux que ma maison soit ta maison, mon lit, ton lit. Je veux que, la nuit, ta chaleur soit à portée de main.

Mon cœur manqua un battement puis se mit à pulser de manière désordonnée et l'émotion m'étouffa.

— Tu n'as pas oublié nos lettres, dis-je.

Un sourire plein de tendresse éclaira ses traits.

— Emménage avec moi, s'il te plaît. Vis avec moi. Laisse-moi te protéger. Pas uniquement ce soir mais pour toujours.

Je me mordillai la lèvre, incertaine.

— J'en ai envie. Vraiment. Je ne veux plus jamais être loin de toi. C'est juste que... tu habitais chez une autre femme hier et j'ai peur... j'ai peur qu'on agisse trop vite par désespoir. (Je plongeai le regard dans ses yeux sombres.) Je veux être certaine qu'on recommence de zéro. Et j'ai besoin d'être rassurée sur tes sentiments.

— Alors pose-moi la question, répondit-il d'une voix étranglée, encore plus rauque que d'habitude. Demande-moi. C'est tout ce que tu as à faire.

Les larmes me montèrent aux yeux lorsque je vis son expression intense. Je pris une inspiration tremblante.

— Est-ce que tu m'aimes toujours, Calder ? Est-ce que je suis la seule femme que tu désires ?

— Oh mon Dieu, oui, affirma-t-il avant même que j'aie fini ma phrase.

Je poussai un soupir et reniflai.

— Moi aussi, je t'aime.

Son regard devint plus chaleureux encore.

— Je n'ai jamais cessé de t'aimer. Et je ne cesserai jamais.

Je me détendis et m'essuyai les yeux.

— Est-ce que tu crois qu'on fait une erreur en précipitant les choses ? On a changé, tous les deux... et on a nos problèmes respectifs.

Il m'observa en silence.

— Tu dis ça parce que j'ai pleuré pendant notre premier rendez-vous, c'est ça ?

J'éclatai de rire et mon rire redoubla lorsqu'il m'adressa un sourire taquin. Il était adorable, magnifique, aussi, et absurdement beau. Je baissai les yeux vers le lit. Il l'avait acheté pour moi quelques heures auparavant. Mon cœur se serra.

— Tu vois, reprit-il, sérieux, on est désespérés tous les deux... on n'est pas remis, et on est probablement en manque d'affection. (Il s'interrompit un instant.) Non, on est définitivement en manque d'affection. (Il inspira profondément.) Hier, j'étais mort, Eden. (Il se passa la main dans les cheveux.) Je tentais de survivre, c'est tout. Mais maintenant que tu es de retour, je suis de nouveau *vivant*. (Son regard s'emplit de ce qui ressemblait à de l'émerveillement.) Je ne veux pas attendre de « comprendre ce qui se passe » ou « prendre mon temps ». Je n'ai pas besoin de temps. J'ai juste besoin de toi. Toujours et à jamais.

J'ouvris la bouche pour répondre, mais Calder me coupa la parole.

— Avant que tu dises quoi que ce soit, j'ai quelque chose à t'avouer à propos de ce lit. Ce n'est pas un lit ordinaire. (Je haussai un sourcil, intriguée, et Calder secoua la tête.) Non, c'est... euh (Il sourit comme s'il venait soudain de penser à quelque chose.)... « Le Lit Guérisseur ». (Ses yeux se firent chaleureux.) Ce lit possède le pouvoir de guérir la souffrance, la douleur et tout le désespoir que nous portons en nous. Mais pour ça il faut y séjourner assez longtemps, jusqu'à ce qu'on soit sûrs qu'on peut se passer momentanément l'un de l'autre sans ressentir de malaise ni de crainte. Il faut qu'on y reste suffisamment de temps pour rattraper un peu le temps perdu. Et après ça, quand on sera tous les deux un peu plus calmes, alors tu pourras décider de vivre avec moi ou pas.

Je ris doucement, amusée.

— Le Lit Guérisseur.

Calder opina tout à fait sérieusement.

Je jetai un coup d'œil en direction du lit puis lui lançai un regard espiègle.

— Je pense que ça vaut le coup d'essayer. On a bien besoin d'un peu de guérison.

Calder soupira.

— Tu veux dire que tu acceptes de partager ce lit avec moi, maintenant ?

J'acquiesçai lentement.

Il laissa son regard tendre errer sur mon visage puis il repoussa un peu la mèche qui me tombait sur l'œil.

— Tu te rends compte que tu vas certainement y passer un peu de temps, vu que nous avons pas mal de... problèmes à régler. Tu dois peut-être réorganiser ton emploi du temps ?

— Non. Je n'ai rien de prévu. Mais je vais envoyer un message à ma mère pour qu'elle ne s'inquiète pas.

— D'accord.

Nous nous dévisageâmes en silence un instant. Je posai les yeux sur ses lèvres puis sur ses yeux. L'air sembla s'épaissir entre nous et se charger d'électricité. Nous avions couché ensemble la veille, mais là, c'était différent. Nous allions prendre notre temps. Nous avions *un lit. Notre lit.* Un frisson d'excitation me parcourut tout entière et des papillons prirent leur envol dans mon ventre.

Je quittai la pièce, les genoux en caoutchouc. Je ne pus m'empêcher de lui jeter un regard par-dessus mon épaule et croisai son regard intense.

Je me dépêchai d'envoyer un texto à ma mère. J'avais l'impression d'être une gamine, mais c'était ce qu'il fallait faire et je ne voulais pas lui causer une seule seconde d'inquiétude : elle avait déjà assez souffert comme ça. Elle méritait de savoir que j'allais bien.

Lorsque je regagnai la chambre de Calder, je l'entendis dans la salle de bains. Je m'assis sur le bord du lit pour l'attendre, soudain envahie par une grande nervosité.

Calder sortit torse nu en se frottant la nuque avec une serviette de toilette. J'admirai sa poitrine et ses bras musclés, son ventre plat où on apercevait un petit filet de poils. Je savais vers quoi il menait. Je déglutis, le corps sur le qui-vive, vibrant. La dernière fois que je l'avais vraiment vu nu, il n'était pas encore tout à fait un homme. Il avait vingt-deux ans à présent et il s'était étoffé d'une manière très excitante.

— Tu veux utiliser la salle de bains ? Il y a une bougie dedans. Je suis désolé de ne pas avoir encore installé l'électricité.

Je m'éclaircis la voix.

— Tu as passé la journée à chercher un lit guérisseur. On ne peut pas tout faire, répondis-je à mi-voix sans quitter son torse des yeux.

Lorsque je levai enfin le visage vers lui, il m'adressa un sourire entendu. Je poussai un soupir gêné. Je me levai et le contournai pour me rendre dans la salle de bains. Je dus me retenir de sursauter en sentant la chaleur de son corps près du mien. *Ressaisis-toi, Eden. C'est Calder, pas un étranger.* Sauf que, d'une certaine manière, c'en était un.

Je fermai la porte de la salle de bains et m'y adossai en respirant profondément. Une bougie était allumée à côté du lavabo, projetant une faible lueur vacillante dans la pièce. Je contemplai la flamme.

Calder avait raison : nul besoin de prendre des décisions tout de suite. Nous nous devions d'essayer de surmonter le sentiment de manque désespéré et l'impression que tout cela n'était pas réel. Je n'arrivais pas à me défaire de cette sensation depuis que j'étais entrée dans cette galerie. Un seul jour s'était écoulé depuis que nous avions découvert que l'autre était en vie mais était-ce une raison suffisante pour ne pas vivre ensemble ? J'avais envie de lui et lui de moi. Les choses devaient-elles être plus compliquées que ça ?

J'utilisai les toilettes et me rafraîchis. Je me brossai les dents avec le doigt et son dentifrice, puis j'éteignis la bougie, pris une profonde inspiration et regagnai la chambre.

Calder était assis sur le lit et la pièce était éclairée par la lueur des chandelles qu'il avait allumées après avoir fermé les stores, qui nous privaient maintenant des lumières de la ville.

Je m'approchai lentement de lui. Lorsque je parvins à sa hauteur, il m'attira à lui et posa la tête contre mon ventre. Je lui caressai les cheveux pour me familiariser avec leur nouvelle longueur. Ils étaient épais, soyeux et presque noirs à la lueur des bougies. Calder tourna un peu la tête et inspira tout en faisant courir ses mains dans mon dos. Il leva le visage et glissa les paumes sous mon tee-shirt, effleurant la peau sensible de mes côtes. Il souleva lentement l'ourlet et ses yeux rencontrèrent les miens. Je retins mon souffle, saisie par ce que j'y lus : un mélange de soulagement, de désir et *d'amour.* Je lui pris le tissu des mains, ôtai mon tee-shirt et le balançai sur le sol.

Ses mains se posèrent de nouveau sur ma peau, il m'attrapa par la taille puis glissa les mains dans mon dos avant de les remonter le long de mon échine en appuyant doucement sur chaque vertèbre comme pour s'assurer que j'étais bien réelle, comme si ces petits morceaux de moi en étaient la preuve. Mon cœur se gonfla de tendresse et je retins mon souffle.

Calder se leva et sa peau entra en contact avec la mienne. Il me caressa les bras, laissant un sillage de chair de poule derrière lui.

— Tu as froid ? murmura-t-il.

Je secouai la tête en signe de dénégation.

Si la nuit précédente nous avait permis de tester la solidité, la *matérialité* de nos corps, ce soir, nous avions envie de faire la part belle aux détails, de redécouvrir chaque creux et chaque courbe, le miracle des empreintes digitales, des os du bassin, des clavicules, la beauté des lèvres, la courbe d'une oreille, le creux à la base du cou. Nous explorâmes chaque endroit avec lenteur et révérence, des mains, des lèvres et de la langue, jusqu'à ce que je sois étourdie de désir et sur le point d'éclater d'un trop-plein d'amour et de gratitude.

La reconnaissance m'envahit tout entière. *Comme tout cela m'avait manqué.* Il pressa fermement ses lèvres sur les miennes et j'ouvris la bouche pour accueillir sa langue. Nous nous embrassâmes lentement et profondément, retrouvant notre rythme.

Le sang coulait à vive allure dans mes veines et le désir pulsait entre mes jambes. Je me blottis dans la chaleur de Calder et gémis contre sa bouche. Il recula, l'air abasourdi, comme drogué, puis dégrafa mon soutien-gorge. Il tomba sur le sol et Calder posa les mains sur mes seins dont les tétons se dressaient déjà. Je poussai un petit cri lorsqu'il les effleura du pouce. C'était délicieux. Je renversai la tête en arrière, de plus en plus excitée.

Calder s'éloigna soudain pour ôter ses chaussures et son jean. Il portait un boxer blanc qui moulait son sexe en érection. Je fixai la bosse. La vision du tissu tendu agita mes hormones et mon désir augmenta d'un cran. Je levai les yeux vers lui.

— J'aime te voir en sous-vêtements, dis-je, ce qui provoqua son rire.

J'insinuai les pouces sous l'élastique et fis glisser le boxer le long de ses cuisses. Ainsi libéré, son membre se dressa et je déglutis.

Je me débarrassai de mes chaussures à mon tour puis déboutonnai mon jean et l'enlevai ainsi que ma culotte. Nous étions à présent nus tous les deux.

— Tu es exquise, Eden, chuchota Calder. Tu es tout ce dont j'ai toujours rêvé.

Il me prit par la main et m'entraîna vers le lit. Il repoussa le couvre-lit et le drap et nous nous couchâmes. Nos corps se retrouvèrent et Calder m'embrassa.

Nos mains s'affairèrent en même temps que nos langues et je laissai mes doigts errer sur son ventre, frôlant ses muscles parfaitement découpés. Ils se contractèrent sous ma caresse et il gémit tout contre moi.

Sa peau tiède et nue contre la mienne provoquait en moi un plaisir délicieux et je me blottis contre lui. Je voulais sentir la moindre partie de son corps contre moi.

Sa main s'arrêta au-dessus de l'endroit que je voulais qu'il touche, cet endroit qui vibrait de désir. Je me pressai contre elle et je le sentis sourire contre ma bouche.

— Allumeur, murmurai-je. Oooh, ajoutai-je lorsqu'il enfouit son doigt en moi et me caressa le clitoris du pouce.

Entre ses doigts, sa bouche sur la mienne et le poids de son corps sur moi, je faillis jouir tout de suite, mais je me retins. Je poussai un gémissement.

Il sourit et m'embrassa profondément et langoureusement. Nos corps s'embrasèrent encore davantage et il frotta son sexe dur contre le mien. Il s'empara de son érection et frotta son gland contre moi. Nous gémîmes de concert. Son torse glissait contre mes seins, mon corps était délicieusement douloureux et vibrant, magnifiquement en manque. Parce que le *manque* pouvait être une chose merveilleuse si on savait qu'une autre personne était prête à le combler. Je souris contre la bouche de Calder et enroulai les jambes autour de sa taille.

J'avais besoin qu'il soit en moi, d'être liée à lui de toutes les manières possibles. Je glissai une main entre nous pour le guider mais il me précéda et me pénétra. Je me sentis *pleine* avec une telle intensité que je criai en me cambrant.

— Oui, soupirai-je.

C'était comme rentrer à la maison. Calder commença à bouger lentement en gémissant mon nom tandis que je lui caressais le dos, savourant la tiédeur de sa peau, sa *taille,* sa virilité parfaite qui s'agitait sur et en moi. Mon corps fondait sous le sien, mon cœur s'emballait entre mes jambes, où il allait et venait à un rythme parfait. Mon souffle devint court et un éclair de plaisir aveuglant me transperça : je jouis, parcourue par un éclair de bonheur pur. *Mon Dieu, mon Dieu, mon Dieu.*

— Eden, Eden, gémit Calder en accélérant le rythme de ses coups de reins. Je t'aime. Mon Dieu, je t'aime tant.

Il continua encore un peu puis s'immobilisa, le visage figé dans une grimace de plaisir si intense qu'il en avait l'air presque douloureux. Je le dévisageai, envoûtée. Il entrouvrit les lèvres, son expression se détendit et il se retira avant de rouvrir les yeux. Il était splendide.

— Tu as été créé pour moi, chuchotai-je.

Les mots avaient franchi mes lèvres sans que j'aie l'intention de les prononcer.

Calder me sourit tendrement et roula sur le côté.

— Oui, répondit-il. C'est vrai. Et toi pour moi.

Il m'attira à lui et me caressa le bras.

Nous passâmes le reste de la nuit blottis l'un contre l'autre, à nous familiariser avec nos corps respectifs, à les caresser pour en mémoriser le moindre détail et à découvrir les innombrables manières dont nous nous complétions parfaitement.

Nous murmurâmes des serments d'amour et de dévotion, nous nous assurâmes que tout cela était réel et vrai et que rien ne nous séparerait plus jamais. Nos âmes s'accrochaient l'une à l'autre, comme nos corps. Et, oui, nous guérissions.

À un moment donné, j'entendis Calder crier dans son sommeil et je me rendis compte que nous nous étions éloignés l'un de l'autre. Je me rapprochai de lui et lui caressai les cheveux en chuchotant son nom. Nous avions éteint les bougies et la chambre était plongée dans l'obscurité, mais je distinguai malgré tout son expression crispée. Il ouvrit brusquement les yeux et regarda autour de lui, momentanément désorienté. Puis ses yeux se posèrent sur moi et le soulagement l'envahit. Il m'attira tout contre lui.

— Ils vivent derrière mes paupières, Eden, chuchota-t-il. Tous. Je les vois, je les entends, je sens leur peur et leur horreur. Je *sens* tout. Toutes les nuits.

— Qu'est-ce qui peut te soulager ?

Il soupira et se passa la main dans les cheveux.

— Dormir par terre, parfois. Peut-être parce que j'ai dormi sur le sol toute mon enfance. Ça me réconforte, d'une certaine manière.

— Alors dormons sur le plancher.

Il baissa les yeux vers moi.

— Je ne veux pas que tu dormes par terre.

— Je ne veux pas que tu souffres.

Calder me pressa plus étroitement contre lui.

— Tu es là. Tout ira bien. Et ce soir, je ne m'obligerai pas à me souvenir de chacun, un par un. Je ne me torturerai pas.

— Pourquoi est-ce que tu fais ça ? demandai-je, le cœur serré.

— Pendant toutes ces années, j'ai pensé que je le méritais. Je me disais que puisque j'avais survécu, c'était mon devoir de continuer à souffrir pour eux.

— Et pour moi ? murmurai-je.

Il secoua la tête dans le noir.

— Non. C'était différent pour toi. Ma plus grande peur, c'était de t'oublier... De ne plus me rappeler les détails de toi. C'était un supplice. Un véritable *supplice,* avoua-t-il d'une voix rauque.

Il se tourna vers moi et me dévisagea.

— C'est pour ça que tu m'as peinte ? chuchotai-je.

— Oui. C'est pour ça.

Je l'embrassai passionnément. L'amour que j'éprouvais pour lui était si grand qu'il emplissait toute la pièce.

— Je t'aime, je t'aime, fredonnai-je entre deux baisers. Je ne cesserai jamais de t'aimer, homme magnifique et tourmenté. Je connais toute la bonté qui t'habite, Calder. Plus que n'importe qui d'autre. Je sais que ton cœur contient une infinie tendresse et je sais tout ce qu'on t'a volé. Je sais aussi qu'un chagrin terrible t'accable. Je le sais parce que je ressens la même chose. Je *sais.* Mais je crois aussi que tout va s'arranger : nous allons nous aimer si fort et si intensément que la douleur disparaîtra. Et si, de temps en temps, la souffrance recommence à nous hanter, nous reviendrons ici, dans le Lit Guérisseur. Et nous y passerons le temps qu'il faut pour échapper au monde. C'est notre plan parce que je te jure, mon tendre et merveilleux amour, que tout le monde mérite de vivre une histoire d'amour qui ne le fait pas souffrir.

Calder poussa un profond soupir et posa le front contre le mien.

— Même nous ?

Je me blottis plus étroitement contre lui.

— Oui. Même nous. Je te le promets.

C'est comme ça que nous nous endormîmes, dans une pièce pleine d'amour, et Calder ne se réveilla pas avant le lendemain matin, lorsque je le sentis se presser contre moi, sa chaleur matinale à portée de ma main.

*
* *

Nous passâmes quatre jours dans ce lit. Quatre jours à nous raconter ce qui s'était passé pendant ces trois années, à évoquer nos peurs et nos douleurs et les choses que nous n'arrivions pas à oublier. Nous créâmes notre propre monde avec seulement nos corps, nos cœurs, nos murmures et nos vérités.

Nous avions passé tellement de temps à nous pleurer mutuellement que nous n'avions pas pris le temps de pleurer pour nous-mêmes, pour ce que nous avions enduré ce jour-là, pour les horreurs auxquelles nous avions assisté, pour la culpabilité que nous portions en nous. Et dans ce lit nous exorcisâmes donc les démons qui s'étaient nichés dans nos cœurs en les libérant par la parole.

J'embrassai ses jambes couturées de cicatrices à cause de ce qu'Hector lui avait fait subir. Je posai mes lèvres sur la balafre la plus grande sur le côté de sa cuisse, là où on lui avait tiré dessus. J'avais mal pour lui, mais, comme je le lui avais promis il y avait des années de ça, j'étais terriblement fière. *Mon homme si brave.*

Notre innocence avait été détruite en ce jour terrible. On nous avait volé l'espoir. Mais aucun de nous deux n'avait vu les conséquences chez l'autre. Et de cette découverte découlait du chagrin, exactement comme notre survie éveillait un sentiment d'orgueil. Une partie de moi se réjouissait mais une autre était en deuil, et c'était bien comme ça.

Je remontai le long de son corps et nous oubliâmes nos cicatrices et nos souffrances pour ne plus ressentir que du plaisir, la réunion de nos corps et toutes les façons dont nous étions encore entiers et bien vivants. Nous comprîmes que nous nous étions contentés de survivre ces dernières années. Tous deux privés de ce qui le rendait complet : la présence de l'autre.

Nous ne nous levâmes que pour aller aux toilettes, nous brosser les dents et moi pour prévenir Molly et ma mère que j'étais toujours chez Calder. Mais même pendant ces quelques minutes, un sentiment de peur et de manque emplissait mon cœur et je courais rejoindre Calder. Chaque fois, je le trouvais hors du lit et en chemin vers moi. Nous n'étions pas encore prêts. Après tout, qui aurait envie de s'éloigner de la scène d'un miracle ?

Nous mangeâmes ce que Calder avait dans sa cuisine : du pain avec du beurre de cacahouètes, des raisins secs, un sachet de chips de maïs entamé. Nous nous en contentâmes. Le troisième jour, Calder dit qu'il allait faire des courses, mais une fois qu'il se fut habillé et qu'il eut quitté la chambre après m'avoir embrassée, je me sentis envahie par l'anxiété et je me levai pour lui dire de ne pas sortir. Mais il avait fait demi-tour une fois parvenu dans le couloir. Il n'était pas prêt à me laisser non plus. Il attrapa une boîte de pêches au sirop dans la cuisine, l'ouvrit et la rapporta dans la chambre. Nous nous déshabillâmes et nous donnâmes à manger mutuellement les fruits, dont le sirop sucré dégoulinait sur nos peaux. Calder m'adressa un sourire coquin, en fit couler un peu plus sur mes seins et en lécha la moindre goutte, jusqu'à ce que je me tortille en gémissant et en le suppliant de ne pas s'arrêter en si bon chemin. Lorsque nous fûmes tous deux rassasiés et repus, je lui demandai en plaisantant :

— Combien de fois tu crois que tu peux baiser ?

Nous l'avions fait souvent et Calder était bien pourvu par la nature ; j'avais mal partout, mais c'était délicieux et ça m'était égal.

Calder se tourna vers moi, les joues toujours rouges à cause de l'effort qu'il venait de fournir, magnifiquement heureux.

— Eh bien, je suis jeune, en bonne santé et éperdument amoureux de la femme qui est dans mon lit. *Donc, beaucoup.*

J'éclatai de rire.

Le Lit Guérisseur me paraissait sacré ; comme si nous lui devions notre renaissance. Et chaque seconde était précieuse pour deux personnes qui savaient que la mort pouvait frapper à tout moment.

— Eden, tu m'as dit que tu avais fait des recherches sur les religions. Pourquoi ?

Il me regardait comme si ma réponse avait de l'importance pour lui. C'est quelque chose qui n'avait pas changé chez lui. Je me demandai combien de femmes étaient tombées un peu amoureuses de lui pendant toutes ces années à cause de son intensité silencieuse et de son incroyable capacité d'écoute, qui étaient certainement ses deux principales qualités. Elles étaient rares chez un garçon, et encore plus chez un homme. Je l'aimais jusqu'au tréfonds de mon âme.

Je réfléchis un instant.

— Je suppose... je suppose que je veux juste trouver une religion qui me corresponde, tu vois ? Pas aux autres, mais à *moi*. Quel genre de dieu est *bon* pour moi.

— Et tu as trouvé ?

— Je ne sais pas encore. Je réfléchis toujours. Ce que je sais, c'est que, comme l'amour, Dieu ne devrait pas être source de souffrance, dis-je en soupirant. Je n'en sais pas davantage pour l'instant.

Il considéra le plafond, étonné.

— Moi je n'y réfléchis pas. Je n'ai aucune envie de vénérer un dieu ou des dieux qui ont assisté à ce qui s'est passé à Acadie sans intervenir. Ils n'ont pas levé le petit doigt pour nous aider.

Je ne répondis pas tout de suite. J'avais ruminé cette pensée un bon million de fois.

— Ils ont envoyé la pluie, finis-je par déclarer.

Calder garda le silence un instant.

— Si c'est le cas, alors ils ont aussi regardé les quatre enfants d'Hailey mourir, terrorisés, alors qu'ils ne le méritaient pas. Ils ont vu trente-sept enfants de moins de dix ans se noyer en se débattant et en appelant les dieux à l'aide. Ils étaient bien plus innocents que moi. Les dieux ont ignoré *leurs* hurlements. (Il me regarda.) Le plus petit des fils d'Hailey suçait encore son pouce, Eden. Il suçait son pouce. Comment puis-je croire dans une divinité qui laisse se produire ce genre de chose ? C'est impossible.

Je secouai tristement la tête.

— Je ne sais pas. Je ne comprends pas non plus. Mais je peux te dire une chose, cependant, ajoutai-je après un moment. Dans ces derniers moments, au milieu des cris et de la terreur, j'ai entendu des mères consoler leurs enfants. Des mots d'amour ont traversé le mur. (Je secouai la tête en proie aux souvenirs.) Dans ces derniers moments, oui, il y eut de l'effroi et de l'horreur. Mais aussi de l'amour. Aussi inimaginable que ça paraisse, Calder, il y avait de l'amour dans cette pièce. Et peut-être... peut-être que c'est là qu'était Dieu. Peut-être que si on trouve de l'amour partout, même au milieu de l'atrocité, alors peut-être qu'on trouve Dieu.

Calder ne répondit pas mais il m'attira à lui et me serra très fort.

*

* *

Le matin du quatrième jour, Calder se réveilla enroulé autour de moi comme tous les matins. Ça faisait deux nuits consécutives qu'il n'avait pas fait de cauchemars et il avait l'air heureux, reposé et était magnifiquement échevelé.

— Mmmm, murmura-t-il en pressant le nez contre ma nuque. Tu sens bon.

Sa voix était délicieusement rauque. J'adorais sa voix du matin, plus encore que sa voix normale.

Je ris doucement.

— Ça m'étonnerait.

Il frotta le nez contre mon épaule.

— Si. Tu sens comme ma femme.

— On devrait vraiment prendre une douche, murmurai-je.

Mais en toute sincérité, j'aimais son odeur aussi, même s'il était en nage, sale et pas lavé. J'aurais pu enfouir le nez sous son aisselle et renifler avec joie. C'était un truc à la fois sexy et dégueulasse.

— Tu as raison, finit par répondre Calder. Est-ce qu'on va quitter le Lit Guérisseur ?

— Tu te sens guéri ?

Il posa un baiser sur ma clavicule et ses lèvres s'attardèrent tandis qu'il réfléchissait.

— Je pense que oui. Suffisamment pour fonctionner normalement, du moins. Et toi ?

J'acquiesçai en serrant son bras plus étroitement autour de ma taille.

— Moi aussi, je crois.

— Ce lit va me manquer, soupira Calder.

Je souris et lui lançai un coup d'œil par-dessus mon épaule.

— On va toujours dormir dedans, tu sais. On va juste arrêter d'y vivre.

— J'aimais bien y vivre, gémit-il.

— Moi aussi, murmurai-je.

— Est-ce que ça veut dire que tu acceptes de vivre avec moi ? demanda-t-il sur un ton un peu inquiet.

— Oui. Je vais emménager ici.

Il m'embrassa.

— Merci.

Nous restâmes enlacés un moment et Calder se mit à bander. J'étais endolorie mais je m'en moquais. Nous avions besoin de cette dernière fois avant de nous lever pour affronter de nouveau le monde. Je frottai mes fesses contre son sexe et il retint son souffle. Je guidai sa main pour qu'il me caresse où je voulais. Il me fit l'amour lentement, allant et venant tendrement derrière moi tout en me caressant.

Des rayons de lumière filtraient à travers les stores, baignant la pièce dans une lueur jaune pâle, magique, et les battements du cœur de Calder résonnaient contre mon dos et au plus profond de moi-même. Nous jouîmes en même temps ; moi dans un cri, Calder dans un frisson. Il me mordit légèrement l'épaule en souriant contre ma peau.

— Tout ce que tu veux, murmura-t-il. Si ça existe, ce sera à toi.

— Mmmm. Il y a une peinture dans un musée parisien avec une femme au sourire mystérieux. Il me plaît bien.

Son sourire s'élargit contre ma peau.

— Il te plaît ?

— Mmmm.

— C'est toi qui me plais, chuchota-t-il. Tu me plais beaucoup.

Je ris doucement. Il se retira et je me retournai pour me blottir contre lui.

— J'aimerais attraper des étoiles et les accrocher au-dessus de ce lit.

— Je construirai une échelle, répondit-il en me serrant plus étroitement. Je grimperai dessus et je les attraperai au lasso pour toi.

Je souris et déposai un baiser sur son torse.

Nous sursautâmes tous les deux lorsque la sonnette de la porte d'entrée résonna bruyamment dans son appartement quasi vide.

— On doit ouvrir ? murmurai-je.

— Non, grommela Calder.

— Je croyais qu'on allait se lever. C'est peut-être une bonne manière de nous forcer à le faire.

Calder commença à rigoler mais s'arrêta net lorsqu'on se mit à frapper violemment contre la porte.

— C'est quoi ce bordel ? dit-il en se levant.

Il ramassa son jean et l'enfila. Je m'assis en ramenant le drap sur ma poitrine au moment où Calder quittait la pièce. Puis je me levai à mon tour, allai aux toilettes et me brossai les dents.

J'enfilai un jean et un tee-shirt puis je fis le lit. J'entendais des voix masculines en provenance du séjour et je quittai la chambre pour aller voir de quoi il retournait.

Quand je débouchai dans le grand salon, Calder avait les bras croisés contre son torse nu et Xander était adossé contre le plan de travail. Il se passait la main dans les cheveux et avait l'air de ne pas avoir dormi de la nuit.

— Salut, Xander, dis-je, hésitante.

Il me regarda, les yeux rougis et m'adressa un faible sourire.

— Salut, E.

Je me dirigeai vers Calder, qui m'enlaça et m'attira à lui. Xander nous sourit.

— Je savais que vous régleriez vos problèmes.

Je levai les yeux vers Calder avant de reporter mon attention sur Xander, inquiète. Il n'avait pas l'air en forme.

— Qu'est-ce qui se passe ? demandai-je.

Il secoua la tête en soupirant.

— Je suis désolé. Je ne suis pas venu ici pour interrompre vos retrouvailles. Merde. Vous n'avez pas besoin de ça. Vous méritez...

— Xander, dit Calder. La moitié de ce que je possède...

— Est à moi. Je sais, répondit-il à mi-voix en se passant la main dans les cheveux. Oui.

Calder hocha la tête et baissa les yeux vers moi.

— Tu sais ce dont Xander a besoin, n'est-ce pas ?

Je me mordis la lèvre et pris une expression sérieuse.

— Le Lit Guérisseur ?

— Je pense, oui.

— Je pense aussi.

Calder me lâcha. J'attrapai le bras de Xander et l'entraînai vers la chambre.

— Ouh la ! Tu m'emmènes où ?

— Dans le Lit Guérisseur, répondit Calder.

— Viens.

Je poussai Xander, qui tomba à la renverse sur le lit. Calder et moi nous le rejoignîmes, chacun d'un côté, les yeux rivés vers le plafond. Je pouffai.

Xander regarda Calder, puis moi, puis de nouveau le plafond.

— Je refuse de coucher avec vous, dit-il en se redressant. (Calder le repoussa, le bras en travers de sa poitrine.) D'accord, avec Eden, peut-être, mais certainement pas avec toi, Storm.

— Certainement pas Eden, maugréa Calder en grinçant des dents. Eden, éloigne-toi de lui.

J'éclatai de rire.

— Je croyais que c'était le Lit Guérisseur. Et je sens comme de la colère par ici, fit remarquer Xander.

Calder se mit à rire et posa une jambe sur celle de Xander.

— Pas de colère. Juste de la guérison. Et arrête avec Storm. Tu sais bien que je ne pouvais pas utiliser mon vrai nom. Storm, c'est cool, en plus.

Il y avait de l'amusement dans sa voix, ce qui n'échappa pas à Xander.

— C'est un nom de stripteaseur.

Je ne pus m'empêcher de pouffer et Calder m'imita.

Le silence s'installa. C'était vraiment un lit confortable. Je pris la main de Xander dans la mienne et la pressai.

— Le Lit Guérisseur sent le sexe et... la pêche, constata Xander en plissant le nez et en nous considérant tour à tour.

— Le Lit Guérisseur sent exactement ce qu'il doit sentir, rétorqua Calder.

— Quand est-ce que tu as pris une douche pour la dernière fois, mon pote ?

— Il y a quatre jours, répondit Calder sans le moindre embarras.

— Ça se sent, répliqua Xander en se rapprochant de moi, ce qui provoqua de nouveau mon hilarité.

Je me tournai vers lui.

— Qu'est-ce qui se passe, Xander ? demandai-je.

Il soupira, dégagea sa main et frotta ses joues mal rasées.

— Il y a une fille, répondit-il à mi-voix sur un ton affligé.

Calder éclata de rire. Je me redressai un peu et lui lançai un regard réprobateur.

— Pardon, marmonna-t-il. C'est juste que toutes les tragédies commencent toujours par ces mots-là. *Il y a une fille,* acheva-t-il avant de pousser un gémissement théâtral et de poser son bras sur ses yeux.

Xander rit doucement et je me rallongeai, agacée.

— Ce n'est même pas vrai, protestai-je.

— Est-ce qu'elle t'a retourné la tête ? demanda Calder en baissant le bras.

— On peut dire ça.

— OK, soupira Calder.

— Attends, intervins-je. Quel est le problème, exactement ? Tu es amoureux, Xander. Elle t'aime aussi ou pas ?

Xander attrapa la mèche de cheveux qui lui tombait sur le front.

— C'est bien ça le problème. Je pense qu'elle est amoureuse de moi.

— Et ? demandai-je, perplexe. C'est génial.

Une expression tourmentée se peignit sur les traits de Xander.

— Je pense que j'ai tout foiré. Je ne suis pas prêt à tomber amoureux.

— Oh, Xander, dis-je en me tournant vers lui et en enroulant ma jambe sur celle de Calder.

— Personne ne me comprendra jamais en dehors de vous deux. Personne. Si je me rapproche de cette fille, comment lui expliquer que je ne peux m'endormir que par terre ? Oh, attends, quand elle me posera des questions sur ma famille, je répondrai : « Oh, eux ? Tu as entendu parler de cette secte ? Acadie ? Eh bien, ils en faisaient partie. Ils se sont noyés, ma mère, mon père, ma sœur enceinte, ils sont tous morts. C'est comme ça. Moi, je n'ai toujours pas digéré. Oh, et ces cicatrices sur mon dos ? C'est parce que j'ai été fouetté comme un chien. Tu veux qu'on aille au ciné, ce soir ? »

— Xander, fit Calder, désemparé.

— Ouais ? répondit-il sans quitter le plafond des yeux.

— Peut-être que personne ne comprend comme nous, mais quelqu'un saisira au moins un peu. Les gens traversent tous des épreuves. Et si ce n'est pas le cas, ils ont de la compassion pour ceux qui ont subi des choses difficiles. Donne-lui une chance, dis-je.

Il soupira, les yeux toujours rivés vers le plafond.

— J'entends toujours sa voix dans ma tête, répondit-il à voix basse. Tout le temps. C'est comme s'il me *hantait.*

Je lui pris la main.

— Je sais. Moi aussi, je l'entends.

Calder s'éclaircit la voix.

— Moi aussi.

Nul ne parla pendant un moment. Je les écoutai respirer, et leur seule présence m'emplissait de gratitude.

— Bon, nous voilà, finis-je par déclarer. Trois personnes perturbées mais en vie. Et on a droit à une seconde chance. Moi, poursuivis-je en me dressant sur un coude pour les regarder, j'ai bien l'intention de la saisir. J'aimerais penser qu'on n'a pas qu'une vie, *mais si c'est le cas,* alors je refuse d'être malheureuse. *Surtout* maintenant que vous êtes revenus. Qu'est-ce que vous en dites ? On essaie de faire de notre mieux ? Ensemble ?

Calder me sourit et Xander se mordit la lèvre avant de pousser un soupir.

— Oui.

— Moi aussi, fit Calder en passant par-dessus Xander pour s'emparer de ma main.

Je leur souris, posai la tête sur le torse de Xander et tendis mon bras sur lui et Calder. Calder mit la tête sur la poitrine de Xander à côté de la mienne et nous entoura de son bras. Nous nous étreignîmes sur le lit étrangement mais judicieusement baptisé Lit Guérisseur. Le rire guérissait lui aussi, et le lit accomplit donc sa tâche, du moins pour le moment.

— Tu l'as rencontrée où ? demandai-je.

— Ex-membre d'une secte point com, répondit Xander, pince-sans-rire.

Calder explosa de rire et je levai les yeux vers Xander, qui essayait de réprimer son hilarité. Il n'y parvint pas et imita Calder. Moi aussi.

— Elle te comprendra sans problème, alors. Pas la peine de t'inquiéter, affirmai-je.

Nos rires se calmèrent et Xander se tourna vers Calder.

— Au fait, Calder Raynes, si tu veux vraiment guérir, tu as intérêt à confesser ton étrange compulsion qui te pousse à stocker du Coca-Cola. Je sais que tu en caches partout ici.

Calder se figea.

— D'accord, répondit-il lentement en me jetant un coup d'œil. Mais je ne le bois même pas.

— Ça ne rend pas la chose moins bizarre.

Je pouffai et Calder finit par se joindre à moi, les yeux rivés vers le plafond.

— Bon. C'est juste un truc que j'ai...

— Oui, on sait très bien quel « truc » tu as, répliqua Xander sans pouvoir réprimer un large sourire.

Je ris de nouveau, suivie par Calder, qui me regarda par-dessus le torse de Xander.

— Bon, il est vraiment temps que vous alliez vous doucher, tous les deux, dit Xander.

Calder et moi nous redressâmes et il s'assit sur le bord du lit.

— D'accord, mais il faut d'abord que j'aille faire des courses. Nous n'avons pas fait un vrai repas de la semaine.

Xander et moi nous levâmes et Xander hocha la tête en se passant la main dans les cheveux.

— Allons-y. Eden, tu peux rester seule pendant une demi-heure ?

— Oui, pas de problème, affirmai-je avec un sourire à l'attention de Calder.

Je le pensais vraiment. Calder me rendit mon sourire, l'air un peu incertain. Je me dirigeai vers lui et l'enlaçai étroitement. Il me serra contre lui, déposa un baiser sur le sommet de mon crâne, puis il quitta la pièce avec Xander et referma la porte derrière eux.

*

*   *

Un quart d'heure plus tard, j'étais douchée et je me sentais une nouvelle femme. Je m'étais lavé les cheveux deux fois et rasée partout. Je faisais face au miroir, simplement enroulée dans une serviette ; je me démêlais les cheveux parce que Calder n'avait pas d'après-shampoing. Je supposai que les hommes n'en utilisaient pas.

J'entendis frapper à la porte d'entrée et serrai la serviette plus étroitement autour de moi. Est-ce que Calder avait oublié sa clef ? Ou alors ils étaient trop chargés pour ouvrir seuls la porte ?

Je me précipitai dans l'entrée.

— J'arrive ! m'écriai-je avant d'ouvrir le battant à la volée.

Madison se tenait sur le seuil. Mon sourire se figea et je rougis à la pensée que je ne portais qu'une serviette de toilette.

Madison m'examina de la tête aux pieds et pâlit.

— Oh, articula-t-elle.

Je reculai un peu en serrant la serviette contre moi.

— Désolée, marmonnai-je. Je pensais que c'était Calder.

— Il n'est pas là ? s'étonna-t-elle.

Je secouai la tête.

— Il est allé faire des courses avec Xander.

Elle ne me quittait pas des yeux et je me dandinai d'un pied sur l'autre, en tenant ma serviette d'une main et la porte de l'autre.

— Euh, tu veux entrer ? Il ne devrait pas tarder.

Madison eut l'air un peu perplexe, mais elle obtempéra et je refermai la porte derrière elle. Quand je me tournai vers elle, je vis qu'elle me dévisageait, une expression triste sur le visage. C'était horrible. Je savais mieux que quiconque combien il était difficile de ne pas aimer Calder. Je comprenais que c'était très dur pour elle. J'avais ressenti la même chose quand j'avais découvert qu'il avait une petite amie.

— Euh...

Madison eut un petit rire amer.

— Je sais, c'est bizarre. (Elle secoua la tête.) Je ne veux pas aggraver les choses. Je suis juste venue déposer les affaires que Calder avait laissées chez moi et lui demander ce qu'il voulait que je fasse de l'argent qu'il a gagné avec ses tableaux. Il n'a pas de compte bancaire. Tu le sais probablement. Je voulais le régler en liquide mais je n'avais pas prévu qu'il vendrait toutes ses toiles en une seule soirée.

Je hochai la tête en réfléchissant. Bien sûr qu'il n'avait pas de compte bancaire. Il était sans papiers. Tout comme moi. *Pour l'instant.* Mais je pouvais en obtenir. Je connaissais mon nom, à présent.

— Tu peux faire le chèque à mon nom, suggérai-je à voix basse.

Madison considéra un moment ma proposition puis haussa les épaules. Elle était vraiment très jolie. Ses yeux verts étaient très expressifs et ses longs cheveux lisses et sombres effleuraient ses épaules. Elle portait une jupe rouge moulante avec un chemisier blanc et son maquillage était parfait. Je serrai la serviette plus étroitement autour de moi : je me sentais petite et banale avec mes cheveux mouillés qui me collaient aux joues.

— Je peux faire ça, répondit-elle.

Elle posa son sac à main sur le plan de travail de la cuisine de Calder et commença à fourrager dedans.

— Mon nom de famille est Everson, dis-je.

Madison leva les yeux vers moi en se tapotant le menton avec son stylo.

— Eden Everson ? Sérieusement ? Tu es la gamine disparue qui a fait la une des journaux quand j'étais enfant ? Il y avait des affiches dans toute la ville. C'était la première fois que j'entendais l'expression « disparition d'enfant ».

Je hochai la tête.

— Oui, c'était moi. *C'est* moi.

Elle me dévisagea.

— Ouah, finit-elle par dire. Pourquoi les journaux n'ont pas mentionné ton retour ?

— On n'a pas prévenu la police. Si tu pouvais garder le silence jusqu'à ce qu'on le fasse...

Madison agita son stylo devant elle en secouant la tête.

— Je ne dirai rien. Je n'ai parlé de l'histoire de Calder à personne. C'est à toi de décider. C'est ta vie, après tout.

— Merci, murmurai-je.

Elle baissa les yeux et rédigea un chèque tandis que j'attendais. Quand elle eut fini, elle le détacha et le mit de côté puis rangea chéquier et stylo dans son sac à main, qu'elle mit sur son épaule.

— Voilà. Il y a une carte de visite sous le chèque. C'est celle d'une galerie du centre-ville qui est intéressée par son travail. Je ne pense pas que continuer de bosser avec lui soit une bonne idée, constata-t-elle en baissant les yeux. Du moins pour moi.

— Je suis désolée, dis-je maladroitement. Je suis vraiment contente que tu aies été son amie.

Elle se rembrunit comme si elle avait du mal à contenir son chagrin et je regrettai immédiatement d'avoir employé le mot « amie ».

— Et de lui avoir appris quelques trucs au lit ? demanda-t-elle avec un rire froid.

Je grimaçai, le cœur douloureux. Madison fit la moue elle aussi et baissa les yeux une fraction de seconde avant de les planter droit dans les miens.

— Pardon. J'ai dit ça pour te faire du mal.

Je secouai la tête.

— Je sais que la situation est très difficile pour toi. Je suis désolée.

— Bon sang, tu es sympa comme tout, toi aussi. Évidemment. (Elle prit une profonde inspiration en choisissant ses mots avec soin.) Eden, le truc, c'est que j'espérais davantage de cette relation avec Calder. Je ne vais pas te mentir. C'est dur. Très. (Un silence.) Mais je suppose que si je suis honnête, je suis obligée d'avouer que je l'ai poussé à sortir avec moi. On aurait dû rester amis. C'est ce que j'aurais dû lui proposer. Mais Calder... tu le connais, et en plus il est beau comme un dieu. (Elle haussa les épaules.) Je le désirais. Je n'ai pensé qu'à moi et pas à lui. Et j'espère que ça ne te fait pas de mal de savoir ça mais j'aurais dû comprendre que s'il se levait pour peindre après chaque fois où... on avait été *ensemble*, c'était parce qu'il se sentait coupable et qu'il avait besoin de se rapprocher de toi après. Et ça craint. Il n'était pas prêt à tourner la page. J'aurais aimé m'en rendre compte plus tôt. Vraiment.

Je secouai la tête.

— Ça faisait trois ans. Tout le monde pensait que j'étais morte, bon sang. L'encourager à tourner la page n'était pas une mauvaise idée.

— Si, dit-elle après un silence. Avec Calder, si. J'ai l'intuition qu'il aurait pu vivre quatre-vingt-dix-neuf ans sans tourner la page. N'oublie jamais ça.

Elle me dépassa, laissant un délicat parfum floral dans son sillage.

Une fois parvenue sur le seuil, elle se tourna à moitié vers moi sans me regarder.

— Tu devrais jeter un coup d'œil dans son atelier. Je n'ai jamais vu ce qu'il y gardait, mais je pense que tu devrais.

Sur ces mots, elle referma doucement la porte derrière elle.

Je restai immobile quelques minutes, les yeux rivés sur la porte close. Puis j'empruntai le couloir et m'arrêtai devant la seule porte fermée de l'appartement. C'était certainement l'atelier. Je pris une profonde inspiration et l'ouvris.

CHAPITRE 9

Calder

Xander et moi entrâmes dans l'appartement en claquant la porte derrière nous avant de poser les courses dans la cuisine.

Je remarquai immédiatement le chèque posé sur le plan de travail, signé par Madison et rédigé au nom d'Eden. Je retins mon souffle, non seulement à l'idée que Madison était passée en mon absence mais aussi en prenant connaissance du montant. La somme était délirante. *Putain de merde.*

— Eden, appelai-je.

Seul le silence me répondit. Je me dirigeai vers la chambre, surpris. Je me demandai où elle était mais la terreur qui s'était emparée de moi au bowling quand elle avait disparu de mon champ de vision pendant trois minutes ne surgit pas. Voilà qui était bon signe.

J'étais quand même un peu inquiet à l'idée que Madison ait pu la contrarier. Elle n'était pas méchante mais je l'avais quand même placée dans une situation désagréable.

J'empruntai le couloir qui menait aux deux autres pièces et remarquai tout de suite que la porte de mon atelier était ouverte. Mon cœur s'emballa. *Oh, non, Eden.* Je poussai un soupir inquiet en franchissant le seuil. Immobile au milieu de la pièce, enveloppée dans une serviette de toilette blanche, Eden contemplait les toiles qui l'environnaient, certaines posées contre les murs, d'autres accrochées, d'autres encore posées sur des chevalets. Il y en avait des centaines. Toutes d'elle… et de la petite vie naissante que j'imaginais être notre fille, l'enfant brune aux yeux bleus qui se tenait à ses côtés, celle qui avait été arrachée à la protection du corps d'Eden. Et le seul bébé qu'elle porterait jamais.

— Elle aurait deux ans et demi, dis-je à voix basse.

Elle avait dû nous entendre rentrer car elle ne manifesta aucune surprise en percevant ma voix derrière elle.

Je me sentais tendu, sur le qui-vive. Ses épaules se voûtèrent imperceptiblement.

— Elle ?

— J'ai toujours imaginé que c'était une fille. Je ne sais pas pourquoi. C'est comme ça.

Elle hocha la tête et une larme roula sur sa joue mais elle l'essuya, un faible sourire flottant sur ses lèvres.

— Moi aussi, répondit-elle d'une voix égale. J'imaginais que tu connaissais son existence parce que tu étais avec elle. Je vous voyais tous les deux, ça me faisait du bien.

Elle continua d'examiner les tableaux : il n'y avait pas seulement Eden et notre fille mais aussi Eden plus jeune au fil des ans. Eden en train de jouer à « Frappe la canette », une expression de joie fougueuse sur le visage alors qu'elle s'arrêtait, un pied tout près de la canette, un enfant plus grand juste derrière elle. Eden assise devant le temple, une mèche de cheveux entre les doigts, les yeux tournés vers le ciel, un petit sourire rêveur aux lèvres. Eden face à moi, rougissante, avec à la main la belle-de-jour qu'elle venait de ramasser sous sa chaise.

— J'allais te montrer…

Je n'achevai pas ma phrase. Eden ne bougea pas.

Je m'approchai d'elle d'un pas hésitant mais elle s'éloigna vers une toile sur laquelle j'avais peint ses mains telles que je m'en souvenais. Ma plus grande peur était d'oublier les détails de son corps. Alors je les avais peints. Je ne m'étais pas contenté des moments que nous avions partagés, mais je l'avais dessinée, *elle*. Chaque partie de son corps, comme des clichés sortis de ma mémoire. La peindre était la seule chose qui m'apportait vraiment de la sérénité depuis que je l'avais perdue.

— Je me demandais pourquoi on ne voyait pas mon visage sur les tableaux exposés à la galerie, constata-t-elle.

Je secouai la tête en baissant les yeux vers le sol.

— Je ne pouvais pas te partager tout entière. Je n'étais pas prêt.

Elle se dirigea vers un tableau où j'avais représenté son visage tourné vers le soleil, une ébauche de sourire aux lèvres. Elle fit glisser le doigt sur sa joue puis sur le petit ventre rond qu'elle aurait eu si elle avait mené sa grossesse à son terme. Son doigt s'arrêta et elle le retira. Je devinai le chagrin sur ses traits même si je ne voyais que son profil.

— Je... je n'avais aucune photo. J'avais peur que le monde... t'oublie, expliquai-je d'une voix très rauque. C'était ma façon de te garder en vie, de *la* garder en vie. S'il te plaît, Eden, dis quelque chose.

Elle pivota vers moi, les yeux brillant de larmes dont certaines perlaient à ses cils. Elle secoua la tête lentement, entrouvrit les lèvres puis referma la bouche. Elle se dirigea vers moi, à pas comptés, et leva les yeux vers mon visage. Deux larmes roulèrent sur ses joues.

— Merci, répondit-elle simplement en m'enlaçant étroitement.

Je la serrai contre moi.

— De quoi ?

— De m'aimer autant. De m'avoir gardée en vie quand j'étais morte.

Je poussai un profond soupir.

— Tu n'as pas besoin de me remercier pour ça. C'est pour ça que j'ai été créé.

Elle émit un petit bruit à mi-chemin entre le rire et le reniflement puis m'adressa un sourire magnifiquement apaisé.

— Moi aussi, dit-elle.

— Belle de Jour.

Je lui souris en enfouissant les mains dans ses cheveux humides.

— Tu crois que ta mère aimerait que je lui en donne certains... de toi plus jeune ? Ou qu'elle serait triste de voir ce qu'elle raté ?

Elle plongea son regard dans le mien.

— Je pense qu'elle les aimerait et les chérirait.

— Je vais lui en offrir quelques-uns, alors. Il faut qu'on passe chez elle chercher tes affaires, de toute façon. Ça ne va pas être trop dur pour elle que tu déménages ?

Elle poussa un petit soupir.

— Probablement que si. Mais je ne serai pas loin. On gérera. Elle veut que je sois heureuse.

— Oui.

J'entendis les pas de Xander derrière nous et tournai la tête : il se tenait sur le seuil.

— Vous venez manger ? demanda-t-il.

Je jetai un coup d'œil interrogateur à Eden, qui hocha la tête.

— Je vois que tu as découvert le sanctuaire qui t'est dédié. Je lui ai dit que c'était à la fois bizarre et flippant, constata-t-il, mais son expression bienveillante démentait ses paroles.

— Tais-toi, Xander, répondis-je.

Eden rit doucement.

— C'est le truc le plus incroyable que je verrai de ma vie.

Je lâchai Eden pour me diriger vers le fond de la pièce, où je m'emparai d'une petite toile. Je la tendis à Xander sans le quitter des yeux.

— Pour le prochain Throwback Thursday, dis-je.

Xander fit un pas en arrière avec un petit rire tout en saisissant la mèche qui lui retombait sur le front.

— Putain de merde, fit-il, submergé par l'émotion.

Eden se rapprocha de lui pour jeter un coup d'œil au tableau qu'il tenait à la main. Je l'avais peint enfant, quand il avait environ dix ans, debout sur le rocher sur lequel on avait l'habitude de jouer près des chalets. Il riait, le connaissant, probablement d'une de ses propres blagues. Je lui souris et m'approchai d'eux à mon tour.

— C'est...

Il ne put achever.

— J'ai un petit sanctuaire dédié à Xander, tu vois. Tu n'as pas besoin d'être jaloux.

Il leva les yeux vers moi.

— Merci, mon frère.

Je lui fis un clin d'œil assorti d'un grand sourire. Nous sortîmes de l'atelier. Une fois habillée, Eden nous rejoignit dans la cuisine où nous déjeunâmes correctement pour la première fois de la semaine, ce qui nous combla de bonheur.

*
*   *

Xander partit peu de temps après, apparemment revigoré. Il n'avait pas beaucoup dormi la nuit précédente et il rentra chez lui faire une sieste. Je me demandai s'il était prêt à laisser une chance à cette fille. Je l'espérais, en tout cas. Si quelqu'un méritait d'être aimé, c'était bien Xander. C'était l'une des personnes les plus gentilles que je connaisse. Je souhaitais de tout mon cœur qu'il s'en rende compte. Et cette fille aussi. Mais c'était son histoire, et pour finir, c'était à nous de décider quel rôle nous souhaitions y jouer.

Je me douchai, me rasai et enfilai un jean et un tee-shirt gris foncé à manches longues.

Quand je sortis de la salle de bains, je me rendis compte qu'Eden avait ôté les draps du lit qui avaient grand besoin d'être lavés. Je ris sous cape.

Eden était dans la cuisine, les cheveux relevés en chignon, et elle consultait son téléphone. Elle me sourit en m'admirant des pieds à la tête.

— Tu es beau quand tu fais un effort, Calder Raynes, constata-t-elle, taquine.

Je me penchai pour déposer un baiser dans son cou et je sentis son sang pulser sous mes lèvres.

— Mmm, murmurai-je en me redressant en souriant. Toi aussi. Mais je te préfère recouverte de sirop de pêche.

Elle éclata de rire, puis fixa à nouveau son portable et appuya sur le bouton « envoyer ».

— Ta mère ? demandai-je avec un signe de tête en direction de l'écran.

Elle acquiesça, sourcils froncés.

— Oui. Je ne te l'ai pas dit mais elle m'a envoyé des messages de plus en plus hystériques. Elle est surprotectrice. Je suppose que je ne peux pas lui en vouloir et j'ai décidé de me montrer compréhensive, mais... (Elle soupira.) Il faut que je rentre pour la rassurer et passer un peu de temps avec elle. Tu dois aller bosser ? Ta toiture ?

Je secouai la tête. Je me sentais coupable d'avoir inquiété sa mère.

— Non. J'ai pris des congés pour me concentrer sur mon expo. (Je passai la main dans mes cheveux encore humides.) Et maintenant, poursuivis-je avec un geste en direction du chèque posé sur le comptoir, je pense que je ne vais pas être obligé de travailler avant un petit moment.

— Voire jamais, ajouta-t-elle en me faisant face. (Elle posa les mains sur ma taille et leva le visage pour me regarder bien en face.) Tes toiles ont du succès, Calder. Tu devrais chercher une autre galerie. Madison a laissé une carte de visite sous le chèque. Et je suis certaine qu'il y a beaucoup de gens dans cette ville qui aimeraient exposer ton œuvre, enfin, celle de *Storm*. Mais il n'y a que moi qui ai droit aux stripteases, conclut-elle avec un regard malicieux.

Je ris et elle ne put réprimer un sourire. Mon cœur manqua un battement devant la soudaine beauté de son bonheur.

— Je suis tellement fière de toi, murmura-t-elle.

— Tu te souviens quand je dessinais dans la poussière avec un bâton ? demandai-je en souriant.

— Oh, oui, répondit-elle avec un petit rire avant de retrouver son sérieux. Tu es né artiste. Ton talent fait naître des émotions chez les gens. (Elle haussa les épaules.) Si ce n'est pas une vocation, alors je ne sais pas de quoi il s'agit.

Je l'observai en silence avant d'opiner.

— OK, je vais passer des coups de fil. Mais pas aujourd'hui... aujourd'hui, on va aller chez ta mère et lui expliquer ce qu'on a décidé de faire. (Je me penchai pour déposer un baiser sur ses lèvres roses et pulpeuses.) Et puis on ira faire des courses pour nous : il nous faut un peu de nourriture qui n'a pas besoin d'être gardée au froid. (Je souris en repoussant une mèche de cheveux de son front.) Et puis on rentrera et je m'occuperai de l'électricité, comme ça on pourra avoir de la lumière et manger froid. (En nous imaginant faire des choses aussi normales et banales, je ressentis... de la joie. Et le doux sourire qui s'afficha sur ses lèvres me fit comprendre qu'elle éprouvait la même chose.) Peut-être que demain on pourrait aller acheter des meubles ? Tu crois que ta mère pourrait nous aider à encaisser le chèque ?

— Oui. Calder ? demanda-t-elle, l'air préoccupé.

— Quoi, ma Belle de Jour ?

Une ombre de sourire éclaira ses traits avant de disparaître.

— Il faut qu'on aille parler à la police.

Je poussai un soupir.

— Toi, oui, Eden. Tu es obligée de le faire pour récupérer ton nom de famille. Mais pas moi. Ni Xander. Rien ne nous y oblige.

Elle me lança un regard surpris.

— Tu ne penses pas que ton nom est important, à toi aussi ? Tu mérites d'avoir des papiers, Calder. Madison s'est montrée compréhensive, elle était prête à contourner ça parce que vous deux... (Elle prit une profonde inspiration et décida de ne pas achever sa phrase.) Bref, beaucoup de gens ne seront pas disposés à faire ça. Et si tu te fais arrêter alors que tu conduis sans permis ? Tu seras bien obligé de raconter ton histoire. Prenons les choses en main. Et faisons-le ensemble.

L'inquiétude me saisit. Je savais qu'elle avait raison. Si nous ne nous étions pas retrouvés plus tôt, c'était en partie parce que nous avions refusé de manifester notre présence auprès de la police. Mais l'angoisse me serrait quand même le cœur.

— Et s'ils essaient de nous séparer ? Et si on avait enfreint une loi en n'étant pas allés les voir tout de suite ? Je ne connais pas les lois. Ils pourraient nous mettre en prison.

Eden secoua la tête.

— Non. Je ne pense pas. Ma mère a de bonnes relations avec la police : elle les a beaucoup côtoyés pendant toutes ces années. Elle a confiance en eux. Et je pense que nous aussi on peut leur faire confiance.

— Clive Richter...

— Je sais. Mais depuis tout ce temps... Il n'a pas été puni pour ce qu'il a fait ce jour-là. Il a toujours affirmé qu'il vivait à Acadie mais qu'il travaillait le jour du déluge et qu'il n'y avait pris aucune part. Il prétend qu'il n'était même pas présent. Nous savons bien que ce n'est pas vrai.

Je poussai un nouveau soupir et me pris la tête à deux mains en me détournant. En dehors d'Hector, Clive Richter était l'un des premiers que j'avais appris à mépriser. Je n'avais jamais éprouvé de méfiance ni d'animosité avant le jour où il avait posé ses mains de lâche sur moi. La façon dont il s'était servi de son badge pour nous terrifier et nous humilier, Xander, Eden et moi, ne m'avait pas vraiment encouragé à faire confiance aux flics. Je posai machinalement la main sur la vilaine cicatrice de ma cuisse qui se devinait sous mon jean. Cette fois, je voulais vraiment être en mesure de protéger Eden. L'idée de nous livrer aux mains de la police m'emplissait d'une peur irrationnelle que je n'étais pas certain de parvenir à contrôler. Dans mon esprit, je comprenais pourquoi les gens avaient confiance en elle, je savais bien qu'elle était là pour nous protéger, mais mon cœur chantait un tout autre air.

— Est-ce qu'on peut mettre un plan de bataille en place ? demandai-je à Eden sur un ton neutre en baissant les bras. On peut y réfléchir ?

— Bien sûr. On n'est pas pressés. On va en discuter avec ma mère, puis avec Xander. On prendra une décision tous ensemble, d'accord ?

J'acquiesçai, un peu rasséréné.

— OK.

Eden m'adressa un petit sourire en penchant la tête.

— Bien. Tout va s'arranger, tu le sais, n'est-ce pas ?

Je ne pus m'empêcher de lui rendre son sourire. Parce qu'elle était là devant moi, entière et bien présente, et qu'elle était si incroyablement belle que ça me nouait le ventre.

— Oui, je le sais, répondis-je, presque convaincu.

Je l'enlaçai et l'embrassai passionnément, perdu dans son goût sucré.

— Ma femme, grondai-je en posant les lèvres sur son cou où je fis semblant de rugir.

Elle éclata de rire et se tortilla pour se dégager.

— Fais attention ou nous allons nous retrouver dans le Lit Guérisseur.

— C'était mon intention.

Nous nous embrassâmes en riant, ce qui m'apaisa immédiatement.

— On ferait mieux d'y aller, soupira Eden.

— Je sais, dis-je en déposant un sillage de baisers sur son cou avant d'y enfouir le nez.

Nous avions fait l'amour à d'innombrables reprises ces derniers jours mais j'aurais volontiers remis ça.

Nous finîmes par réussir à nous séparer. Eden alla se préparer tandis que je refaisais notre lit avec des draps propres. *Notre lit.* Ces deux mots me transpercèrent d'un tel bonheur que j'en fus presque étourdi.

Je choisis deux toiles représentant Eden préadolescente et les enveloppai soigneusement dans du papier kraft. Eden me rejoignit dans le couloir au moment où je refermai la porte de mon atelier. Je lui pris la main en souriant.

— Prête ?

— Oui, répondit-elle en attrapant son sac à main.

Je verrouillai la porte derrière nous puis nous empruntâmes l'ascenseur. Je n'aimais pas les espaces confinés depuis ce qui s'était passé à Acadie, mais j'étais pressé qu'Eden récupère ses affaires pour qu'on puisse commencer à vivre ensemble.

Nous ouvrîmes la porte qui donnait sur la rue et Eden leva les yeux vers moi en souriant.

C'est alors que l'enfer se déchaîna.

Une foule se rua sur nous. J'attrapai Eden et la collai contre moi, préférant laisser tomber les tableaux.

— Les voilà ! entendis-je quelqu'un s'écrier. Eden Everson ! cria une autre voix. Pourquoi n'avez-vous pas prévenu la police de votre retour ? Étiez-vous présente à Acadie lors du suicide collectif ?

— Reculez ! hurlai-je sans avoir eu le temps de comprendre ce qui se passait.

Deux hommes s'avancèrent, écrasant les toiles sous leurs pieds. Je balançai les poings en avant. Le monde était devenu rouge, dégoulinant de sang et d'effroi.

— Calder Raynes ! Storm ! s'exclama quelqu'un d'autre. Est-ce vrai que vous êtes d'Acadie, vous aussi ? Comment avez-vous survécu tous les deux ? Est-ce que c'est Eden qui figure sur vos tableaux ?

Je me frayai un chemin au milieu de l'attroupement. Je distinguais à peine leurs questions, agrippé à Eden que je tenais par les épaules. Nous avancions tous deux, tête baissée. Je bousculai tous ceux qui se mettaient en travers de mon chemin. Les voix continuaient à crier. Mon cœur battait à mille à l'heure et l'adrénaline coulait dans mes veines.

— Écartez-vous d'elle, putain ! hurlai-je lorsqu'un homme tenta de saisir Eden par le bras.

Il refusa de la lâcher. Je fis un pas vers lui et le frappai violemment au visage. Du sang jaillit. Je poussai un rugissement et lui donnai un coup de pied lorsqu'il tomba à terre. J'entendis Eden crier ; le monde devint flou et j'eus l'impression que les bruits me parvenaient sous l'eau.

Quelque chose se rompit en moi et je me mis à donner des coups de poing. Mes phalanges me faisaient mal mais je m'en foutais. *Eden hurle. Du sang sur ses vêtements. Des hommes l'emmènent loin de moi. Eden hurle. Je ne peux pas la rejoindre. Je ne peux pas la protéger. Eden hurle. Du sang sur ses vêtements. Des hommes l'emmènent loin de moi. Eden hurle. Je ne peux pas la rejoindre. Je ne peux pas la protéger.*

Quand je repris mes esprits, la foule avait reculé et j'étais recroquevillé sur Eden sur le trottoir, à bout de souffle. Je jetai un regard enragé autour de moi pour évaluer la menace et aperçus plusieurs hommes au visage ensanglanté et deux à terre. Je me levai d'un bond en l'entraînant avec moi tout en jetant des coups d'œil rapides autour de moi. Des mots s'échappaient de ma bouche alors que j'essayais toujours de retrouver mon calme. Je m'entendais répéter :

— Plus jamais, plus jamais, plus jamais.

— Calder ? Calder ?

La voix d'Eden. Sa douce voix angélique. Je poussai un petit cri et baissai les yeux. Ma vision redevint nette. Eden pleurait en silence. Je la poussai contre une voiture garée dans la rue et fis courir mes mains le long de son corps avant d'incliner sa tête pour la détailler sous toutes les coutures afin de vérifier qu'elle n'avait pas été blessée.

— Je vais bien, Calder, dit-elle d'une voix étranglée. Je n'ai rien. Promis. (Elle tendit une main hésitante vers moi comme si j'étais un animal sauvage qu'il fallait apprivoiser.) Je vais bien. Tu m'as protégée. Je n'ai rien.

Mon rythme cardiaque ralentit un peu quand j'entendis qu'elle n'était pas blessée. Je la serrai de nouveau contre moi, réconforté par la chaleur de son corps contre le mien. Je pris soudain conscience que la horde de gens que j'identifiai comme des journalistes et des badauds qui s'étaient massés dans la rue, me dévisageait en silence. Certains filmaient. J'avais probablement l'air dangereux et hors de contrôle.

Je poussai un nouveau soupir défait en entendant une voiture freiner derrière moi.

— Calder. Eden. Montez.

Je fis volte-face : c'était la fille que j'avais vue avec Eden à la galerie la semaine passée. Molly, sa cousine.

J'entraînai Eden de l'autre côté de la voiture contre laquelle nous étions adossés et lançai un dernier regard à la foule immobile.

J'ouvris la portière et poussai Eden à l'intérieur du véhicule avant de me glisser à ses côtés. La voiture démarra immédiatement et s'éloigna rapidement. Derrière la vitre, le jour s'assombrit et des nuages menaçants envahirent le ciel.

J'attirai Eden contre moi et tentai de me ressaisir en respirant lentement, une main sur son poignet, afin de sentir le rythme régulier de son pouls sous mes doigts.

CHAPITRE 10

Calder

Molly se gara dans l'allée de la maison de la mère d'Eden et nous descendîmes de la voiture.

Nous avions fait le trajet en silence. Molly nous avait lancé des regards soucieux dans le rétroviseur intérieur. Eden m'avait laissé la tenir contre moi, la tête contre ma poitrine. Elle savait exactement ce dont j'avais besoin.

Je n'aurais pas pu le jurer, mais j'avais l'impression que Molly avait fait des détours avant de rentrer chez la mère d'Eden, peut-être pour nous donner le temps de nous ressaisir. J'avais du sang sur les mains et j'étais en état de choc.

Lorsque nous sortîmes de la voiture, je tins Eden étroitement enlacée pour remonter l'allée, tout en vérifiant que nous n'avions pas été suivis par les journalistes. Comment diable avaient-ils appris notre existence ?

La mère d'Eden sortit en courant au moment où nous atteignions la porte d'entrée.

— Oh mon Dieu ! Vous faites la une de tous les journaux télévisés. Entrez, entrez. J'ai bien fait d'envoyer Molly vous chercher.

Elle nous fit entrer puis jeta un coup d'œil derrière elle avant de refermer la porte et de la verrouiller.

— Carolyn, Calder a besoin qu'on soigne ses poings, fit Molly.

Carolyn regarda, horrifiée, l'état de mes mains ensanglantées.

— Oh non, oh non. Je m'en occupe, répondit-elle en se précipitant vers Eden qu'elle examina à deux reprises pour s'assurer qu'elle n'était pas blessée, avant de se précipiter vers la porte.

Eden et moi nous affalâmes sur le canapé et je posai les mains sur mes genoux pour ne pas salir les meubles.

Molly quitta la pièce aussi en disant quelque chose à propos de thé glacé et je me tournai vers Eden.

— Je suis vraiment désolé, marmonnai-je en posant le front contre le sien. (Je secouai lentement la tête.) J'ai eu l'impression d'être de retour là-bas. J'ai... pété un câble. Pardon.

Eden posa la main sur ma joue.

— Je comprends. On aurait dit des vautours, Calder. Ils nous ont presque agressés.

Je pris une profonde inspiration.

— J'ai quand même très peur de ce que vont donner les images. Je devais avoir l'air d'un dingue.

— On ne les regardera pas, répondit-elle avec une ombre de sourire sur les lèvres.

Elle m'embrassa doucement. Molly entra dans la pièce à ce moment, un plateau chargé de verres de thé glacé à la main.

Je pris celui qu'elle me tendait et le bus en quelques gorgées. Eden sirota le sien et Molly posa le plateau sur la table basse avant de s'installer sur le fauteuil en face du canapé.

— Qui a prévenu les journalistes ? demanda-t-elle, perplexe.

Je jetai un coup d'œil à Eden et secouai la tête.

— Je l'ignore. Madison ?

Eden fit un signe de dénégation.

— Ça pourrait être elle, c'est sûr, mais je n'y crois pas. Je lui ai parlé ce matin et elle avait l'air sincère quand elle a affirmé qu'elle ne le ferait pas.

J'acquiesçai. Je ne pensais pas que Madison aurait fait une chose pareille. Elle s'était toujours montrée loyale.

Mais les gens réagissent parfois étrangement quand ils sont blessés. Et je l'avais fait souffrir.

— Comment tu as su qu'il fallait venir nous chercher ? demandai-je à Molly.

— C'est un hasard, répliqua-t-elle. Carolyn m'avait envoyée. (Elle leva les mains comme pour se défendre.) Je vous jure que je ne voulais qu'un selfie avec Eden pour prouver qu'elle était toujours en vie et je vous aurais laissés tranquilles ensuite. (Elle baissa la voix.) Elle a été dingue pendant quatre jours, presque comme si Eden avait été enlevée de nouveau. J'ai essayé de la raisonner.

Son expression disait clairement qu'elle n'était pas certaine d'y être parvenue. *Merde.* Je ne pus m'empêcher de me demander si ce n'était pas Carolyn qui avait vendu la mèche. Je me sentis immédiatement coupable. La mère d'Eden ne lui ferait jamais une chose pareille.

Molly but une gorgée de thé puis reposa le verre sur la table basse.

— Quant aux médias, je suppose que n'importe qui peut être à l'origine de la fuite. Cette fête... on a demandé aux invités de tenir leur langue mais le barman peut avoir entendu quelque chose et compris de quoi il retournait. Qui sait ? On n'a pas été particulièrement discrets. (Elle leva les mains puis les laissa retomber sur ses genoux.) Maintenant que j'y songe, je suis surprise que les journalistes aient mis *aussi longtemps* avant de venir frapper à notre porte.

Je ricanai, à ma grande surprise. *Elle avait raison.* J'aimais bien Molly.

Eden lui sourit en se mordant la lèvre.

— C'est vrai. Et puis de toute façon, quelle importance ? (Elle leva les yeux vers moi.) J'aurais juste préféré rencontrer les journalistes après l'avoir moi-même décidé.

— Ça va aller, répondis-je sur un ton mesuré. C'est probablement mieux comme ça. Tu vas pouvoir récupérer ton nom, à présent, et tout ce qui va avec.

Je décidai d'oublier mes propres craintes pour le moment. Je ne pouvais rien faire d'autre qu'attendre de voir comment les choses allaient se dérouler. Je posai de nouveau mes mains ensanglantées sur mes cuisses, toujours un peu traumatisé.

Carolyn pénétra dans le salon d'un pas vif, une trousse de premiers secours à la main, et lança un regard interrogateur à sa fille. Eden opina en silence, lui prit le kit des mains et s'agenouilla devant moi. Elle désinfecta mes phalanges et la morsure de l'alcool acheva de me ramener à la réalité. Tandis qu'elle me bandait les mains, Carolyn nous informa qu'elle avait eu l'un des inspecteurs chargé du dossier d'Eden au téléphone lorsqu'elle était à l'étage et que la police était en route. Ils l'avaient appelée dès qu'ils avaient vu les infos.

— Est-ce qu'on va avoir des ennuis ? demanda Eden en pivotant légèrement et en lui jetant un coup d'œil.

Sa mère secoua la tête.

— Il s'est montré compréhensif quand je lui ai expliqué pourquoi nous avions pris notre temps. Je pense que la façon dont les journalistes vous ont agressés tous les deux est la preuve que nous avons fait le bon choix.

Elle me fixa, l'air réprobateur. Après ce que Molly nous avait raconté, je ne lui en voulais pas. Je l'avais privée d'Eden pendant quatre jours alors que je lui avais promis de la ramener tout de suite, puis j'avais piqué publiquement une crise de rage et j'avais frappé les personnes qui nous menaçaient. Ou du moins, je le pensais à ce moment-là. J'essayai de me rappeler le déroulement des événements mais aucun détail ne me revint hormis le fait que j'avais craint pour la sécurité d'Eden. Sa mère devait certainement penser que j'étais, au mieux, louche, même si je lui avais fait bonne impression à la *garden party*.

— Je suis vraiment désolé... pour tout, murmurai-je en regardant Carolyn.

— Je sais. Je le vois. Et je suis désolée que tu aies subi tout ça toi aussi. Si seulement tu avais ramené Eden plus tôt.

Elle me lança un regard accusateur et ma culpabilité s'accrut. Mais Eden et moi avions vraiment eu besoin de passer ce temps ensemble. Comment expliquer ça à sa *mère* ? Carolyn prit une profonde inspiration et détourna les yeux.

— La bonne nouvelle, c'est que la police a décidé de poster deux officiers en faction devant la porte, comme ça personne ne pourra nous ennuyer ni sonner chez nous. Vous êtes en sécurité ici, avec moi.

Même si elle avait l'air de s'adresser à nous deux, elle ne regardait qu'Eden.

Je fronçai légèrement les sourcils. Je voulais rentrer chez moi avec Eden et commencer notre vie commune, l'avoir tout à moi, être capable de la *protéger* moi-même et prouver que j'en étais digne.

Carolyn se leva.

— Eden, je vais te préparer un sandwich chamallouètes, annonça-t-elle avec un sourire chaleureux. Tu as toujours adoré ça et si une situation nécessite un sandwich doudou, c'est bien celle-là. Sans croûte, bien sûr, dit-elle en quittant la pièce.

Molly leva les yeux au ciel en portant la main à sa tempe comme si elle avait la migraine. Eden avait l'air perplexe. Je supposai qu'à mon instar elle n'avait aucune idée de ce qu'était un sandwich chamallouètes.

La sonnette de la porte d'entrée retentit et nous passâmes les cinq heures suivantes à répondre aux questions des policiers. Eden et moi leur racontâmes nos histoires séparément, puis ensemble, tellement de fois que je finis par ne quasi plus éprouver aucune émotion en en parlant. Des gens allaient et venaient, certains en uniformes, d'autre en civil, mais tous arboraient toujours la même expression incrédule en nous écoutant. Au début, j'étais craintif et méfiant, mais au fur et à mesure que le temps s'écoulait, je parvins à me détendre un peu.

Les officiers étaient abasourdis par le déroulement des événements le jour du déluge, surtout par le rôle joué par Clive Richter, qui nous avait ramenés à Acadie, était resté sans broncher tandis qu'Hector nous torturait et essayait de me tuer, puis m'avait tiré dans la jambe. J'ignorais ce qui allait lui arriver, et malgré les regards compatissants et horrifiés de ceux qui écoutèrent notre histoire, j'avais quand même peur : Clive allait apprendre que nous étions en vie, s'il ne le savait pas déjà grâce aux infos.

Je gardais les yeux rivés sur Eden quand je le pouvais et je regardais le plus possible dans sa direction quand elle se détournait. Je la vis parler à un jeune inspecteur en costume avec qui elle avait l'air à l'aise ; elle éclata même de rire à plusieurs reprises tandis qu'il prenait des notes. Il la considérait avec une espèce de révérence. Mon ventre se noua sous l'effet de la jalousie et je dus me morigéner : une réaction pareille n'était pas normale de ma part. Nous vivions dans la grande société, à présent, dans *le monde*. De nombreux hommes allaient admirer Eden et essayer de la faire rire. Je n'étais pas obligé d'aimer ça, mais je n'étais pas non plus obligé de me comporter comme un crétin jaloux.

J'avais appelé Xander quand la police était arrivée et, deux heures plus tard, il sonna à la porte et fut interrogé à son tour.

Je n'avais pas été préparé à tout cela, mais malgré ma nervosité, je me sentais aussi soulagé. Nous n'aurions plus cette épée de Damoclès suspendue au-dessus de nos têtes. Et apparemment personne ne nous en voulait de ne pas être allés plus tôt trouver les flics. J'allais peut-être retrouver mon nom. Il y avait forcément quelqu'un qui savait qui j'étais, non ? Était-il possible que quelqu'un me cherche depuis toutes ces années ? La culpabilité me rongea les entrailles lorsque je songeai que j'aurais pu soulager le chagrin de quelqu'un depuis longtemps. Mais je n'étais pas prêt et c'était comme ça.

Quand le soleil commença à décliner derrière les fenêtres, nous dîmes au revoir à Xander et, peu après, les policiers réunirent leurs affaires et prirent congé. Eden s'approcha de moi par-derrière, passa ses bras autour de mes épaules et m'embrassa dans le cou.

— On a réussi, Caramel, murmura-t-elle.

Caramel. Depuis combien d'années ne m'avait-elle pas appelé comme ça ? Je fermai les yeux, savourant le réconfort qu'elle m'offrait, aussi bien physique qu'émotionnel. Sa force et sa résilience m'avaient donné du courage, jadis, et de la détermination à présent. Nous avions réussi. *Nous.* Je n'étais pas certain que j'aurais pu survivre à cette journée sans elle, mais ensemble, on en avait été capables, j'en avais été capable.

Je tournai un peu la tête pour la regarder.

— Oui.

— Et maintenant, me chuchota-t-elle à l'oreille, je vais te préparer à manger et tu te faufileras ensuite dans mon petit lit rose. Ma mère a décidé que tu dormirais dans la chambre d'amis, mais on va se débrouiller.

Elle m'embrassa sur l'oreille et je ris doucement.

Je cherchai Carolyn des yeux mais elle était certainement en train de reconduire les policiers.

— Qu'est-ce que ta mère croit qu'on a fait pendant ces quatre jours ?

— Je suis certaine qu'elle essaie de ne pas y penser, répondit-elle en se plaçant devant moi. Elle refuse d'admettre que je suis une femme. Je pense qu'elle est incapable de me voir autrement que comme une petite fille, expliqua-t-elle, songeuse. Mais il est hors de question qu'on dorme sous le même toit et pas dans le même lit, affirma-t-elle en s'asseyant sur mes genoux.

Je souris et l'embrassai. Je sentis une joie paisible m'envahir.

La situation n'était pas idéale mais nous étions ensemble. En sécurité.

Quelqu'un toussota. Carolyn se tenait sur le seuil. Eden et moi lui adressâmes un sourire et Eden se leva pour la prendre dans ses bras.

— Tu t'en es très bien tirée, constata Carolyn en s'asseyant en face de moi. Maintenant on va avoir droit à des tonnes de reportages, comme après Acadie... et comme après que ton père... (Elle n'acheva pas sa phrase et un air triste et inquiet se peignit sur son visage, mais elle prit une profonde inspiration et poursuivit :) Le téléphone n'est pas près de s'arrêter de sonner et vous serez pourchassés chaque fois que vous sortirez. (Elle nous considéra tour à tour.) Il faudra juste qu'on soit prêts. Ça finira par cesser, mais pas avant un bout de temps. Ça va aller ?

Je me penchai, les coudes sur les genoux, et me passai la main dans les cheveux.

— Non, ça ne va pas aller du tout, dis-je en me redressant. Mais est-ce que nous avons le choix ? On va devoir faire avec.

Eden opina, se dirigea vers moi et me prit la main. Je la serrai machinalement trois fois. Soudain, je fus envahi par un sentiment apaisant que j'aurais été bien en peine de nommer.

— Oui, fit Eden d'une voix égale en me regardant. On va faire avec. (Elle se tourna vers sa mère.) Maman, on n'a pas vraiment envie de regarder les infos, mais est-ce que quelqu'un pourrait nous tenir au courant s'ils parlent de Clive Richter ou si quelqu'un cherche à entrer en contact avec Calder ?

Carolyn me jeta un rapide coup d'œil et hocha la tête.

— Bien sûr. Je vais m'en charger. Donc nous sommes dans une zone sans télé pour l'instant. Et nous allons nous terrer dans les semaines à venir en attendant que le pire soit passé.

Une fois cette décision prise, nous gagnâmes la cuisine et Eden insista pour que je m'installe près de la fenêtre pendant qu'elle cuisinait pour moi. Je la suivis des yeux tout du long et je tombai amoureux d'elle encore plus profondément. Je n'avais jamais eu le plaisir de la voir accomplir quelque chose d'aussi banal que faire cuire des pâtes et préparer une salade, je trouvais ça presque magique, aussi ridicule que ça paraisse. Je la vis interagir avec Carolyn et Molly, rire et les écouter attentivement. Elle était tellement *bienveillante*, aimable et lumineuse. J'étais certain que c'était ce qui avait attiré Hector il y avait des années de ça. Certes, il avait exploité ce trait de caractère pour assouvir sa folie, mais il avait eu raison en le reconnaissant en elle. C'était cette qualité qui nous avait séduits tous les deux. Mais je jurai sur tout ce qui m'était le plus cher que je l'aiderais à briller plus fort et que je ne ferais jamais rien pour l'amoindrir comme il l'avait fait.

Elle m'adressa un sourire que je lui rendis aussitôt. Depuis que j'avais quitté Acadie, j'avais remarqué que bien peu de personnes possédaient la même gentillesse authentique qu'Eden. Comment se faisait-il que *cette* femme, la mienne, ait réussi à ne pas perdre cette qualité ? Après tout ce qu'elle avait subi, le traumatisme profond, comment était-elle parvenue à rester la même ? J'avais parfois envie de m'agenouiller devant elle pour la vénérer. Elle était incroyablement belle de toutes les manières possibles. Toujours. Après tout ce temps et après tout ce qui s'était passé. Sauf qu'à présent, en plus de sa beauté sereine, la force silencieuse qui l'avait toujours habitée était encore plus visible.

Nous nous assîmes pour manger et Eden ne me quitta pas des yeux durant tout le repas : me voir déguster ce qu'elle avait préparé pour moi sembla l'emplir de joie et la faire rayonner encore davantage, aussi je me resservis trois fois, même si deux assiettes auraient suffi.

Un peu plus tard, cette nuit-là, je me faufilai dans sa chambre et m'installai dans son petit lit rose.

Je l'attirai contre moi. Elle posa la main sur mon boxer et je retins un petit cri, mon sexe se dressant instantanément.

Mais quand je me plaçai sur elle, le lit grinça si bruyamment que je m'immobilisai. Si je la prenais aussi vigoureusement que mon corps le réclamait, j'allais réveiller tout le voisinage. Je me demandai si Carolyn avait changé le matelas pendant qu'on se brossait les dents.

Eden me lança un regard surpris dans la semi-obscurité de la pièce et elle éclata d'un rire qu'elle étouffa sous sa main. Je dus contenir le mien aussi.

Une fois calmés, nous nous installâmes par terre.

— On doit toujours se cacher, murmurai-je contre ses lèvres.

— C'est différent.

— Je sais.

Mais je n'aimais toujours pas ça.

Nous fîmes l'amour sur le sol comme deux adolescents qui se planquent, allongés sur une couverture. Mais même si nous étions condamnés au silence et que ce n'était pas notre lit, nous étions ensemble et c'était suffisant. Elle posa la main sur ma joue et plongea son regard tendre dans le mien tandis que nos corps se mêlaient l'un à l'autre. Une paix profonde m'envahit, comme toujours lorsque nous étions ensemble.

Nous jouîmes en même temps, nos bouches collées l'une à l'autre, pour faire le moins de bruit possible. J'enfouis le visage dans son cou tout en reprenant mon souffle et elle me caressa le dos. Je soupirai de contentement et me retirai.

Nous restâmes étendus une minute, blottis l'un contre l'autre.

— Je voulais tellement ce bébé, dit-elle au bout d'un moment.

Je me doutais que chaque fois que j'éjaculais en elle, une partie d'elle se disait qu'elle ne pourrait plus jamais tomber enceinte. Mon cœur se serra et je me redressai sur un coude. Une expression attristée se peignait sur ses traits. Je me penchai pour embrasser son front.

— Je sais. Moi aussi.

— J'avais réussi à accepter de ne plus pouvoir en avoir. (Elle s'interrompit et j'attendis qu'elle poursuive.) Je me disais qu'il y avait finalement un sens, que c'était bien que je ne puisse jamais porter d'autre bébé que le tien, même si je l'ai perdu. (Un nouveau silence.) Mais maintenant que tu es de retour, c'est super dur.

Je repoussai une mèche de ses cheveux.

— Je comprends. Je ferais n'importe quoi pour changer ça, Belle de Jour. (Je me penchai pour l'embrasser.) Comme je te l'ai dit, on aura des enfants quand même, si c'est ce que tu veux. On adoptera. Tout ce que tu veux. Je ferai tout ce qui est en mon pouvoir pour te donner ce que tu désires dans cette vie.

Elle renifla un peu.

— Je sais.

Mon regard se posa sur la porte de son placard et je songeai aux notes qu'elle avait punaisées à l'intérieur.

— Parle-moi des recherches que tu as effectuées sur Hector, dis-je à voix basse.

Eden se blottit plus près de moi. Je souris dans ses cheveux et la serrai étroitement.

— J'ai commencé avec Hector, finit-elle par dire, parce que je me suis dit que personne d'autre que moi, que nous, n'en savait autant sur la religion qu'il avait inventée de toutes pièces. Les journalistes avaient l'air déroutés. Moi j'avais la réponse à toutes leurs questions et j'ai pensé qu'il était presque de mon devoir de faire des recherches.

J'entendis quelque chose qui ressemblait à de l'excitation dans sa voix et elle s'immobilisa, perdue dans ses pensées.

Je gardai le silence en lui caressant le bras.

— Est-ce que tu as parlé de tout ça à la police, aujourd'hui ?

Elle secoua la tête.

— Non, parce que je n'ai fait que des recherches, je n'ai encore rien trouvé de concret. Mais je pense que je suis sur la bonne voie.

— C'est-à-dire ? Qu'est-ce que tu cherches ?

— Sa véritable identité. D'où il venait.

— Comment tu t'y es prise ?

Elle se redressa un peu pour me regarder, les yeux légèrement écarquillés, comme toujours quand elle abordait un sujet qui l'intéressait. *Je t'aime tellement, Belle de Jour.*

— Plus je me suis penchée sur le Livre Saint, nos rituels, l'organisation d'Acadie, le nom des choses, plus je me suis rendu compte en faisant des recherches sur Internet que tout ou presque était inspiré de la société grecque, de sa religion et de ses mythes. Tout concorde, ou presque, expliqua-t-elle d'une voix animée.

— Quoi d'autre ?

— Eh bien, son prénom, par exemple : on sait à présent que c'était un pseudo. Hector. Drôle de nom pour un blond aux yeux bleus, non ?

— Je n'en sais rien. Peut-être.

Il y avait quelques Latinos qui s'appelaient Hector sur le chantier où je bossais avec Xander. Chaque fois que j'entendais leur nom, je grimaçais.

— Et les prénoms de ses fils : Jason, Phineus, Simon et Myles.

Sa voix se brisa sur le dernier et elle reposa la tête sur ma poitrine. Je la serrai contre moi. Elle éprouvait toujours du chagrin pour ces enfants innocents qu'elle connaissait beaucoup mieux que moi. Et qu'elle avait aimés.

— Qu'est-ce qu'ils ont, ces noms ? chuchotai-je en embrassant le sommet de son crâne.

— Ils viennent tous de l'histoire ou de la mythologie grecque. L'un est un dieu, l'autre un héros, le troisième un esprit de la mer... et j'ai oublié pour le dernier. Mais c'est écrit derrière ma porte.

Je réfléchis.

— D'accord, mais qu'est-ce que ça signifie ? Hector était obsédé par l'histoire grecque ? À tel point qu'il en a fait une religion ? Ou du moins il s'en est inspiré. Pourquoi ?

— Je n'en sais rien. Mais je crois que tout a commencé dans l'Indiana.

— Pourquoi l'Indiana ? demandai-je, perplexe.

— Parce que je pense que c'est là qu'il m'a emmenée quand il m'a enlevée. Il m'a gardée dans un endroit pendant près de deux ans avant de m'amener à Acadie. J'ai un souvenir très bref et très précis de m'être réveillée dans une voiture et d'avoir vu un panneau qui parlait des Carrefours de l'Amérique. J'ai toujours eu ce souvenir mais je ne savais pas ce qu'il signifiait. J'ai cherché, sur Google, précisa-t-elle en hochant la tête comme si elle validait l'utilisation du bon terme, et je souris. C'est ce qu'il y a écrit sur le panneau qui souhaite la bienvenue en Indiana. Puis on est arrivés dans la maison où je suis restée avec lui pendant deux ans juste après. Et je n'ai plus vraiment de souvenirs après ça.

Mon sang se glaça.

— Qu'est-ce qu'il t'a fait là-bas ?

— Rien de ce que tu pourrais imaginer. Il... m'obligeait à lire le Livre Saint. Il me parlait sans arrêt de mon rôle. C'est vague dans ma mémoire. Je faisais le deuil de mes parents. Je croyais qu'ils étaient morts. J'étais seule... très souvent. Je n'avais pas le droit de sortir. Tout ça est très... flou.

— Il t'a fait subir un lavage de cerveau.

Elle réfléchit à ce que je venais de dire.

— Peut-être.

— Mais ça n'a pas très bien marché, ma forte Belle de Jour.

— Non. Mais sur certains sujets, si. Je ne me rappelais pas grand-chose...

— Pourquoi tu crois que tout a commencé dans l'Indiana ? Acadie était déjà opérationnelle. Pourquoi il t'aurait ramenée chez lui ?

Elle haussa les épaules.

— Je l'ignore. Peut-être qu'il s'y sentait en sécurité. Peut-être qu'il avait des choses à régler dans sa vie. Qui sait ?

— Tu as envisagé de te rendre là-bas, n'est-ce pas ?

— Si j'avais trouvé d'autres infos, oui. (Un silence.) Mais c'est un peu flippant pour moi. Comment m'y rendre ? (Elle soupira.) Pas avant longtemps, certainement. Mais je me disais que j'avais toute une vie à meubler et qu'il fallait bien quelque chose pour le faire.

Elle soupira de nouveau et je sentis son souffle sur ma peau. Mon cœur se serra : j'avais tant de fois pensé la même chose. *Cette vie est trop longue.*

— Belle de Jour, murmurai-je en embrassant le sommet de son crâne. Tu as trouvé une façon de vivre, de survivre. Je suis tellement fier de toi. Mais maintenant tu peux tourner la page. Tu n'as plus besoin de ressasser tout ça. Hector est mort. La police sait ce qui nous est arrivé à toi et à moi et c'est à eux de faire le boulot, à présent.

— Mmm, répondit-elle, à moitié convaincue.

Je la fis pivoter vers moi.

— Eden, tes recherches sont inutiles, dorénavant.

— Et toi ? Tu ne veux pas savoir qui tu es ?

— Ça n'a peut-être aucun rapport avec tout ça. Et pendant qu'on est là à bavarder, des millions de gens dans le monde écoutent notre histoire et les informations me concernant. Quelqu'un a sûrement déclaré mon enlèvement il y a des années de ça. Quelqu'un va certainement me reconnaître, non ?

— Si, murmura-t-elle.

— Et donc, attendons. Attendons de voir qui je suis.

Elle leva les yeux vers moi dans la lueur du clair de lune.

— On sait déjà qui tu es. On attend de savoir d'où tu viens. C'est très différent.

Elle avait raison. *Je ne sais peut-être pas d'où je viens mais maintenant je sais qui je suis.* Si ma véritable identité demeurait un mystère, je saurais toujours qui j'étais. *La propriété d'Eden.*

— Je t'aime, dis-je en la serrant contre moi.

— Moi aussi, je t'aime.

Nous allâmes nous laver en catimini dans la salle de bains puis nous nous étendîmes dans son petit lit grinçant, dans les bras l'un de l'autre, et je ne regagnai ma chambre qu'aux premières lueurs de l'aube.

CHAPITRE 11

Eden

Une blonde sublime, micro en main, emplit l'écran.

— Ici Sara Celi pour Fox 19, Cincinnati, en direct de la maison de Calder Raynes et Eden Everson. Un nouveau rebondissement a eu lieu dans l'enquête concernant la secte d'Acadie, où cent quatre-vingt-dix-huit personnes ont tragiquement trouvé la mort dans l'un des plus grands massacres et suicides collectifs de l'histoire. Tricia, je vous donne l'antenne pour la suite.

Après un bref passage au studio pour présenter l'antenne de la Fox en Arizona, une jeune brune surgit à l'écran, micro en main et cheveux au vent.

— Ici Michelle Mathis, en direct du siège de la police de Goodwin où l'officier Clive Richter, ancien membre du conseil d'Acadie, a été arrêté pour trafic de drogue et blanchiment d'argent. Son ancien partenaire, l'officier Michael Owens, a passé un marché avec la justice et, comme le commissaire Bard me l'a confié un peu plus tôt, il s'est montré très coopératif. Le commissaire a ajouté qu'au regard des informations données par Calder Raynes et Eden Everson, Clive Richter était aussi à présent soupçonné de tentative de meurtre sur la personne de Calder Raynes. Nous vous donnerons les informations au fur et à mesure que nous les recevrons.

Assis sur le canapé, Calder et moi regardions les infos, main dans la main.

— Éteins, finit-il par dire quand nous eûmes vu les images plusieurs fois.

L'écran du téléviseur devint noir et Calder garda les yeux rivés droit devant lui, une expression indéchiffrable sur le visage.

— Ça va ? me demanda-t-il, hébété.

J'acquiesçai en essayant de démêler mes sentiments. Pendant trois ans, j'avais été la proie d'une peur paralysante chaque fois que je pensais à Clive Richter ou à la police en général. Mais à présent que je venais de le voir menottes aux poignets, petit et vulnérable, je ne ressentais plus que soulagement et un certain triomphe.

— Et toi ? demandai-je à Calder tout en jetant un coup d'œil à l'inspecteur Lowe, assis sur le fauteuil en face de nous.

Il était venu nous prévenir qu'il y avait du nouveau concernant Clive Richter. Quand il avait appris que Calder et moi étions en vie, son ancien partenaire avait tout de suite demandé l'immunité en échange de ses aveux concernant les activités criminelles de Clive.

Calder ne répondit pas tout de suite, puis il hocha imperceptiblement la tête, frotta ses paumes sur ses cuisses et se leva.

— Je vais chercher un verre d'eau. Tu en veux un ?

— Oui.

J'essayai de déchiffrer son expression, en vain. Il opina sèchement.

— Inspecteur ?

— Oui, merci, Calder.

Je regardai le dos de Calder s'éloigner. J'avais été secouée en apprenant qu'il y avait du nouveau concernant Clive. Mais j'imaginais que c'était pire pour Calder, qui avait certainement senti remonter toute la fureur et l'impuissance qu'il avait ressenties ce jour-là, même s'il y avait à présent une chance non négligeable que Clive paye enfin pour les crimes qu'il avait commis, du moins pour quelques-uns. Je n'étais pas surprise d'apprendre qu'il avait trempé dans d'autres activités illégales. Ceux qui prennent plaisir à détruire des vies en éprouvent généralement à répandre le malheur autour d'eux. J'espérais juste qu'il y aurait assez de preuves concernant ce qu'il nous avait fait, à Calder et moi. Mais pour ça, il fallait attendre de voir comment les choses allaient tourner.

Je reportai mon attention vers l'inspecteur Lowe et pris une profonde inspiration.

— Comment vous sentez-vous ? demanda-t-il.

— Bien, je suppose... c'est juste... très bizarre de le revoir.

— J'imagine. (Il se leva pour venir me rejoindre sur le canapé.) Vous savez, Eden, vous vous débrouillez très bien, vu les circonstances. Je ne peux même pas concevoir à quel point ça doit être difficile mais vous tenez très bien le coup. J'espère que vous ne me trouvez pas condescendant, dit-il avec un petit rire. Mais je vois beaucoup de gens qui se retrouvent dans des situations très difficiles et je voulais juste vous dire que je suis très impressionné.

Je lui souris, reconnaissante.

— Merci, Inspec...

Calder entra dans mon champ de vision et je levai les yeux vers lui. Sa mâchoire était contractée et il posa deux verres sur la table basse avec tant de brutalité que de l'eau se renversa. Il écarquilla les yeux, l'air gêné.

— Désolé. Je vais chercher de quoi éponger.

— C'est aussi difficile pour Calder que pour vous, je n'ai aucun doute là-dessus, dit l'inspecteur quand Calder eut quitté la pièce. Prenez soin l'un de l'autre.

Je soupirai.

— Oui. Merci.

Je le reconduisis à la porte et m'y adossai un instant en réfléchissant à ce qui nous attendait à présent. Je ne savais pas quoi penser.

Je gagnai la cuisine. Calder était devant le plan de travail, appuyé sur ses paumes. Je l'enlaçai par-derrière et le serrai contre moi.

— Hé, dis-je.

— Hé, répondit-il en pivotant pour me prendre dans ses bras.

Je posai la joue contre son cœur.

— Tout va s'arranger, murmurai-je.

— Ouais. Mais voir la gueule de Clive...

Il poussa un gros soupir.

— Je sais.

Nous nous tînmes ainsi un moment, puisant du réconfort dans la présence de l'autre.

— D'après toi, à quoi il a pensé ? finit par demander Calder. Quand il a appris qu'on était en vie ? Qu'est-ce qui lui est passé par la tête ?

— Je ne veux même pas essayer de savoir ce qui se passe dans sa tête, répondis-je en levant les yeux vers lui. Ça doit être un endroit horrible.

Je frissonnai.

L'expression sur le visage de Calder me confirma qu'il pensait la même chose que moi.

Après ça, les médias accentuèrent leurs efforts pour parvenir à nous approcher. Il était plus sûr et plus simple pour nous de rester chez ma mère. Deux jours après, les policiers nous conduisirent chez Calder pour qu'il puisse récupérer quelques affaires.

Une fois que nous fûmes parvenus au sommet de l'escalier, un des policiers ordonna soudain, tout en sortant une arme :

— Reculez !

Je sentis l'adrénaline courir dans mes veines et Calder m'attrapa aussitôt pour me faire passer derrière lui et faire un bouclier de son corps.

Les flics se précipitèrent devant nous et l'un d'eux poussa la porte de Calder du pied. C'est alors que je me rendis compte que sa porte était légèrement entrouverte. Mon cœur se serra. Je savais que nous l'avions verrouillée en partant, deux jours plus tôt.

Je jetai un coup d'œil par-dessus l'épaule de Calder lorsque la porte s'ouvrit à la volée et je poussai un cri d'effroi en apercevant l'étendue des dégâts.

Calder poussa un grondement étouffé et les officiers de police pénétrèrent chez lui, revolver au poing. Calder m'attrapa par la main et m'attira sur le côté tandis que la police passait l'appartement au peigne fin. Ils en sortirent au bout de cinq minutes.

— Préparez-vous. C'est pas joli à voir.

Nous entrâmes sans nous lâcher la main. Je plaquai ma main contre ma bouche pour m'empêcher de crier. Tous les placards de la cuisine avaient été arrachés des murs et le magnifique plancher avait été troué, certainement par un marteau-piqueur. Le plan de travail était brisé en mille morceaux et toutes les appliques avaient été arrachées aussi. Oh, mon Dieu, non. *Pourquoi ?* Calder avait fait ces travaux tout seul. Je levai les yeux vers lui : il avait l'air abasourdi, visage impassible et mâchoire serrée.

Je me forçai à détourner les yeux pour les poser sur ce qui avait été écrit à la peinture noire sur les murs blancs : ADORATEURS DE SATAN, MOUREZ DÉMONS D'ACADIE et LE MAL VIT ICI.

Un sanglot horrifié m'échappa. Je reportai mon attention vers Calder et avant qu'il baisse les yeux vers moi, je lus la honte sur son visage. Hector avait dit qu'il était diabolique, lui aussi. Il l'avait traité de suppôt de Satan. Est-ce qu'il croyait vraiment que c'était vrai ? *Oh, Calder.*

Calder m'entraîna à travers le salon dévasté et me conduisit jusqu'à l'atelier. Je ne pus m'empêcher de crier en contemplant le spectacle qui s'offrait à nous. Tous les tableaux avaient été détruits, pulvérisés. Je regardai autour de moi, de la bile dans la gorge. Les mêmes graffiti ornaient les murs, mais quand je levai les yeux vers Calder, je me rendis compte que ce n'était pas ça qu'il regardait. Il évaluait ses œuvres annihilées. Le désespoir me saisit.

— Calder, murmurai-je. Je suis désolée.

Ma voix se brisa sur le dernier mot.

Calder garda le regard droit devant lui pendant un instant, serrant et desserrant les poings, puis il baissa les yeux vers moi et m'attira à lui. Nous restâmes ainsi en silence. Je pleurais.

— Ce n'est pas grave, finit par dire Calder sur un ton apaisant en me caressant les cheveux. Ces toiles représentaient le manque que j'avais de toi, Eden. Mais tu es là, à présent, en vrai. Je n'ai pas besoin d'elles.

Je secouai la tête contre sa poitrine.

— Mais c'était ton œuvre. Ton œuvre magnifique.

Il ne répondit pas tout de suite.

— Je peux en peindre d'autres. Et maintenant que je t'ai en face de moi, tous les détails seront parfaits.

Ses paroles étaient sereines mais l'absence d'émotion que je percevais dans sa voix m'effrayait.

Je continuai à pleurer, blottie dans ses bras.

— Je suis désolée, c'est moi qui devrais te serrer contre moi.

Calder m'adressa un très faible sourire triste.

— Mais tu le fais.

Je laissai échapper un minuscule rire avant de me rendre compte que c'était exactement ce que je faisais. *Et très fort.*

Dans sa chambre, je découvris, incrédule, des graffiti étalés sur les murs et des vêtements taillés en pièces dispersés sur le sol. Au milieu de tout ça, les draps avaient été arrachés du Lit Guérisseur, dont le matelas était éventré. J'eus l'impression que c'était *moi* qui avais été éventrée. Je me sentais violée et nauséeuse. La main de Calder agrippait la mienne si fort que c'en était presque douloureux. Son corps tout entier était tendu. Nous quittâmes la chambre et rejoignîmes les deux officiers de police qui nous attendaient.

— Je n'ai rien à emporter, constata Calder.

— Nous rédigerons un rapport quand nous serons rentrés chez madame Collins, dit un des deux flics dans notre dos.

La police nous protégea des journalistes pour que nous puissions regagner la voiture de patrouille. Calder regarda par la fenêtre pendant tout le trajet.

— C'était le premier lieu où j'étais vraiment chez moi, déclara-t-il à voix basse. Je voulais un endroit où te protéger.

Mon cœur se serra douloureusement. Je revis le minuscule chalet dans lequel il avait grandi... puis la couverture sur laquelle Hector l'avait fait dormir dans la buanderie. Il n'avait jamais possédé d'endroit à lui, un lieu dont il aurait été fier et où il aurait pu faire l'expérience de l'intimité. Il avait voulu en faire un endroit à nous.

Je n'avais pas les mots. Je me contentai de me rapprocher de lui et de le prendre par la main.

*

* *

Les semaines s'écoulèrent. Calder n'évoqua guère ce qui s'était passé chez lui. Mais je savais que ça l'avait profondément affecté, pas seulement la destruction de *ses affaires* et de *son espace*, mais le fait que des gens nous haïssaient parce que nous venions d'Acadie. Nous étions encore plus méfiants à l'égard des médias, à présent, et à l'idée de sortir. Quand il n'était pas avec moi, Calder passait le plus clair de son temps près de la piscine. Je ne pouvais m'empêcher de songer à l'ombre du petit garçon que je voyais assis sur le minuscule perron de son chalet quand je regardais par la fenêtre de ma chambre à Acadie. La maison était plus grande, mais comme jadis, il cherchait son espace. En vain.

Au fur et à mesure que les jours passaient, l'impatience de Calder ne faisait que croître, et ce qui avait commencé par être un refuge était en passe de se transformer en prison. Nous tentâmes de sortir un jour où il n'y avait personne devant la maison et où nous pensions que nous pourrions passer inaperçus, mais les portières des voitures s'ouvrirent aussitôt et les journalistes se précipitèrent vers nous en hurlant leurs questions. Je sentis Calder se raidir derrière moi et je le tirai à l'intérieur.

Xander venait nous voir quand il ne travaillait pas et ma mère et Molly papillonnaient autour de nous pour s'assurer que nous allions bien et que nous ne nous ennuyions pas.

Calder et ma mère se livraient cependant une compétition féroce pour m'accaparer. Je faisais de mon mieux pour me partager entre les deux. Mais je n'avais pas le don d'ubiquité. Nous étions tous prisonniers dans une seule maison.

Les médias rendaient la vie de Xander pénible mais ils ne le pourchassaient pas comme ils le faisaient avec nous. Les trois histoires mêlées de mon enlèvement et de mon retour, de notre présence à Calder et moi à Acadie le jour du déluge *et* notre histoire d'amour avaient transformé les journalistes en vautours.

La police continuait à aller et venir. Ils passaient pour clarifier un point ou pour nous donner des informations qui nous intéresseraient comme de savoir que tous les biens de Clive Richter avaient été gelés à la suite de l'accusation de blanchiment d'argent. Il ne pourrait donc pas payer sa caution, il resterait en prison jusqu'au procès. Je doutais fort qu'il ait des amis prêts à lui venir en aide.

Il était évident que ma mère avait des affinités avec l'inspecteur Lowe, le jeune policier beau gosse avec qui je trouvais facile de discuter. Un jour, alors qu'il était passé nous poser quelques questions, ma mère entra dans la cuisine où j'étais en train de faire du pop-corn en vue de la soirée ciné que j'avais planifiée avec Calder.

— Eden, fit ma mère en attrapant un saladier qu'elle me tendit. Tu ne trouves pas que Bobby est super beau ?

Je marquai un temps d'arrêt.

— Qui est Bobby ?

— Oh, répondit-elle en riant. L'inspecteur Lowe.

— Ah, euh, oui, il est mignon.

Elle sourit joyeusement, s'appuya sur le plan de travail et prit une profonde inspiration.

— Je pense que tu lui plais, affirma-t-elle.

Je me figeai, le paquet de pop-corn à la main, et la regardai.

— Je sors avec quelqu'un, maman, au cas où tu l'aurais oublié. Tu te rappelles de Calder ? Qui vit ici avec nous ?

Ma mère rit, un peu gênée.

— Bien sûr, je n'oublierai jamais Calder. Comment le pourrais-je ? (Elle pinça les lèvres puis son expression s'adoucit.) J'espère juste que tu remarques à quel point les autres hommes te trouvent séduisante. Tu n'as jamais vécu ça. (Elle baissa les yeux.) Je sais que je me mêle de ce qui ne me regarde pas, Eden. Mais... je n'ai pas pu te donner de conseils maternels en ce qui concerne les hommes, ni... (Elle prit une expression peinée mais je ne tendis pas la main vers elle.) Je pense juste que c'est bien qu'une femme sache quelles sont ses options. Calder est très gentil, poursuivit-elle après un bref silence, et très beau, c'est vrai, mais tu n'as pas à te sentir coupable d'avoir envie de trouver un homme qui te protège et qui ne te rappelle pas sans arrêt ton horrible passé. Je te jure que je te dis ça uniquement parce que je t'aime.

Alors pourquoi ce n'est pas du tout l'impression que ça me donne ? J'ouvris la bouche pour répondre, je ne savais pas quoi exactement, quand j'entendis un bruit derrière moi. Je fis volte-face : Calder se tenait sur le seuil, l'air blessé.

— Calder... commençai-je en les regardant tour à tour, ma mère, qui avait détourné les yeux, et lui.

— Le film commence, dit-il avant de tourner les talons.

Je lançai un regard noir à ma mère. Elle haussa les épaules mais eut la décence d'avoir l'air embarrassé.

— Hé, dis-je en rejoignant Calder sur le canapé. Je ne lui cherche pas d'excuses mais tu sais que ma mère essaie de me contrôler parce qu'elle a peur de me perdre de nouveau, n'est-ce pas ?

J'étais bien en train de lui trouver des excuses. L'irritation m'envahit. J'étais agacée par la situation et par moi-même.

Je ne savais pas quoi faire.

Calder garda le silence un instant.

— Oui, fit-il en baissant les yeux vers moi. C'est juste un moment pénible à passer.

Je hochai la tête mais il avait toujours l'air blessé. Il savait pourtant que je n'aimerais jamais que lui, non ? Pendant les trois ans que j'avais passés chez Felix, je n'avais jamais regardé aucun homme ; aucun ne m'avait intéressée. Il fallait qu'il sache qu'il était tout pour moi. Je me blottis contre lui sur le canapé tout l'après-midi en ignorant ma mère, mais sans savoir si ça allait arranger ou au contraire empirer les choses.

CHAPITRE 12

Eden

Deux jours plus tard, je me réveillai très tôt alors que je n'avais quasi pas fermé l'œil de la nuit. Je me faisais du souci à propos de Calder. Nous avions beau passer tout notre temps ensemble, je le sentais s'éloigner. Et pour la première fois depuis que nous habitions chez ma mère, il ne m'avait pas rejointe. L'orage qui avait fait rage toute la nuit n'avait pas arrangé les choses.

Quand j'arrivai en bas, j'entendis une voix masculine en provenance de la cuisine et découvris que Xander était attablé avec Molly.

— Salut, dis-je.

— Salut, répondit Xander en se levant pour m'embrasser.

— Bonjour, fit Molly en souriant.

— Qu'est-ce que tu fais ici de si bonne heure ? demandai-je à Xander en me servant une tasse de café, avant de m'asseoir avec eux.

— Je bosse et je voulais passer prendre des nouvelles de Calder. J'espérais te parler avant.

— Oui, il dort encore, répondis-je avec un faible sourire tout en versant du lait dans ma tasse. Tu te fais du souci pour lui ?

— Oui. Il m'a appelé hier soir. On dirait que ça ne va vraiment pas fort.

Je me figeai, la tasse à mi-chemin de ma bouche. Mes épaules s'affaissèrent sous le poids des soucis et je reposai ma tasse.

— C'est super dur. Je ne m'attendais pas à ce que ça se passe comme ça. Je n'étais pas du tout prête à subir tout ça, surtout juste après l'avoir retrouvé. (Un silence.) Il ne gère pas bien.

Xander secoua la tête.

— Je ne peux pas dire que je le blâme. Il est de nouveau pris au piège, enfermé, et avec l'impression de n'être bon à rien.

Je poussai un soupir.

— Qu'est-ce que je peux faire ?

Le regard de Xander erra par la fenêtre.

— Vous pourriez partir quelque temps.

— Bon sang, intervint Molly. Carolyn péterait un plomb.

Je gémis et enfouis le visage entre mes mains.

— Je sais, finis-je par dire en levant les yeux. Mais elle ne veut pas non plus me partager avec lui. Et elle veut absolument que j'aie douze ans, ou six... ou parfois je ne sais même pas.

Molly me lança un regard compréhensif.

— Oui, je sais. Ils ont tous les deux vécu sans toi pendant longtemps.

— Je sais. Elle est où, d'ailleurs ?

Ma mère était une lève-tôt en règle générale.

— Elle est partie à l'aube avec sa copine Marla. J'ai insisté pour qu'elle aille à cette brocante à deux heures d'ici et Marla m'a aidée à la convaincre. Je pense que ça lui fera du bien. Elle vit recluse ici elle aussi.

— Merci de le lui avoir suggéré, Molly.

Que ferais-je sans elle ?

Elle m'adressa un sourire chaleureux assorti d'un clin d'œil.

— Je fais ce que je peux. Je me suis dit que te retrouver seule avec Calder dans une maison silencieuse te ferait plaisir, expliqua-t-elle en se levant. (*Et comment !* Je lui jetai un coup d'œil reconnaissant.) Je dois aller en cours. Xander, ça m'a fait plaisir de te voir.

Xander et moi lui dîmes au revoir puis il se tourna vers moi.

— Et toi, comment tu vas ?

Je poussai un énorme soupir.

— J'aimerais te dire que je vais super bien, parce que comment pourrait-il en être autrement alors que je vous ai retrouvés tous les deux ? (Je m'interrompis un instant.) D'un côté, j'ai l'impression de vivre un miracle, de l'autre, je suis très frustrée de ne pas pouvoir en profiter. Je vois bien que c'est pareil pour Calder. Je ne sais pas si je suis bien claire, conclus-je en fronçant les sourcils.

— Parfaitement.

— Et puis il y a ma mère. Je l'aime et je veux vraiment que nous ayons de bonnes relations toutes les deux ; je passe mon temps à me rappeler qu'elle n'a rien de commun avec Hector. (Je grimaçai. Comparer quelqu'un à Hector, me contenter même de prononcer son nom, provoquait un raidissement de tout mon être. Xander me dévisagea, compatissant.) Elle m'aime, je le sais. Mais sa façon de traiter Calder me donne envie de hurler. J'ai l'impression qu'il est de retour dans la niche du chien dans le grand chalet. (Je me mordis la lèvre. Ce souvenir me brisait le cœur.) Mais je ne sais pas quel effet aurait un éventuel ultimatum de ma part : « Calme-toi ou on va vivre chez Xander », dis-je en gloussant.

Xander m'imita.

— Ouh la. Je n'ai ni Lit Guérisseur ni pêches chez moi, fit-il en levant les mains.

J'éclatai de rire, cela me fit du bien.

— Tu devrais y remédier.

— Et je n'ai ni piscine ni protection policière non plus.

— Bof. Je suis prête à renoncer à quelques avantages en échange d'un peu de liberté.

Mais je savais bien que notre sécurité ne serait pas garantie et que, pour finir, cela aggraverait probablement l'angoisse de Calder. L'inquiétude me submergea. J'enroulai les mains autour de ma tasse de café tiède.

— Comment va ta *petite amie* ? demandai-je pour changer de sujet.

Xander se passa la main dans les cheveux, l'air un peu embarrassé.

— Bien, répondit-il avec un sourire.

— Ah oui ? fis-je pour l'encourager à poursuivre.

— Oui. Et elle s'appelle Nikki, au fait.

— Nikki, répétai-je en me demandant à quoi pouvait bien ressembler la fille qui avait volé le cœur de Xander, *ce cœur d'or.* (Elle avait beaucoup, beaucoup de chance.) Quand est-ce qu'on pourra la rencontrer ?

— Bientôt. J'attends juste que toute cette folie soit un peu retombée.

Je comprenais fort bien.

Xander me dévisagea en silence.

— Je suis tellement content que tu sois revenue, Eden. (Il avait vaguement l'air gêné mais il poursuivit quand même.) C'était super dur, tu sais ? Je serais prêt à tout pour Calder, et je sais que lui aussi, mais... pendant tout ce temps, je ne voulais pas en rajouter avec mes problèmes. (Il se frotta la nuque.) J'ai tourné la page plus vite que lui. Mais maintenant, notre équipe est au complet et c'est... bien. On va être plus forts *tous les trois.*

Les larmes me montèrent aux yeux et je posai ma main sur la sienne. Je me sentais plus forte moi aussi. Il y avait deux personnes dans ma vie avec qui je pouvais être entièrement *moi-même.*

J'avais un foyer à présent grâce à ma mère, mais mon véritable foyer, mon cœur, appartenait à Calder et un peu à Xander.

Il me sourit.

— On a vécu pire que ça, pas vrai ?

— C'est l'euphémisme de la décennie, ricanai-je.

C'est à ce moment-là que Calder fit son apparition dans la pièce, l'air fatigué mais toujours aussi beau.

— Salut, mon frère, le salua gentiment Xander.

— Bonjour, croassa Calder en s'asseyant avec nous. (Il me lança un regard navré.) Désolé, ajouta-t-il à voix basse.

Je compris qu'il s'excusait de ne pas avoir passé la nuit dans ma chambre, mais je ne répondis pas, me contentant de hocher la tête. Je me levai pour lui servir une tasse de café et déposai un baiser sur sa joue avant de me rasseoir.

— Il faut que j'y aille, fit Xander en se levant après avoir jeté un coup d'œil à l'horloge murale. Je suis juste passé voir comment vous alliez tous les deux.

— Merci, répondit Calder. Je t'enverrai un texto dans la journée.

— OK, dit Xander en souriant. (Il me fit un clin d'œil : il avait l'air beaucoup moins inquiet que vingt minutes plus tôt.) Ah, au fait, mon Throwback Thursday a remporté un grand succès. J'ai eu presque mille likes.

Calder se mit à rire.

— C'est un tableau extraordinaire, répliqua-t-il avec un sourire arrogant.

— C'est le sujet qui est extraordinaire. J'étais déjà canon à dix ans.

Calder raccompagna Xander jusqu'à la porte puis me rejoignit. Il me prit la main par-dessus la table.

— Je suis désolé. Je suis allé me coucher pendant que tu regardais la télé avec ta mère et je ne me suis réveillé que ce matin. J'avais juré qu'on ne passerait plus une seule nuit séparés. (Il baissa les yeux et secoua la tête.) C'est juste que... j'avais l'impression que j'allais craquer... il y a tellement de choses qui se bousculent dans mon cerveau. Dormir m'a paru la seule option.

Je soupirai.

— Je sais que c'est dur mais je veux t'aider.

Il s'adossa à sa chaise et me lâcha la main.

— Je sais. Vraiment. Et c'est très important pour moi. Mais je ne suis pas certain qu'on puisse faire quoi que ce soit en ce moment.

Je me levai pour aller m'asseoir sur ses genoux et lui caresser les cheveux. J'embrassai son front.

— Tout va s'arranger.

— Quand ?

— Ça, je ne sais pas, soupirai-je.

Le silence s'installa.

— Madison m'a appelé hier, finit-il par dire.

Je me figeai.

— Oh ?

— Oui, elle voulait nous dire que c'était son assistant qui était à l'origine de la fuite. Elle lui a tout raconté et... bref. De toute façon, ça n'a aucune importance. Comme l'a dit Molly, ça aurait fini par se savoir à un moment ou un autre. J'aurais juste préféré que ça se passe quand et comme on l'aurait choisi. Madison se sent très coupable. Elle m'a demandé de te présenter ses excuses.

— Tu as raison, ce qui est fait est fait, répondis-je sans cesser de lui caresser les cheveux.

Mais au fond de moi, évoquer Madison suscitait toujours une bouffée de jalousie. Il fallait que je dépasse ça.

Calder posa le front contre le mien et la sonnette de la porte d'entrée retentit.

Nous allâmes ouvrir tous les deux, Calder juste derrière moi. L'inspecteur Lowe, accompagné de deux autres officiers de police, se tenait sur le seuil.

— Bonjour, Eden, dit-il en laissant son regard errer sur moi.

Je ne portais qu'un peignoir court que je resserrai plus étroitement autour de moi. L'inspecteur Lowe se ressaisit et s'éclaircit la voix.

— Euh, entrez.

Il s'exécuta et je vis que Calder lui lançait un regard noir.

— Désolé de vous déranger deux jours de suite mais nous avons des questions à poser à Eden à propos de Clive.

— Oh. D'accord. Laissez-moi deux minutes pour m'habiller. Je reviens tout de suite.

Calder me suivit à l'étage.

— Je vais me doucher, annonça-t-il, l'air toujours crispé.

— Hé, tu vas bien ?

— Je déteste la façon dont ce mec te regarde, murmura-t-il, en colère. Au point où il en est, il n'a qu'à emménager lui aussi, il est là tout le temps !

Je me détendis et inclinai la tête. Je m'apprêtai à répondre lorsque le rire de l'inspecteur et les bavardages bruyants de ses collègues me parvinrent. Je jetai un coup d'œil en direction de l'escalier.

— Va répondre à leurs questions, dit-il plus gentiment en se dirigeant vers la salle de bains.

Je soupirai et gagnai ma chambre, bien décidée à les mettre dehors dès que je leur aurais fourni les informations qu'ils voulaient.

Une heure plus tard, les policiers levèrent le camp et j'entendis des bruits d'éclaboussure en provenance de la piscine. Un coup d'œil par la fenêtre m'apprit que Calder faisait des longueurs.

Je montai enfiler mon maillot de bain. Lorsque je franchis la porte qui donnait sur le patio, Calder était sorti du bassin et s'était assis sur l'une des chaises longues près du bar en pierre. De l'eau ruisselait sur sa poitrine lisse et musclée et ses cheveux étaient dressés en épis humides. Il était ridiculement beau. Et encore plus quand il était mouillé. C'était quelque chose que je pensais depuis toujours, comme si l'eau était son élément personnel et qu'il le portait mieux que quiconque sur Terre.

— Salut, beau gosse. Je croyais que tu devais te doucher.

Il laissa son regard errer sur mon bikini et je ne pus m'empêcher de rougir. Cet homme m'avait vue nue une centaine de fois, sous tous les angles possibles, et pourtant j'avais toujours la même pudeur qu'on m'avait enseignée quand je montrais une quantité de peau « indécente ».

— J'ai changé d'avis.

Je me blottis sur ses genoux et fis courir mes pouces sur ses pommettes ciselées et le long de sa mâchoire virile qui disparaissait sous une barbe sombre de vingt-quatre heures. Je me penchai pour l'embrasser. Il avait un goût sucré.

— Qu'est-ce que tu as bu ?

— Juste un Coca, répondit-il, l'air gêné, comme s'il avait commis un crime.

Je lui souris.

— Que voulait l'inspecteur ? demanda-t-il en serrant les dents.

Je le considérai en dessinant le contour de ses sourcils du bout des doigts.

— Il avait des questions à propos du rôle de Clive au conseil : il voulait savoir comment il se comportait dans le grand chalet. Tu n'as rien à craindre de l'inspecteur Lowe. Il est très sympa.

Un muscle sursauta sur la joue de Calder, mais il ne me contredit pas. Il prit une profonde inspiration et me dévisagea. Je plongeai mon regard dans le sien.

— Je m'inquiète, c'est tout. Parfois je me dis que tu te demandes peut-être... ou que tu te *demanderas*...

— Pose-moi la question, murmurai-je.

La vulnérabilité se peignit sur son visage.

— Est-ce que ça t'arrive de te demander comment ce serait avec un autre homme ? Un homme avec qui tu pourrais repartir de zéro ? Un homme qui pourrait te donner plus que moi ? Un homme qui serait *meilleur* que moi ?

— Non. Aucun homme ne peut me donner davantage. Aucun n'est meilleur, répondis-je sans hésiter.

Un demi-sourire étonné, plein d'espoir, étira ses lèvres, et mon cœur se serra. L'image d'un petit garçon levant les yeux vers moi après que j'avais placé un caramel sur sa paume me revint à l'esprit et tout l'amour et la tendresse que je ressentais pour lui emplirent ma poitrine jusqu'à ce qu'elle devienne douloureuse.

Il retrouva son sérieux.

— Je n'ai même pas de nom, Eden. Personne ne m'a réclamé. Personne n'a signalé ma disparition.

— Oh, Calder. C'est à cause de ça ? (Il s'était montré très silencieux ces derniers temps, perdu dans ses pensées, et il quittait la pièce chaque fois que la police débarquait. Je comprenais pourquoi, à présent. Ils n'avaient jamais de nouvelles pour lui.) Il doit y avoir une explication.

Il haussa les épaules.

— Les flics ont promis de vous aider à obtenir des papiers d'identité, Xander et toi.

— Oui, mais ça ne sera pas vraiment les miens. Ce sera ce qu'Hector a fait de moi. Si je reste Calder Raynes, je serai toujours un esclave, un *porteur d'eau.*

Il prononça les deux derniers mots avec dégoût.

Je ne savais que penser. Je l'avais aimé jadis, et je l'aimais toujours. Son nom et tous les titres qu'on pouvait lui donner n'y changeraient jamais rien. Ça ne modifiait pas qui il était. Et nous n'étions même pas certains qu'il avait été enlevé.

— Calder, commençai-je, un peu hésitante, et si Hector avait juste raconté des salades ? Tu admets toi-même qu'il était fou à la fin.

Il secoua la tête.

— Mère Willa...

— On ne peut pas non plus prendre ses propos pour argent comptant.

Calder se mordilla la lèvre inférieure.

— Peut-être pas. Mais tu es bien obligée d'admettre que je ne ressemblais pas du tout à ma famille, ni la couleur des cheveux, ni les traits.

Je tentai de me rappeler ses parents. Leurs visages demeuraient flous dans ma mémoire. Mais je me souvenais m'être déjà fait la remarque en les regardant au Temple.

— Oui, mais ce n'est pas une preuve, finis-je par dire.

Il poussa un soupir frustré et c'est alors que je compris qu'il ne voulait pas croire qu'ils étaient ses vrais parents. Il ne voulait pas admettre qu'ils aient pu lui faire ce qu'ils avaient fait ce jour-là. Il cherchait de l'espoir. Il imaginait quelqu'un quelque part qui l'aimait et qui se battrait pour lui jusqu'à la mort. Je caressai de nouveau ses pommettes et plongeai le regard dans ses yeux blessés.

— Je t'aime, Caramel, affirmai-je, la gorge nouée par l'émotion.

Ses yeux devinrent chaleureux.

— Moi aussi, je t'aime. Mais cette situation fait de moi quelqu'un que je n'aime pas. On est prisonniers, enfermés pour la seconde fois. (Ses traits exprimèrent de nouveau sa frustration.) Je ne peux pas travailler ni m'occuper de toi. Je ne peins plus. Je ne peux même pas me réveiller dans le même lit que toi. Et maintenant je n'ai même plus de foyer à t'offrir pour quand tout sera rentré dans l'ordre.

— On trouvera une nouvelle maison ensemble.

— Je sais, soupira-t-il. Je me sens juste... mis à nu, en quelque sorte, avoua-t-il avec un sourire sans joie.

Je le considérai en silence, absorbant la beauté virile de son visage et la profondeur de l'émotion et de la sensibilité que je lisais dans ses yeux. Je ne pourrais jamais me lasser de le regarder. L'aimer serait toujours un des grands plaisirs de ma vie.

— J'ai toujours aimé te voir nu, répondis-je avec un sourire coquin en espérant le dérider. (Quand je vis que ça fonctionnait, je retrouvai mon sérieux.) Tu as toujours été magnifique mis à nu, poursuivis-je en pensant chaque mot. Toi et *juste toi,* sans rien d'autre, ni travail ni maison ni argent, rien. Dépouillé. *Tu* me suffiras toujours. Tu seras toujours mon rêve réalisé et mon destin.

Calder poussa un profond soupir et le soulagement se lut sur son visage. Il se pencha en avant pour m'embrasser.

— Mais je te donnerai quand même davantage.

— Je sais, chuchotai-je. Tu veux te baigner avec moi ?

Il ne répondit pas tout de suite.

— Oui. D'accord.

— On est tout seuls. On pourrait en profiter pour se déshabiller encore plus, dis-je en faisant un geste en direction des arbres qui bloquaient la vue. Personne ne peut nous voir.

Calder rigola et ôta aussitôt son maillot de bain.

Une fois dans la piscine chauffée, nus tous les deux, je passai les bras autour de son cou et nous nous laissâmes flotter. Je soupirai d'aise en sentant l'eau clapoter sur mes épaules et le corps musclé de Calder contre le mien.

— Là, j'imagine que c'est notre source, avoua-t-il en souriant. Il n'y a que nous et les étoiles.

Il avait l'air apaisé et serein. Je me blottis contre lui et l'embrassai tendrement. Je sentis son sexe se raidir contre mon ventre, et comme en réponse, le mien se mit à vibrer.

— C'est mieux ici, murmurai-je. On est libres. Ce n'est pas comme ça qu'on aurait aimé que les choses se passent mais on est là et ensemble.

Calder nous fit tournoyer dans l'eau et j'éclatai de rire, la tête renversée. Le ciel était nuageux et bas au-dessus de nos têtes.

— Parfois, ça me manque, confessa-t-il. Est-ce que c'est débile ?

Je levai la tête pour le regarder bien en face et repoussai une mèche de cheveux de son front. Je secouai lentement la tête.

— Non. On savait qui on était, là-bas. Même si ça ne nous plaisait pas, il y avait une forme de certitude. On était sûrs de ce qu'on voulait. Ici, dis-je avec un geste englobant ce qui nous entourait, ce n'est pas toujours clair. C'est perturbant et parfois effrayant.

Il acquiesça et me lança un regard indéchiffrable.

— Tu comprends toujours ce que je ressens. Ça me fait un bien fou, merde.

Il ferma brièvement les yeux et je ris doucement. Sa façon de jurer me prit par surprise et m'excita.

— Cette grande société déteint sur toi. Tu dis des gros mots, maintenant ? m'étonnai-je, taquine.

Il m'adressa un sourire insolent et nous fit de nouveau tourbillonner.

— Uniquement avec toi. Tu es la seule à provoquer cette envie chez moi. (Il fit courir sa langue sur mon cou, m'arrachant un gémissement.) Et si on passait à la vitesse supérieure ?

Il sourit contre ma peau.

Un frisson d'excitation me parcourut et je sentis le désir se nicher au creux de mes jambes. C'était embarrassant de mouiller aussi vite. Mais après tout, ça avait toujours été comme ça, et ça ne changerait probablement jamais.

Calder m'observait.

— Tu es douloureusement magnifique, chuchota-t-il.

— Ce n'est pas censé être douloureux, répondis-je en riant.

— Ça l'est. (Il repoussa ma frange.) Tu possèdes le genre de beauté qui pousse un homme à déclarer des guerres et à mettre des villages à sac pour punir ceux qui ont osé te regarder.

Mon cœur manqua un battement.

— Inutile de piller quoi que ce soit. Je t'appartiens. Je suis à toi depuis la nuit des temps.

Le regard de Calder s'enflamma et je me penchai pour l'embrasser tendrement. Il m'entraîna vers la partie la moins profonde du bassin et m'assit sur le rebord. Il me prit ensuite la bouche : il était exactement à la bonne hauteur, les mains à plat de part et d'autre de mes fesses. Il se glissa entre mes cuisses et j'enroulai les jambes autour de sa taille.

Il rompit le baiser et posa sur moi un regard de braise. La pulsation qui s'était installée entre mes jambes s'intensifia et mon souffle devint plus court. Calder baissa les yeux sur mes tétons dressés et son regard s'assombrit sous l'effet du désir. *Ce regard... oh, ce regard.*

— S'il te plaît, suppliai-je dans un murmure en plaçant mes mains sur sa tête pour l'attirer à moi.

Je voulais qu'il me lèche les seins. Il ne se fit pas prier et lorsque sa bouche humide se posa sur mon téton, je poussai un gémissement de plaisir. C'était tellement bon. Je pensais toujours que je pourrais jouir rien qu'avec sa langue sur mes seins. C'était le paradis. Je m'appuyai sur une main et de l'autre je maintins le sein dont s'occupait Calder sans le quitter des yeux. Le regarder en plus de le sentir décuplait mon plaisir.

— Calder, prends-moi. Tout de suite.

Il sourit puis leva vers moi des yeux brûlants de passion avant de poser la bouche sur mon autre sein. Je me mis à haleter. Son sexe raide frottait contre le mien.

— Je ne cesserai jamais de te désirer, affirmai-je d'une voix qui s'éleva à peine au-dessus du murmure.

Calder s'interrompit une fraction de seconde puis sa langue se remit en action avec plus de brutalité. Je poussai un petit cri et me pressai davantage contre lui.

Il s'empara de son sexe. Il se caressa un peu et je le regardai faire, le souffle coupé.

— Avance un peu, ordonna-t-il d'une voix que le désir rendait encore plus rauque.

Je déglutis et obéis. J'avançai les fesses jusqu'à ce que je sois le plus près possible de la piscine. Je fis courir le doigt sur la veine qui courait de son ventre à son sexe, en imaginant le sang qui pulsait dans son membre. Cette idée accrut mon désir.

Calder poussa un gémissement étranglé et plaça son gland contre ma fente. Je gémis à mon tour, entre frustration et soulagement. Son regard se ficha dans le mien : ses yeux étaient noirs et flous.

Il me pénétra très lentement sans jamais me quitter du regard. Je voulais fermer les paupières pour me noyer dans la sensation mais j'en étais incapable, hypnotisée par sa façon de me regarder, sombre, profonde et puissante.

Je poussai un cri lorsque son sexe fut tout entier en moi et il gémit, les yeux fermés et les lèvres entrouvertes. Il se mit à aller et venir doucement, atrocement lentement. Il me serra dans ses bras, posa la bouche tout contre mon oreille. Son souffle me chatouilla et je me cambrai contre lui. C'était si bon que c'en était presque trop. Je ne savais pas si j'allais jouir ou m'embraser. Possiblement les deux.

— Les choses que tu me fais, Eden, murmura-t-il.

Les choses que je lui faisais ?

Je me contentai de gémir en lui griffant le dos.

— Je t'aime tellement que j'en ai mal au ventre. (Son sexe coulissa lentement et se pressa contre la partie de moi qui brûlait de désir. Des éclats de plaisir me transpercèrent et je resserrai mes jambes autour de lui.) Je veux te baiser et te vénérer.

Il se retira et je poussai un petit cri de déception, très excitée par ses mots osés. Il glissa de nouveau en moi, plus vite cette fois-ci, en me caressant les tétons, ce qui provoqua de nouveaux éclairs de plaisir sous mes paupières closes.

— Je veux te vénérer pendant que je te baise. Et je veux te baiser jusqu'à ce que tu saches à quel point je t'idolâtre. (Il se retira puis me donna plusieurs coups de reins rapides. Son bassin heurta le mien : c'était délicieux et très insuffisant.) Je déteste ça et j'adore ça parce que je sais que ça ne changera jamais. C'est comme ça depuis que j'ai posé les yeux sur toi et ce sera ainsi jusqu'à ma mort.

— Calder, Calder, gémis-je.

J'avais tant de choses à dire, mais mon cerveau refusait d'ordonner quoi que ce soit. Il me retenait en otage au bord de l'orgasme et c'était à la fois incroyable et atroce. Je ne pouvais plus articuler un seul mot en dehors de son prénom.

Calder fit quelques aller et retour sans cesser de titiller mes tétons.

— Oui, dis-je dans un gémissement.

— Tu es mon supplice et je suis pourtant l'homme le plus chanceux du monde, marmonna-t-il en accélérant enfin le rythme, trouvant la vitesse nécessaire.

Je me mis à haleter, agrippée à lui.

— Je veux que le monde entier sache que tu es à moi. Mais je... (Il me donna deux coups de reins violents) ne peux même pas t'épouser parce que je n'ai pas de nom.

Je me raidis au même moment, parcourue par une vague de plaisir explosif, en criant son nom encore et encore. Calder jouit peu de temps après en gémissant, le nez enfoui au creux de mon cou.

Je caressai tendrement son dos tandis qu'il haletait en continuant à bouger un peu pour aller au bout de son plaisir.

Au bout d'une minute, il se retira et me regarda, l'air à mi-chemin entre tourment et béatitude. Je pris son visage entre mes mains et l'embrassai doucement sur les lèvres.

— Tu veux m'épouser ? chuchotai-je.

— Oh, oui.

Je souris et passai mes bras autour de son cou.

— Alors trouvons une solution, répondis-je en sentant la joie fleurir dans mon cœur. Parce que s'il y a bien une chose dont je suis certaine, c'est que je veux être ta femme.

Calder m'embrassa de nouveau en souriant puis recula un peu. Il garda le silence un instant, pensif.

— Je réfléchissais, Eden, commença-t-il en se passant la main dans les cheveux.

— Oui ? demandai-je en posant les doigts sous son menton pour l'inciter à me regarder.

— Ça te dirait de faire un road trip jusqu'en Indiana ?

Je hochai la tête avec enthousiasme.

— Un road trip ? Oui. Mais tu es sûr de vouloir aller en Indiana ? Pourquoi ?

Il haussa les épaules.

— Pour les raisons que tu as évoquées. En partie pour voir si tu reconnais quelque chose. Je sais que ça risque d'être un coup d'épée dans l'eau. Mais... je voudrais surtout m'éloigner de la folie qui se déroule ici sans toutefois partir trop loin. Pouvoir se balader sans être agressé, être ensemble, dormir dans un lit qui ne me dénonce pas à ta mère, dit-il en souriant avant de retrouver son sérieux. Être libre.

Je me mordis la lèvre. L'idée me plaisait. Ce serait un véritable soulagement de ne pas se soucier des gens qui faisaient le siège devant notre porte, au moins pour un moment. Et peut-être que d'ici notre retour, les choses se seraient calmées.

— Oui.

— Merci, répondit Calder, l'air soulagé.

— Non, c'est pour tous les deux. Ce matin, Xander a dit lui aussi qu'on devrait partir.

— On en a besoin. Est-ce que tu crois qu'il faut prévenir les flics ?

— Non. Ils ne nous ont pas ordonné de ne pas quitter la ville, répliquai-je en haussant les épaules. On pourrait le faire quand même, juste par politesse, mais je ne pense pas que nous y soyons obligés. Et je n'ai pas vraiment envie de leur dire où on va.

— Mais tu leur as parlé du panneau de l'Indiana.

— C'est vrai, mais je ne veux pas qu'ils croient qu'on part en expédition vengeresse. De toute façon, il y a de fortes chances pour qu'on ne découvre rien.

— Et ce n'est pas grave. C'est juste que j'ai l'impression qu'aller là-bas n'est pas absurde.

— Je suis d'accord, fis-je en souriant. Maintenant, si tu pouvais aller récupérer mon maillot de bain avant que ma mère rentre et me trouve à poil ?

Calder rigola puis nagea jusqu'à l'extrémité du bassin où j'avais abandonné mon maillot.

Je me levai au moment où le soleil brisait enfin les nuages, répandant sa lumière sur le jour maussade. Ça tombait à pic : le voile sombre qui nous avait enveloppé avait disparu et tout me semblait plus clair et plus lumineux. L'homme de mes rêves voulait m'épouser et l'espoir était revenu dans ses yeux. Du coup, la lumière brillait de nouveau dans mon cœur.

*

* *

Un peu plus tard, alors que nous étions au lit, et que je caressais les cheveux de Calder, blottie dans ses bras, sur le point de m'endormir, je l'entendis soudain dire :

— Ce jour-là, Hector m'a appelé plusieurs fois suppôt de Satan. Il l'a répété à plusieurs reprises. D'après toi, qu'est-ce qu'il voulait dire par là ?

Je frissonnai, mais pas de froid.

— Je n'en sais rien. Qui sait ce qui est passé par son cerveau malade ?

Quelque chose en moi me disait que je ne voulais pas avoir de réponse à cette question. Je me blottis plus étroitement contre Calder.

CHAPITRE 13

Calder

Une fois que nous eûmes pris la décision de partir pour l'Indiana, mon humeur s'améliora grandement. Je m'étais senti prisonnier, confiné et inutile pendant presque un mois. J'avais essayé de m'en sortir tout seul. Après tout, Eden était de retour. Si on m'avait dit deux mois plus tôt que je la serrerais de nouveau dans mes bras, j'aurais accepté avec joie de vivre dans une caverne obscure pour le reste de ma vie. Et voilà que j'étais sur les nerfs et frustré. Je me sentais honteux. La vérité, c'était que je brûlais de pouvoir prendre soin d'elle. Je voulais être l'homme qu'elle méritait. Je mourais d'envie de lui faire des cadeaux, de travailler pour elle, de lui offrir un foyer et de *l'épouser*. Mais je ne pouvais rien faire de tout ça depuis la chambre d'amis de la maison de sa mère, surtout si on pensait à la chaleur dont elle faisait preuve à mon égard. *Ou pas.*

Tout ça, plus le saccage de mon appartement et la vision de Clive à la télé, m'avait déprimé au plus haut point. Je ne m'attendais pas à ce que sa gueule de fouine m'entraîne dans une spirale de colère et de sentiment d'échec. C'était pourtant exactement ce qui s'était passé. Clive avait beau être petit, il avait toujours eu du pouvoir et de l'autorité sur moi. J'avais toujours été physiquement plus fort que lui. Mais émotionnellement, il m'avait toujours contrôlé, et d'une certaine manière, il continuait.

Il fallait vraiment que nous nous éloignions.

Le lendemain qui suivit notre décision de partir pour l'Indiana et avant que nous ayons eu le temps de planifier quoi que ce soit, le FBI sonna à la porte. Mon cœur s'emballa et l'adrénaline courut dans mes veines lorsque Molly débarqua dans le patio pour nous prévenir, Eden et moi. Nous échangeâmes des regards à la fois intrigués et inquiets avant de la suivre à l'intérieur où nous attendaient un homme trapu et brun et un Afro-Américain. Tous deux portaient un costume.

— Bonjour, fit le mec baraqué sans sourire. Je suis l'agent Rivera. Et voici l'agent Glenn. Vous devez être Calder Raynes ? demanda-t-il en me tendant la main.

J'acquiesçai et leur serrai la main à tous les deux.

— Appelez-moi Calder. Et voici Eden.

Cette dernière était juste derrière moi. Elle leur tendit la main à son tour.

— Ravi de faire votre connaissance, commenta l'agent Rivera, d'un air toujours sérieux. Nous voudrions que vous nous accompagniez à notre bureau afin que nous puissions vous interroger. Ça vous va ?

Mes mains devinrent soudain moites et je m'emparai de celles d'Eden. Qu'est-ce que ça signifiait ? Eden me jeta un coup d'œil préoccupé.

— Est-ce nécessaire ? demandai-je.

— Oui. Nous sommes chargés de plusieurs dossiers d'enfants disparus et nous voudrions classer les vôtres. Et puis, il y a d'autres choses dont nous devons discuter mais je préfère que nous le fassions là-bas.

Sa dernière phrase accéléra mon rythme cardiaque mais j'acquiesçai quand même. Je n'avais pas vraiment le choix. *Ce n'est pas comme la dernière fois. Ce n'est pas comme la dernière fois.* La dernière fois que je m'étais retrouvé à l'arrière d'un véhicule de police pour des raisons en partie incompréhensibles, nous avions été piégés et menés droit en enfer. *La situation était différente.*

Carolyn entra en courant dans la pièce, certainement prévenue par Molly, et se présenta.

— Est-ce que ma fille a besoin d'un avocat ? demanda-t-elle.

Je remarquai qu'elle n'avait pas parlé de moi.

— Si ça la rassure, il peut la rejoindre dans nos bureaux, répondit l'agent Rivera.

— Maman, la tranquillisa Eden, ils veulent juste classer nos dossiers.

Elle me lança un regard nerveux. Carolyn secoua la tête.

— Je vais appeler mon avocat et lui demander de te rejoindre là-bas. Je préfère.

Les agents acquiescèrent et Eden prit un air ennuyé. Elle pinça les lèvres et me serra la main.

— Voulez-vous appeler un avocat vous aussi, Calder ? demanda l'agent Rivera.

Je regardai Eden à la dérobée, secouai la tête puis me tournai vers Carolyn.

— Je n'ai rien à cacher, affirmai-je.

Mon angoisse s'accrut alors que nous remontions l'allée vers la voiture de police stationnée là. *Ce n'est pas la même chose. Ce n'est pas la même chose,* me répétai-je en boucle. La vue de la voiture de police me donnait à la fois envie de me battre et de fuir ; j'attirai Eden à moi et elle m'étreignit de toutes ses forces. Était-ce parce qu'elle avait peur ou parce qu'elle savait que j'avais besoin de la sentir tout près, je l'ignorais. Je pensais que je craignais moins la police depuis que leur présence était devenue familière. Mais cette fois-ci, j'étais effrayé parce que je ne comprenais pas ce qui se passait. J'avais l'impression que tout le monde avait un avantage sur moi.

Nous prîmes place sur la banquette arrière, blottis l'un contre l'autre, et nous fûmes conduits au bureau du FBI, au centre-ville, tandis que les deux agents nous suivaient dans leur propre véhicule. Ma tension devait faire exploser tous les plafonds.

Une fois arrivés à destination, on nous fit entrer rapidement par une porte dérobée et on nous installa dans une pièce qui ne contenait rien d'autre qu'une table, deux chaises, un téléviseur et une autre table sur laquelle était posée une cafetière.

Je rapprochai ma chaise de celle d'Eden et lui pris la main sous la table.

— Ça va ? demandai-je en la regardant et en me forçant à prendre une profonde inspiration.

Elle me pressa la main.

— Oui. Et toi ?

Elle avait l'air inquiète.

— Ça ira, répondis-je en parvenant à esquisser un petit sourire.

La porte s'ouvrit sur l'agent Glenn.

Il fit un geste en direction de la femme qui le suivait.

— Voici l'agent Malloy. C'est elle qui interrogera Eden.

— Je pensais que vous nous interrogeriez ensemble, répliquai-je, surpris.

— Ce sera plus facile séparément. Et beaucoup plus rapide. L'avocat d'Eden vient d'arriver.

Eden se pencha pour m'embrasser sur la joue tout en me pressant le bras.

— Tout va bien se passer. On se retrouve dehors, d'accord ?

Je poussai un soupir tendu.

— D'accord. Elle sera tout près ? demandai-je à l'agent Malloy.

— Oui, répondit-elle en souriant. La porte à côté. On n'en a pas pour longtemps.

J'opinai et elle escorta Eden hors de la pièce, laquelle m'adressa un dernier sourire encourageant avant de disparaître.

Je reportai mon attention sur l'agent Glenn. Il s'assit au bout de la table, à ma droite.

— Calder, j'apprécie vraiment que vous ayez accepté de répondre à nos questions. Nous sommes heureux de pouvoir enfin classer le dossier d'Eden, qui a mobilisé nombre de nos agents. (Il me regarda droit dans les yeux.) Nous n'avons trouvé aucun élément indiquant que vous auriez été enlevé mais je sais que vous avez déclaré que vous pensiez que c'était le cas.

Je m'éclaircis la voix.

— Oui, mais je n'ai aucune preuve concrète. Uniquement des affirmations de la part de personnes qui ne sont plus là pour faire la lumière sur leurs propos. Pour être honnête, agent Glenn, la moitié du temps, je ne sais pas quoi penser.

— Appelez-moi Floyd. C'est difficile pour nous aussi. Il n'y a aucun dossier concernant ceux qui vivaient à Acadie en dehors de ceux qu'Hector gardait sur les membres du conseil. Comme vous le savez, ça fait trois ans, mais nous n'avons pas réussi à identifier tous les corps des adultes. Quant aux enfants qui sont nés là-bas, c'est carrément impossible. Ils n'ont jamais eu aucune existence en dehors d'Acadie.

Mon cœur se serra. Je me sentais responsable.

— Si j'étais tout de suite allé trouver la police il y a trois ans...

— On ne vous aurait pas demandé d'identifier les corps. Ils n'étaient pas reconnaissables. (Il avait l'air peiné.) La liste des enfants que vous avez donnée à la police, avec leur âge et leur description, s'est avérée très utile. Grâce à vous et à Eden, nous sommes parvenus au moins à leur donner un nom à présent. (Il m'examina un instant avant de se lever pour s'approcher du téléviseur posé dans le coin. Il appuya sur des boutons et rapporta la télécommande avec lui.) Notre technologie n'est pas très à la pointe, constata-t-il en riant.

Je lui répondis par un sourire contraint. Mon cœur battait toujours beaucoup trop vite.

— Je vais enregistrer cet interrogatoire, si vous n'y voyez pas d'inconvénient.

Je hochai la tête et posai les mains sur la table devant moi.

— Voulez-vous un café ou un verre d'eau avant que nous commencions ?

— Non. Merci.

Il se tourna vers la télé, télécommande en main, et appuya sur un bouton avant de se retourner vers moi.

— Pouvez-vous décliner votre identité, s'il vous plaît ?

— Calder Raynes.

— Merci, Calder. Je sais qu'il y a quelques semaines de ça vous avez déjà répondu aux questions de la police concernant ce qui s'est passé à Acadie et qui a conduit aux massacres et suicides. (Il leva les yeux vers moi.) Pourriez-vous recommencer à partir du moment où l'officier Richter et l'officier Owens vous ont retrouvés et ramenés à Acadie ?

Je pris une profonde inspiration et racontai de nouveau en détail ce qui s'était passé, en commençant par la façon dont Clive nous avait forcés à monter dans sa voiture, puis les deux semaines que j'avais passées enfermé dans la petite cellule sombre. Je laissai de côté mes émotions et narrai les faits comme si j'étais un étranger qui y assistait de loin.

L'agent me posa plusieurs questions pour que je développe ou explique certaines choses. Quand j'eus terminé, et même si je m'étais cantonné aux faits, j'eus l'impression d'avoir couru un marathon. J'étais épuisé. Je frottai mes paumes sur mes cuisses tandis que l'agent arrêtait l'enregistrement.

— Bien. Merci, Calder, dit-il en arborant une expression neutre. L'autre raison pour laquelle nous voulions vous parler, c'est que nous menons l'enquête concernant Clive Richter depuis un certain temps à présent. Comme vous le savez, c'est votre accusation qui a poussé son ancien partenaire, Mike Owens, à demander l'immunité en échange de son témoignage. Sans lui, nous n'aurions pas les charges de trafic de drogue et de blanchiment d'argent. (Il secoua la tête.) Comme ripou, il se pose là.

— Donc, il va faire de la prison pendant un moment ?

— Pour ces crimes-là, oui. En revanche, maintenant que l'officier Owens témoigne contre l'officier Richter et affirme que vous avez raison et qu'il était bien à Acadie le jour du déluge, l'officier Richter prétend que c'est vous qui êtes responsable de tous ces morts.

Je poussai un petit cri horrifié.

— Quoi ?

Mes pires craintes se réalisaient. Je m'imaginais déjà jeté en prison tandis qu'Eden hurlait en tendant les bras vers moi. *Calme-toi, Calder. Ressaisis-toi.* Je serrai et desserrai les poings sur mes cuisses. Le pire du pire m'était déjà arrivé. Cela ne pouvait pas se reproduire, n'est-ce pas ?

L'agent Glenn fonça les sourcils.

— L'officier Richter prétend qu'il est allé récupérer Eden à la demande d'Hector, parce qu'il pensait que c'était une fugueuse mineure, et que vous êtes revenu de votre plein gré à Acadie. Il affirme que pendant le trajet vous avez parlé à tort et à travers et avez dit que vous aviez l'intention de tuer tout le monde puis de fuir avec Eden en prétendant faire partie des victimes..

— Quoi ? m'écriai-je en me passant les mains dans les cheveux, abasourdi. C'est un mensonge !

Je lançai des regards frénétiques autour de moi, envahi par une soudaine envie de fuir ou de me battre. Mais j'étais piégé.

L'agent Glenn hocha la tête.

— Il dit que vous aviez détruit le système d'irrigation quand il a commencé à pleuvoir. Il n'a pas compris sur le moment ce que vous faisiez mais il affirme que vous, oui puisque c'était vous qui l'aviez construit. Puis il est parti et il pense qu'une fois que tout le monde s'est réfugié dans le sous-sol, vous les avez enfermés et que vous vous êtes enfuis avec Eden, comme vous aviez menacé de le faire.

Une terreur glacée s'empara de moi. Je me mis à transpirer.

— J'ai détruit le système d'irrigation. Je l'ai raconté à la police. C'est vrai. Mais je ne voulais faire de mal à personne.

Allais-je être accusé de crime ? Croiraient-ils Clive ?

— Je suis accusé de quelque chose ? J'ai besoin d'un avocat ?

Il se pencha pour poser brièvement la main sur mon épaule.

— Non, on ne vous accuse de rien. Je vais vous dire la vérité. J'ai rencontré personnellement Clive Richter. Je l'ai interrogé. J'ai participé à l'enquête le concernant, la moitié de ce dont on l'accuse n'a pas filtré dans la presse. De vous à moi, et j'ai l'intuition que vous approuverez à cent pour cent ce que je vais dire, Clive Richter n'est pas seulement un flic ripou, c'est aussi un opportuniste menteur, sournois et manipulateur. Non seulement nous ne croyons pas un mot de ce qu'il affirme, mais en plus, l'officier Owens corrobore *votre* version des faits et non la sienne. (Il m'observa un instant avant de poursuivre.) Nous n'avons pas encore donné cette information à la presse, mais nous avons exhumé le corps d'Hector et nous avons trouvé la clef. Il a bien enfermé tout le monde dans le sous-sol : nous en avons la preuve. Votre histoire et celle d'Eden tiennent debout et nous pensons que nous allons enfin pouvoir classer cette affaire.

Il s'interrompit et je digérai l'information concernant le corps d'Hector. Les émotions m'assaillaient de toute part. Je ne savais pas quoi penser.

— Cependant, nous serons dans l'impossibilité de poursuivre Clive Richter pour ce qu'il vous a fait. Il n'y a pas assez de preuves après trois ans. C'est votre parole contre la sienne. Ça me désole autant que vous, croyez-moi, affirma-t-il, sincère.

J'inspirai profondément.

— Il m'a tiré dessus.

— Je sais. Si seulement vous aviez conservé la balle, ce serait différent.

Je cillai.

— Conservé la balle ? répétai-je.

— Oui, acquiesça-t-il, chaque revolver a des balles spécifiques. Si nous possédions la balle, nous pourrions prouver qu'elle a été tirée par son arme de service. Et avec cette preuve, il nous serait facile de le poursuivre pour cela.

Je le fixai.

— J'ai toujours la balle, Floyd. Elle est encore dans ma jambe.

Il me dévisagea, surpris. Un lent sourire étira ses lèvres.

— Voilà qui change tout.

Je poussai un profond soupir. L'ami de Kristi avait dit qu'il était plus sûr de ne pas y toucher, vu où elle était placée. C'était un soulagement car il était incapable de m'opérer.

— Êtes-vous prêt à subir une petite opération ?

— Et comment ! répondis-je en me passant la main dans les cheveux.

Floyd me sourit.

— Parfait, alors, commenta-t-il en secouant la tête, ayant encore visiblement du mal à y croire.

Il écrivit quelque chose et j'en profitai pour l'examiner. Il avait l'air bienveillant et digne de confiance. *Il était de notre côté.* Quelque chose en moi se détendit.

Il releva les yeux sur moi.

— Vous devrez certainement témoigner contre Clive pendant le procès.

— Avec plaisir, répondis-je, le regard assuré.

Il acquiesça, l'air satisfait. Il inclina la tête pour m'observer.

— Je vois beaucoup de choses dans mon job, Calder. Ce qu'Eden et vous avez enduré... C'est difficile à imaginer. Et je peux compter sur les doigts d'une main le nombre d'enfants disparus qu'on a retrouvés en vingt ans de service. (Une ombre traversa son regard qui me fixait intensément. Du chagrin, peut-être.) Chérissez cette deuxième chance qui vous est donnée. Soyez fiers de vous. Vous n'êtes responsables de rien. De rien du tout. Vous êtes des victimes. Mais ne vous comportez pas comme telles. Vivez comme des survivants. J'espère que vous suivrez mon conseil.

J'ai dû acquiescer mais je n'en étais pas certain.

— Merci, Floyd, répondis-je, le soulagement rendant ma voix encore plus rauque.

Il fit un geste du menton et empoigna ma main quand je me levai.

— C'est un honneur de vous serrer la main, déclara-t-il avec un sourire bref.

Puis il fit demi-tour et se dirigea vers la porte. Je le suivis, hébété et bouleversé.

Eden m'attendait de l'autre côté de la porte, assise sur une chaise. Elle se leva en souriant et je la serrai contre moi.

— Prête à partir ? demandai-je d'une voix étranglée.

— Oui, répondit-elle sans cesser de sourire.

Nous montâmes dans la voiture de police qui nous attendait dehors et on nous ramena chez Carolyn. La main d'Eden dans la mienne, je songeai à Clive Richter et à l'agent Glenn : il y avait des bons et des méchants partout, mais aujourd'hui, je m'étais enfin débarrassé du dernier morceau de peur que je trimballais avec moi depuis si longtemps. Il faudrait peut-être plus longtemps à la culpabilité pour relâcher l'étreinte malveillante qu'elle avait sur mon esprit mais ce que m'avait dit l'agent Glenn m'aiderait certainement. Il était temps, grand temps, de tourner la page. Sans peur, sans culpabilité, mais avec ma Belle de Jour. Je m'adossai à la banquette et poussai un soupir de soulagement.

CHAPITRE 14

Calder

Après l'entrevue avec les agents du FBI, je fus libéré d'un autre poids. Un peu plus tard dans la journée, Eden m'attendit dans une petite salle d'attente privée pendant que je subissais une rapide intervention en vue d'extraire la balle de ma cuisse. J'avais toujours haï cette horrible cicatrice, souvenir tangible du pire jour de ma vie. Mais soudain, ce qui avait toujours été laid s'était transformé en quelque chose qui ressemblait à une victoire.

J'avais l'impression d'utiliser enfin mes deux poumons pour respirer. Eden et moi pouvions donc mettre nos plans à exécution. Le lendemain matin, je m'éveillai plein d'énergie et de détermination.

Certes, il faudrait un certain temps avant que Clive Richter comparaisse devant un tribunal, et oui, nous serions obligés de témoigner, mais en échange, nous n'aurions plus jamais peur de lui. La liberté prenait bien des formes : nous étions enfin libérés de la peur.

Nous commençâmes donc à planifier notre voyage.

Eden n'était pas d'accord avec moi lorsque je lui dis que je pensais qu'il valait mieux que ce soit moi qui annonce à sa mère que nous allions partir quelque temps mais elle finit par céder. J'avais essayé de me montrer compréhensif avec Carolyn qui avait été privée d'Eden pendant très longtemps. Je comprenais mieux que quiconque quel effet ça faisait et j'admettais volontiers qu'elle veuille rattraper le temps perdu. Mais supporter son attitude vingt-quatre heures sur vingt-quatre était épuisant, même pour elle. Je comptais bien faire partie de la vie de sa fille pendant longtemps et il nous fallait donc trouver un terrain d'entente, ou du moins un accord.

Carolyn était assise dans le patio avec Molly quand je les rejoignis, douché et habillé.

— Bonjour, dis-je en souriant avant de m'asseoir avec elles.

— Bonjour, répondirent-elles à l'unisson.

— Tu as pris ton café ? demanda Carolyn.

— Dans une minute. Je voulais vous parler.

Elle me lança un regard surpris, et Molly se figea, la tasse à mi-chemin de ses lèvres.

— Tu veux que je vous laisse tous les deux ? demanda-t-elle.

— Non. Ça te concerne aussi, euh... (Je pris une profonde inspiration.) Eden et moi allons partir en voyage pendant quelque temps.

Carolyn cilla et Molly sourit.

— Oh, non, non, répondit Carolyn en secouant la tête.

— Je pense que vous savez mieux que personne à quel point les choses ont été difficiles pour Eden et moi. Pas seulement en tant que couple, mais aussi individuellement. Ça a été dur pour nous tous. (Je jetai un coup d'œil à Molly qui m'adressa un sourire encourageant.) On s'est dit que partir quelque temps permettrait de relâcher la pression sur tout le monde et de passer du temps ensemble après une aussi longue séparation.

Carolyn se redressa et me lança un regard noir.

— Et moi, alors ? On me l'a volée. Et le temps que j'ai besoin de passer avec ma fille ? (Elle secoua la tête avec véhémence.) Non. Je refuse que tu l'éloignes de moi.

Merde. Ça partait mal.

— Je ne veux pas l'éloigner de vous. Vous lui avez manqué toute sa vie. Je le sais mieux que personne et je ne ferai jamais rien pour me mettre en travers de votre relation.

Je sais bien que vous avez du temps à rattraper. (Je pris une profonde inspiration en essayant d'ordonner mes idées.) J'espérais même que vous et moi, nous pourrions...

Je n'achevai pas ma phrase, frustré et à court de mots : j'essayais de lui demander quelque chose mais je ne savais pas comment le formuler. Et ses regards meurtriers ne m'aidaient pas vraiment. *J'aurais dû répéter.* Il y eut un silence embarrassé.

Soudain, Molly abattit violemment les mains sur la table. Carolyn et moi sursautâmes.

— Bon sang, Carolyn ! Il est en train de te demander d'être sa mère à lui aussi. Au cas où tu l'aurais oublié, il a perdu tous ceux qu'il aimait. (Elle se pencha en avant.) Tu as la chance de pouvoir servir de mère non seulement à moi, qui ai perdu la mienne, mais à Eden *et* Calder... et Xander aussi, d'ailleurs ! Tu pourrais avoir une tripotée de jeunes gens sur qui exercer ton instinct maternel, des personnes qui n'attendent que ça, en plus ! Au lieu de ça, tu préfères te comporter d'une manière qui va finir par repousser tout le monde. Je suis désolée, mais je ne peux plus garder le silence une seconde de plus. Regarde-toi !

Carolyn la dévisageait, abasourdie. Molly prit une profonde inspiration et baissa la voix.

— Tu dis toi-même que tu as choisi de faire l'autruche quand Oncle Bennett a déconné et que tu as recommencé avec Hector. (Un air compatissant se peignit sur ses traits.) Ne fais pas ça, Carolyn. Arrête de te comporter comme si tu ne voyais pas ce qui se passe autour de toi. Ta fille est une femme. Je suis désolée que ça soit arrivé quand elle était loin de toi. Mais tu ne peux pas la transformer à nouveau en petite fille en lui ôtant la croûte de ses sandwichs, en lui brossant les cheveux tous les soirs avant qu'elle aille se coucher et en lui interdisant d'être tombée amoureuse sans te demander ton avis. Mais tu peux faire partie de sa vie, *maintenant.* (Elle se redressa sur sa chaise.) Eden, elle a cette... cette *force* tranquille. Elle s'est montrée patiente avec toi parce qu'elle t'aime, mais elle va finir par en avoir marre. Si tu ne t'en rends pas compte, alors ça veut dire que tu refuses de voir qui elle est vraiment et tu vas la perdre alors que tu viens juste de la retrouver. Quant à Calder, conclut-elle en me regardant, il est en train de te demander de l'accepter.

Je considérai Molly en silence, ahuri et reconnaissant. Je toussotai. Molly avait raison. Je n'avais pas voulu admettre que l'amour de ma mère me manquait et je n'avais pas évoqué le sujet avec Eden. Malgré le profond sentiment de trahison que j'avais ressenti à la fin, *elle me manquait.* C'était incompréhensible et ça me faisait un mal de chien. Voulais-je que la mère d'Eden me considère comme son fils ou qu'elle m'accepte comme le petit ami de sa fille ? Quelle que soit la réponse, j'étais redevable à Molly de l'avoir compris et d'avoir déballé tout ça à Carolyn.

— Molly... merci, fis-je avec sincérité, en espérant qu'elle le devinerait.

Carolyn gardait le silence, les yeux baissés sur la table. Cela dura si longtemps que je finis par me demander si elle allait répondre quoi que ce soit. Elle garda finalement le silence. Elle se leva, en raclant sa chaise sur le sol en pierre du patio, puis elle nous tourna le dos et franchit la porte-fenêtre, qu'elle referma derrière elle.

Je poussai un soupir et me passai la main dans les cheveux. Molly avait l'air triste.

— Je pense vraiment ce que je lui ai dit, affirma-t-elle. J'espère juste que ça va avoir un effet positif.

J'acquiesçai.

— J'apprécie vraiment, Molly. Et merci pour ta façon de nous soutenir en permanence, Eden et moi.

Molly eut un sourire triste.

— Vous avez subi tellement de choses. S'il y a bien deux personnes qui méritent de trouver leur place dans ce monde, Calder, c'est bien vous deux. J'espère vous avoir aidés.

— Oui, répondis-je.

J'étais totalement sincère, j'espérais juste que Carolyn allait se laisser convaincre.

*
* *

Carolyn passa la journée dans sa chambre et n'en sortit pas une seule fois. Même si elle ne nous avait pas donné sa bénédiction, Eden et moi décidâmes de mener notre projet à bien. Nous ne partirions pas le cœur aussi léger que prévu mais ce road trip était vital et il était hors de question d'y renoncer.

En fin d'après-midi, alors que j'étais en train de boire un verre d'eau dans la cuisine, quelqu'un entra derrière moi. Je me retournai et découvris Carolyn. Je remarquai, stupéfait, qu'elle avait les cheveux lâchés et qu'elle n'était pas maquillée. Je ne l'avais jamais vue autrement qu'apprêtée de la tête aux pieds, et ce quelle que soit l'heure de la journée. Elle avait les yeux rougis comme si elle avait pleuré. Elle m'adressa un faible sourire.

— On peut discuter ? demanda-t-elle.

J'opinai et me dirigeai lentement vers la table, où nous nous installâmes tous les deux. Je lui lançai un regard méfiant, ne sachant pas à quoi m'attendre.

— Calder, commença-t-elle avant de s'interrompre. Je te dois des excuses. (Je poussai un soupir.) Et à Eden aussi.

— Carolyn... commençai-je.

— Non, attends. Laisse-moi exprimer ce que j'ai à dire et après ce sera ton tour. J'imagine que tu as des choses sur le cœur, toi aussi.

Elle baissa les yeux et examina ses ongles.

— J'ai passé la journée à penser au père d'Eden, Bennett. Je... j'ai réfléchi à tout ce que j'aurais pu faire pour lui. Molly a eu raison de pointer le fait que je faisais l'autruche, même si je te jure que je ne m'en suis pas rendu compte.

Elle garda le silence un instant et j'attendis. Elle avait manifestement besoin de choisir ses mots.

— Elle a beau être revenue, je suis encore accablée de chagrin à la pensée des années que j'ai perdues. J'aurais voulu rattraper tout ce que je n'ai pas pu faire en tant que mère, et notamment la guider et la voir tomber amoureuse de quelqu'un. C'est pour ça que je te dois mes excuses. J'ai bien vu ce jour-là, à la *garden party*, que tu l'aimais profondément, que tu la vénérais... que vos cœurs étaient liés, et pourtant, acheva-t-elle dans un soupir malheureux, j'ai essayé de la pousser dans les bras d'un autre homme.

Elle baissa les yeux, honteuse.

— Je suis jalouse de votre amour et que vous vous connaissiez si bien. Tu as vécu toutes ces années avec elle et pas moi. Et même si c'est irrationnel, ça a affecté mon comportement et m'a poussée à agir de manière très égoïste. (Elle leva vers moi des yeux embués de larmes.) Crie-moi dessus. Dis-moi que j'ai été horrible.

J'inspirai profondément.

— Je n'ai aucune envie de vous crier dessus. Je comprends. (Je me revis, debout sur un siège au bowling, paniqué parce qu'Eden avait disparu de mon champ de vision pendant quelques minutes. C'était pareil pour sa mère.) Il n'existe pas de manuel pour nous aider à gérer cette situation, la vôtre comme la nôtre, à Eden et moi. J'espère juste que vous savez que ce que Molly a dit à propos de la force tranquille d'Eden est vrai. J'adore ça chez elle. Et cette force, c'est *vous* qui la lui avez donnée. Eden a été capable de faire preuve de courage parce qu'elle n'a jamais cessé de croire en l'amour. Grâce à celui dont vous avez fait preuve envers elle. Cet amour l'a nourrie et ne l'a jamais quittée. Il l'a maintenue en vie. Pendant toutes ces années, vous étiez vraiment avec elle, parce que votre amour emplissait son cœur.

Carolyn hocha la tête en pleurant.

— Merci. Je suis désolée, tellement désolée. Je n'ai jamais envisagé un seul instant que tu avais besoin d'une mère toi aussi. Je suis là pour toi.

Elle tendit la main vers moi et je m'en saisis en souriant, soulagé.

— Je vais essayer d'arrêter de la traiter comme une petite fille et la voir comme elle est. Je ferai de mon mieux. Je vais me concentrer sur ce que je *possède* au lieu de ne voir que ce qui me manque.

Je lui souris.

— Je sais qu'Eden vous en sera reconnaissante. Mais s'il vous plaît, n'arrêtez pas de faire des sandwichs chamallouètes. C'était une tuerie.

Carolyn rit et essuya ses larmes. C'est à ce moment-là qu'Eden pénétra dans la pièce. Elle s'immobilisa, nous observa tous les deux et un immense sourire étira ses lèvres. Rayonnante de bonheur, elle se précipita vers nous et passa un bras autour de mes épaules et un autre autour de celles de Carolyn. Elle se pencha pour nous embrasser sur la joue, tour à tour. Nous éclatâmes de rire et quelque chose trouva sa place dans mon cœur. Comme si j'avais enfin déniché le parfait mélange de couleurs qui me permettrait de peindre le tableau que j'avais en tête depuis si longtemps.

*
* *

Un peu plus tard, dans la chambre d'Eden, nous ouvrîmes son ordinateur portable pour planifier le voyage.

Nous parcourûmes deux sites touristiques consacrés à l'Indiana : les deux recommandaient le même hôtel : le Springs Hotel à French Lick. Impossible de résister à un nom contenant le mot « spring », source. C'était un signe. Nous avions fui près d'une autre source, jadis. Et puis ce n'était qu'à trois heures de voiture. Nous ne prenions donc pas le risque de passer trop de temps sur la route. Aucun de nous deux n'avait le permis, même si Molly avait accepté de nous prêter sa voiture.

— Carolyn dit qu'il faut qu'on ouvre un compte à ton nom pour encaisser mon chèque afin de financer notre voyage, dis-je alors qu'Eden était en train de réserver l'hôtel.

Elle acquiesça.

— J'ai un autre compte, celui que Felix a créé pour moi. On peut s'en servir aussi maintenant que j'ai un certificat de naissance.

— D'accord, mais je tiens à payer ce voyage.

Elle posa la main sur ma joue.

— OK. Mais Felix m'a laissé de l'argent pour que je m'en serve. Ce ne serait pas bien de ne pas le faire.

J'opinai en remerciant silencieusement Felix, comme chaque fois qu'on évoquait son nom. Je lui serais éternellement débiteur de s'être occupé de ma femme en mon absence.

Le lendemain, nous accompagnâmes tous les deux Carolyn à la banque où Eden découvrit, sidérée, que Felix lui avait laissé plusieurs centaines de milliers de dollars. À notre retour, elle se laissa tomber sur son lit en sanglotant. Je l'enlaçai. Je n'en croyais pas mes yeux non plus. Quel homme incroyablement généreux. *Merci, Felix.*

C'est ainsi qu'Eden et moi quittâmes l'Ohio au volant de la voiture de Molly au moment où le crépuscule tombait. Nous nous étions éclipsés en nous faufilant dans les buissons à l'arrière de la maison tandis que Xander nous fournissait une diversion parfaite en faisant sa première déclaration à la presse devant la porte d'entrée.

Au fur et à mesure que les kilomètres défilaient, je me détendis et parvins à respirer pleinement pour la première fois depuis un mois. Eden m'adressa un regard coquin et un clin d'œil avant de poser le pied sur le tableau de bord. Mon cœur fit un saut périlleux. J'étais ridicule ! Cesserais-je un jour de me comporter comme un gamin fou amoureux ?

Elle me pressa la main, soudain sérieuse.

— Comment tu te sens ?

— Mieux, répondis-je avec un sourire. C'est beaucoup plus facile maintenant que nous sommes libres.

Je reportai mon attention sur la route.

— Oui, acquiesça-t-elle en me pressant la main. On est plus optimiste quand on est libre. Qui le sait mieux que nous ?

Je hochai lentement la tête sans quitter la route des yeux et en vérifiant que je ne dépassais pas la vitesse autorisée. Pas question de compromettre cette liberté.

— Tu crois que les journalistes vont nous chercher ? demanda-t-elle après un silence.

— Ils ne sauront pas qu'on n'est plus là. Nous ne sommes pas sortis de chez ta mère pendant un mois : ils croiront qu'on s'y terre toujours. Et même s'ils savaient qu'on est partis, le temps qu'ils apprennent où nous sommes, on aura planqué la voiture de Molly dans un parking. Les journaux télévisés passent en boucle la vidéo floue de nous en train de sortir de mon immeuble. Et la seule autre photo qu'ils ont de toi est le cliché de ta disparition quand tu étais enfant. Je pense que personne ne nous reconnaîtra, surtout si je garde ma casquette et si tu relèves tes cheveux, affirmai-je avec un grand sourire qu'elle me rendit.

Nous gardâmes le silence en admirant le paysage.

— Tu sais ce à quoi je pense souvent, Eden ? Depuis toutes ces années ?

— Mmm ?

Elle posa la tête sur l'appuie-tête et me regarda.

— Quand j'ai détruit le système d'irrigation, ce jour-là, c'était complètement par hasard. C'était une action aléatoire et non planifiée qui a inondé le sous-sol.

— Oui, répondit-elle à mi-voix.

— Mais alors, comment Hector pouvait-il le savoir ? Pendant tout ce temps, comment savait-il qu'il y aurait un déluge *ce jour-là,* et une éclipse en prime ? S'il ne l'a pas *planifié,* alors comment l'a-t-il prédit ?

Je jetai un coup d'œil à Eden : elle m'observait, songeuse.

— Je ne sais pas, finit-elle par dire en inclinant la tête. Est-ce que tu crois, enfin, je veux dire, est-ce qu'il est possible qu'Hector ait eu un don de voyance et qu'il... (Elle soupira, frustrée.) Je ne sais pas... tu crois que les dieux s'adressaient vraiment à lui ?

Elle se tourna plus franchement vers moi avec ce regard brillant qui m'émouvait toujours. Mon assoiffée de connaissance.

— Et si Hector avait eu une espèce de... prémonition ? Il faudrait que je fasse des recherches. Peut-être qu'il a eu une prémonition mais que comme il était taré, il a pris ça pour un message des dieux ? s'interrogea-t-elle, perplexe. Est-ce que cette théorie te paraît complètement absurde ?

— Aucune idée, soupirai-je. Oui, ça a l'air absurde, mais ça ne l'est peut-être pas. Je n'ai pas de meilleure explication. À moins qu'il n'ait prévu de détruire le système lui-même et que je l'aie fait à sa place.

— Ou alors tous les facteurs se sont alignés comme il faut. Et tout n'est que coïncidence : la pluie, l'éclipse... (Elle se mordit la lèvre, peu convaincue, avant de regarder par la vitre.) Je suppose qu'on n'aura jamais de réponse.

— Non. Et je suppose que ce n'est pas bien grave.

— Ça c'est le plus dur, soupira Eden. Je n'arrive pas à croire qu'ils aient exhumé son corps.

Elle frissonna.

— Tu sais la même chose que moi ? demanda-t-elle après un silence.

— Mmm ?

— Hector a toujours prétendu que la prophétie affirmait que je devais devenir son épouse légale. Mais quand il m'a épousée, je n'ai rien signé. Et je ne connaissais même pas mon nom de famille. Ce n'était donc pas légal. Non ?

Je réfléchis à ce qu'elle venait de dire.

— Je ne connais pas vraiment les lois qui régissent le mariage, mais non, ça ne me paraît pas légal, d'autant que tu avais été enlevée. Mais l'un des membres du conseil était un juge. Tu crois qu'il avait décidé de falsifier les documents ? (Quelque chose me revint soudain.) Ou alors c'était juste une façon de refuser d'épouser Miriam ou Hailey. Il portait un faux nom : il ne pouvait donc pas se marier. Peut-être qu'il s'est servi des prophéties pour couvrir ses mensonges.

Eden me lança un regard attristé.

— Tant de mensonges. C'est parfois difficile de faire la part des choses.

Je m'emparai de sa main.

— Nous savons ce qui est vrai et ce qui ne l'est pas, Belle de Jour. C'est quelque chose à mi-chemin entre une sensation et un murmure. Tu te souviens ?

Eden sourit tendrement en me pressant la main.

— Pour parler de sujets plus légers, poursuivis-je avec un grand sourire, devine qui j'ai surpris en train de s'embrasser quand je suis allé chercher nos valises dans le garage ?

Eden ouvrit la bouche et me dévisagea un instant avant de répondre.

— Bentley et Molly ? demanda-t-elle, tout excitée.

— Comment tu as deviné ? répondis-je, perplexe.

— J'en étais sûre ! Une intuition. Ils t'ont vu ?

— Non, je me suis planqué. J'avais l'impression d'être un voyeur. Je n'ai croisé ce type qu'une fois.

Elle rit puis retrouva son sérieux.

— Attends, tu es sûr qu'il n'était pas en train d'abuser d'elle ?

— Si une femme abusée enroule ses jambes autour de la taille du mec, alors oui, clairement, rétorquai-je avec un sourire narquois.

Elle éclata de rire en renversant la tête en arrière. Mon cœur s'emballa. Rire et bavarder de tout et de rien avec elle était un véritable miracle. D'un côté, j'espérais que ce sentiment finirait par s'atténuer, mais de l'autre, je souhaitais qu'il ne disparaisse jamais.

— Il y a des histoires partout, n'est-ce pas ? déclara soudain Eden comme si elle réfléchissait à haute voix.

Elle s'allongea sur son siège, l'air satisfaite.

Nous arrivâmes à French Lick, dans l'Indiana, vers vingt heures et nous suivîmes les indications que nous avions notées à l'avance lorsque nous avions réservé une chambre au nom de Molly.

— Oh, ouah, murmura Eden lorsque nous franchîmes le portail d'où serpentait un chemin qui menait au West Baden Springs Hotel, à quelques pas du casino.

Même s'il faisait déjà nuit, je distinguai un paysage parfait, fait de buissons taillés et fleuris au milieu de très nombreux arbres anciens.

Nous parvînmes en vue de l'hôtel, une gigantesque bâtisse de style colonial peinte en jaune pâle avec, au centre, un bâtiment circulaire surmonté d'un dôme colossal. Tous les sites précisaient que l'hôtel avait été construit à l'imitation des spas les plus luxueux d'Europe. Je n'avais jamais mis les pieds en Europe, mais je ne pouvais que valider la partie luxueuse.

J'atteignis le parking au pied de la colline et me garai dans un coin près d'un buisson. Nous descendîmes de la voiture, je récupérai nos bagages dans le coffre et dissimulai mes cheveux sous une casquette de baseball. Eden sortit une espèce de bandeau de son sac à main et releva ses longs cheveux blonds en chignon. Nous franchîmes main dans la main la courte distance qui nous séparait de l'hôtel.

— Oh !

L'interjection nous échappa à tous les deux alors que nous pénétrions dans le bâtiment. Je jetai un coup d'œil à Eden et nous rîmes joyeusement. De l'intérieur, le dôme était encore plus époustouflant. Nous traversâmes le vaste atrium en regardant tout autour de nous. Des balcons en fer forgé couraient tout du long. La réception était gigantesque et des canapés et des fauteuils étaient disséminés un peu partout. J'aperçus un bar et deux boutiques à l'autre extrémité. Je n'avais jamais rien vu de pareil. C'était un autre monde, ou du moins un autre pays. C'était exactement ce dont nous avions besoin.

Je m'assis sur un petit sofa et fis semblant de consulter une brochure tandis qu'Eden s'occupait de nous enregistrer.

Elle revint quelques minutes plus tard en souriant, une clef magnétique à la main. Nous gagnâmes l'ascenseur main dans la main. Je n'arrêtais pas de sourire. La boucle était bouclée.

Nous suivîmes les panneaux jusqu'à notre chambre. En chemin, j'aperçus un distributeur de Coca-Cola. Je laissai tomber nos bagages, sortis deux dollars de ma poche et achetai deux canettes. Je lui en tendis une, ouvris l'autre et, adossé au mur du couloir, je la descendis en longues gorgées. La douceur pétillante envahit mes papilles, ce goût que j'associais toujours au bonheur interdit. Lorsque je levai les yeux, je vis qu'Eden me dévisageait, un grand sourire aux lèvres. Elle éclata de rire, me fit un clin d'œil et m'embrassa rapidement sur la bouche.

— C'est bon ?

Je pris une profonde inspiration.

— Très.

Cinq minutes plus tard, nous étions en sécurité, enfermés dans notre chambre d'hôtel.

CHAPITRE 15

Calder

— Il y a un petit musée en ville qui raconte l'histoire de l'hôtel, fit Eden en croquant dans le toast à la confiture qu'elle tenait dans une main, la brochure dans l'autre.

Je m'adossai à ma chaise en sirotant mon café tout en la dévorant du regard.

— Tout ce que tu veux. Je te suis. (Je haussai un sourcil.) Ou on pourrait rester au lit pendant deux jours.

Elle sourit sans lever les yeux vers moi.

— Tu n'en as pas marre de moi ? demanda-t-elle en continuant à lire le dépliant.

— Jamais.

Elle finit par me lancer un regard amusé.

— On a fait ça une fois, tu te souviens ? C'était... poisseux.

— C'était merveilleux.

Ses yeux s'emplirent de tendresse.

— Et nécessaire. Mais cette semaine, je veux me balader avec toi et sentir le soleil sur mon visage.

— Alors va doucher ton parfait petit cul, répondis-je en souriant.

Elle se leva et se dirigea vers la salle de bains en me lançant :

— Tu ne viens pas avec moi ?

Je ne me le fis pas dire deux fois. Je bondis sur mes pieds avant qu'elle ait eu le temps de faire un pas de plus. Je la pris dans mes bras pour atteindre la douche plus vite et elle éclata de rire. Nous laissâmes la porte de la salle de bains ouverte : pas besoin de ne pas faire de bruit. Ne pas avoir besoin de se montrer discret était fabuleux.

Une heure plus tard nous étions habillés, et c'est main dans la main que nous parcourûmes les boutiques dans le hall de l'hôtel. Eden avait repoussé sa frange en arrière, retenue par un foulard rose pâle, et elle portait des lunettes de soleil. Ça n'empêchait pas les gens de la dévisager mais je compris vite que c'était parce qu'elle était très jolie, et pas parce qu'on la reconnaissait.

Je portais ma casquette de baseball, mais rien d'autre pour me déguiser. Ça semblait suffire. Personne ne me prêtait attention.

Il faisait frais et nous avions tous les deux mis nos manteaux, mais ce jour-là le soleil brillait et il faisait assez doux pour se balader jusqu'au casino et déjeuner en terrasse dans un restaurant du coin.

J'étais plus détendu que jamais : être avec Eden et profiter de notre liberté me faisait un bien fou, même s'il avait fallu beaucoup de temps, mais nous pouvions à présent en jouir un peu. Malgré tout ce que nous avions perdu, nous étions ensemble et nous pouvions fêter ça et nous autoriser à croire que la vie était pleine de promesses ; pour moi, pour elle, *pour nous.*

Nous passâmes la semaine à nous détendre. Nous nous promenâmes dans la petite ville, nous nous offrîmes des babioles dans les boutiques pour touristes, nous fîmes une balade à cheval, nous fîmes l'amour quand nous en avions envie et nous nous réveillions tous les matins blottis l'un contre l'autre. C'était le paradis. Eden se rendit une fois au spa et nous nageâmes dans la grande et pittoresque piscine intérieure. Étendue sur une chaise longue, Eden se plongea dans un roman et je plissai les yeux pour distinguer le titre.

— « Son cœur battant » ? demandai-je, curieux.

Eden pouffa et posa le roman sur son ventre en rosissant.

— Je sais que c'est un titre idiot, mais c'est tellement bon. Et je n'ai pas pu lire de romances pendant toutes ces années, expliqua-t-elle sur un ton un peu triste. J'en étais incapable. Ça me faisait trop mal. Celle que j'avais lue chez Kristi, c'était la dernière fois que j'avais éprouvé de *l'espoir.* (Elle garda si longtemps le silence que je me demandai si elle allait poursuivre.) Mais maintenant (elle renversa la tête en arrière sur son transat) je peux et j'adore celle-là. *Vraiment.*

Elle m'adressa un sourire charmeur.

Je me souvins de ce jour-là, chez Kristi, de l'espoir qui se lisait sur le visage d'Eden... notre dernier vrai moment de bonheur avant qu'on ne nous ramène en enfer. Elle avait la même expression à présent et je me sentis profondément reconnaissant. Nous avions retrouvé notre chemin tant bien que mal. Et je ne voulais plus jamais voir l'espoir disparaître de son beau visage.

— Oh, je n'ai pas oublié ce roman. C'était un chef-d'œuvre.

Eden se mit à rire.

— Eh bien vois-tu, j'ai pas mal lu ces dernières années, et je peux affirmer que c'était en réalité une vraie daube.

Elle murmura les trois derniers mots de manière mélodramatique.

Je haussai un sourcil.

— Qui dit ça ? Pas moi, c'est certain. Quelle est la note la plus élevée qu'on puisse attribuer à un roman ? Je la lui donne sans hésiter.

— Cinq étoiles, répondit-elle avec un grand sourire.

— Cinq étoiles bouleversantes et *extrêmement* satisfaisantes, fis-je avec un sourire narquois et en agitant les sourcils.

Eden éclata de rire.

— J'espère que celui-ci sera à la hauteur, alors.

Elle m'adressa un dernier sourire coquin puis se replongea dans sa lecture.

Plus tard, nous nous baladâmes en faisant des projets d'avenir. J'avais décidé de contacter quelques galeries quand nous rentrerions et Eden voulait recommencer à donner des leçons de piano. Nous achèterions un nouveau Lit Guérisseur et nous embaucherions quelqu'un pour nettoyer et remettre mon appartement à neuf afin que je puisse le rendre au type qui me l'avait loué. Puis nous en trouverions un autre dans un quartier plus sympa, un que nous choisirions ensemble. J'achèterais le système de sécurité le plus performant du marché. Et j'épouserais Eden. Je ne fis pas mention de cette partie de mon programme mais c'était en réalité ma priorité numéro un.

Nous envoyions régulièrement des SMS et des photos à Xander, Carolyn et Molly pour les tenir au courant.

Le cinquième jour, Eden reçut un texto de Molly ; cela semblait important et Eden la rappela. J'étais en train de chercher un film, allongé sur le lit. Nous avions fait une balade à cheval dans l'après-midi, nous étions crevés et n'avions qu'une envie : passer une soirée tranquille.

— Salut, Molly, entendis-je dire Eden.

Elle écouta un instant et blêmit. Je me redressai aussitôt.

— D'accord, dit-elle à voix basse. Merci de nous avoir prévenus... Non, je sais... Oui, ça va. On va bien. (Eden me jeta un coup d'œil.) OK. Je t'aime aussi. Salut, Molly.

Elle raccrocha, les yeux perdus dans le vague.

— Eden ? demandai-je, inquiet. Tu me fais peur. Qu'est-ce qui se passe ?

— Clive Richter a été assassiné en prison ce matin. La police est venue nous prévenir. Molly leur a dit qu'on était chez un ami pour deux jours.

Elle parlait sur un ton monocorde et l'angoisse s'empara de moi.

— Comment ?

— Poignardé, répondit-elle en me regardant droit dans les yeux.

Je cillai, digérant l'information. Étais-je contrarié par cette nouvelle ?

— Ils ont un mobile ?

Eden se mordit la lèvre et s'assit sur le lit à côté de moi. Elle secoua la tête.

— Apparemment, ils n'ont même pas de suspect. Il était en prison avec des gens qu'il avait fait arrêter. Connaissant Clive, j'imagine qu'il s'était fait des ennemis partout.

J'étais d'accord avec elle. Clive était du genre à prendre son pied en rendant les autres malheureux, surtout quand il avait un avantage sur eux. Je me souvins de la fois où je l'avais agressé physiquement dans le grand chalet avant de savoir qu'il était flic. J'avais appris par la suite que c'était le genre de policier qui n'était rien sans son arme. Et en prison, il n'avait pas l'avantage et n'était pas armé. Mais étais-je déçu qu'il ne purge jamais de peine pour les crimes qu'il avait commis ? Et qu'il ne soit jamais officiellement condamné pour ce qu'il nous avait fait subir à Eden et moi ? Des images de lui débarquant dans sa voiture de patrouille, nous jetant Eden et moi à l'arrière... regardant Hector allumer le feu à mes pieds... fouettant Xander...

— Tant mieux, finis-je par dire.

Eden leva les yeux vers moi. Elle me dévisagea un instant puis m'enlaça étroitement. Elle savait exactement ce à quoi je pensais, comme toujours. Et elle me pardonnait. Je poussai un soupir et l'attirai à moi.

— Il n'y aura pas de procès, constata-t-elle. C'est certain.

— Tant mieux, répétai-je, parce que même si j'avais témoigné et l'avais affronté sans crainte, c'était quand même une libération. Je ne sais pas s'il méritait de mourir, Eden. Je suppose que ce n'est pas à moi de décider ce genre de choses, mais si j'avais eu l'occasion de le tuer ce jour-là, je l'aurais fait. Il était coupable et il était mauvais, je n'ai aucun doute là-dessus. Ce qui lui est arrivé ne me pose donc aucun problème. Nous n'obtiendrons pas justice devant un tribunal mais être libéré de lui est une forme de justice. Elle me suffit.

— À moi aussi, acquiesça-t-elle.

Nous prîmes une longue douche brûlante ensemble puis nous découvrîmes qu'une petite pluie persistante s'était mise à tomber. Nous nous mîmes au lit pour regarder des films toute la soirée. Je me sentais bien mais je dormis quand même en enlaçant étroitement Eden. Et nous fîmes la grasse matinée.

— Allons au musée, aujourd'hui, suggéra Eden pendant qu'on s'habillait. C'est la seule chose qu'on n'a pas faite.

— D'accord. Tu penses qu'on devrait rentrer à Cincinnati ?

— Il nous reste encore deux jours, non ? fit-elle d'un air déçu. Je ne suis pas prête à rentrer tout de suite.

— Moi non plus, répondis-je en souriant.

À l'extérieur, l'air était frais et j'inspirai profondément. La pluie avait tout nettoyé et le monde semblait plus lumineux.

Nous marchâmes jusqu'au petit bâtiment dans lequel se trouvait le musée et nous attendîmes que le guide termine la visite précédente. Il n'y avait que nous dans notre groupe et, main dans la main, nous suivîmes le guide, qui nous expliqua chaque artefact dans les moindres détails.

Alors que nous nous trouvions sous une affiche qui vantait les mérites d'une entreprise qui vendait l'eau de la source comme un élixir dans les années 1800, le guide expliqua :

— L'eau de Pluton est ce qui a rendu cet endroit célèbre. Elle était vendue comme remède pour les affections chroniques de l'estomac, du foie, des reins et j'en passe. On prétendait que cette eau avait des vertus curatives miraculeuses et pouvait venir à bout de n'importe quoi, de l'asthme à l'alcoolisme en passant par les maladies vénériennes.

Eden pencha la tête, curieuse.

— Pourquoi est-ce qu'on l'appelle eau de Pluton ?

— Oh, elle a été baptisée ainsi en hommage au dieu des Enfers parce qu'elle jaillissait du sous-sol et qu'elle était noire comme le mythique Styx.

Eden fronça les sourcils en contemplant l'affiche. *Repos pour les épuisés, remède pour les malades,* lus-je.

— Est-ce que ça marchait vraiment ? demandai-je.

Le guide gloussa.

— Eh bien, l'eau a fini par être testée et on s'est rendu compte qu'elle contenait deux choses, dit-il en reprenant sa visite. Du sel et des traces de lithium.

— De lithium ? répétai-je tandis qu'il s'arrêtait devant une autre vitrine.

— Oui. C'est une molécule qu'on utilise de nos jours dans le traitement de certaines maladies mentales. Bien sûr, il faudrait boire une sacrée quantité d'eau pour obtenir des effets, mais un peu vous mettait de bonne humeur et le sel vous nettoyait, donc on se sentait mieux. Temporairement, du moins.

Mon cœur s'emballa. Je jetai un coup d'œil à Eden et je devinai qu'elle pensait la même chose que moi.

— Excusez-moi, fis-je, est-ce qu'il y a d'autres sources que celle-ci ? Dans d'autres parties du pays ? Est-ce possible ?

— Je suppose que oui. Je n'en connais personnellement pas d'autres mais ça ne veut pas dire qu'il n'en existe pas.

J'opinai et nous poursuivîmes la visite, mon esprit carburant à toute allure. Lorsque nous débouchâmes sur la grande véranda qui se dressait devant le musée après avoir remercié le guide, Eden chuchota :

— Hector est venu ici, n'est-ce pas ?

— Je pense que oui, répondis-je en jetant un regard aux alentours comme si je m'attendais à le voir surgir sur le trottoir.

Je frissonnai malgré le soleil et j'attirai Eden à moi.

— Est-ce qu'il a trouvé une source qui contenait les mêmes éléments ? demanda-t-elle.

— Ça, ou alors, il les a ajoutés, si c'est possible. Je n'en sais rien. Tout ce que je sais, c'est que cette eau de Pluton est identique à notre eau bénite.

CHAPITRE 16

Calder

Nous nous promenâmes un peu puis Eden alla se faire masser et je remontai dans la chambre regarder un film. Je pensai à cette histoire de source sans parvenir à aucune conclusion. Était-il possible que ce soit juste une coïncidence ? Quel lien y avait-il entre cet endroit et Hector en dehors du fait qu'Eden était certaine d'avoir vécu en Indiana avec lui après son enlèvement ? Il me paraissait logique que le premier membre du conseil qu'il ait essayé de recruter, le père d'Eden, ait vécu à une distance facile à parcourir en voiture. Et ça expliquait comment Hector avait eu vent de l'histoire du père d'Eden : elle était presque locale.

Je m'étendis sur le lit sans allumer la télé, en réfléchissant au lien entre Hector et l'Indiana en général et avec cet endroit en particulier. Il y avait le nom de l'eau de Pluton qui établissait un lien avec la Grèce, si présente dans la religion et le fonctionnement d'Acadie. Mais quel sens cela avait-il ? Je n'en avais aucune idée. Était-il possible qu'Hector soit juste passé par ici, qu'il ait aimé l'idée de la source et qu'il en ait cherché une autre ailleurs, en Arizona ? Tant de choses étaient possibles. Et nous ne les comprendrions peut-être jamais.

J'envoyai un texto à Xander pour lui raconter cette histoire de source, en lui demandant de faire des recherches sur Internet et de me tenir au courant. Il me répondit qu'il était au boulot mais qu'il s'en occuperait dès qu'il serait rentré.

Je m'endormis sans m'en rendre compte et fus réveillé par Eden, qui me caressait gentiment les cheveux. J'ouvris les yeux en découvrant son beau visage, un sourire ensommeillé aux lèvres. Elle avait l'air presque craintive.

— Salut, dis-je d'une voix rauque.

— Salut, toi, répondit-elle à voix basse.

Je me redressai un peu.

— Tu vas bien ? Comment était ton massage ?

— Quoi ? Oh, bien. Sympa. (Elle se leva pour gagner la salle de bains.) Je vais me doucher pour enlever toute l'huile dont on m'a tartinée puis on ira dîner, d'accord ? proposa-t-elle en fermant la porte de la salle de bains derrière elle.

— Oui, répondis-je en fronçant les sourcils, un peu intrigué.

Nous prîmes la navette jusqu'au restaurant recommandé par l'hôtel, et qui se trouvait à quelques kilomètres. L'atmosphère était romantique et le repas excellent et nous nous tînmes par la main pendant tout le repas, mais Eden avait l'air distraite. Lorsque je lui demandai ce qui n'allait pas, elle me répondit que le massage l'avait fatiguée. Puis elle m'adressa un sourire chaleureux et me pressa la main.

Nous rentrâmes tôt. Eden se mit au lit avec son roman et j'allumai la télévision, mais je m'endormis rapidement.

Je fus réveillé par les caresses d'Eden qui avait glissé la main sous l'élastique de mon boxer. Je poussai un gémissement.

— J'ai fini mon bouquin, me murmura-t-elle à l'oreille. Tu dormais ?

— Non, mentis-je.

Pas question qu'elle arrête ce qu'elle était en train de faire.

Elle pressa doucement mon sexe. Je gémis de nouveau. Sa main s'aventura plus bas et elle s'empara de mes testicules.

— Oh, Eden.

Je roulai sur le ventre, pris son visage entre mes mains et l'embrassai jusqu'à ce qu'elle pousse ces petits gémissements que j'aimais tant.

— Parle-moi de ton roman, chuchotai-je.

Je souris contre la peau de son cou avant de l'embrasser. Elle se cambra sous moi et le désir me submergea.

— Mmmm, fredonna-t-elle.

Je fis passer son débardeur par-dessus sa tête et titillai immédiatement son téton rose de la langue. Je savais qu'elle adorait ça, et du coup, moi aussi. Elle enfouit aussitôt les mains dans mes cheveux.

— Hendrix Cooper, junkie, alcoolique, qui couche avec tout ce qui bouge et chanteur d'un groupe qui s'appelle « Les Pucelles pieuses », a une aventure d'une nuit avec une nana que, dans son état d'ébriété avancé, il prend pour une groupie tarée.

Je levai la tête.

— « Les Pucelles pieuses » ?

Eden poussa un gémissement de frustration et repoussa ma tête contre ses seins. Je souris et me remis à la tâche.

— Ce qu'il ne découvre que plus tard, c'est que la fille en question était en réalité son assistante, Polly Honeycutt, une pauvre fille du Sud qui a perdu toute sa famille quand une tornade a emporté leur caravane. Elle a été obligée de prendre le premier job qui s'est présenté, et bien sûr, elle est tombée secrètement amoureuse du bad boy un peu abîmé par la vie mais adorable.

— Un peu abîmé par la vie ? ricanai-je en embrassant son autre sein. Il a l'air d'une épave, oui.

Eden gémit et je fis courir ma langue autour de son téton. Elle enroula ses jambes autour de ma taille et se frotta contre mon érection. J'émis un petit bruit étranglé. C'était bon. J'agitai lentement les hanches au rythme de ma bouche. Le désir nous empêcha de parler pendant un moment.

— On est tous comme ça, chacun à notre manière, non ?

Je m'interrompis et songeai à tout ce que nous avions traversé.

— C'est vrai, acquiesçai-je en m'agenouillant pour lui enlever le bas.

— Il a ses raisons, expliqua-t-elle pendant que je faisais glisser son short et sa culotte le long de ses jambes. Il a été abusé par le directeur de l'école dans laquelle ses parents l'ont envoyé pour se débarrasser de lui, et malgré ses multiples appels à l'aide, personne ne l'a sauvé.

Elle secoua la tête, l'air affligé. Étais-je censé la consoler ou continuer ce que j'avais commencé ? Mais Eden s'agenouilla et posa les lèvres sur les miennes.

Nous nous embrassâmes jusqu'à ce que mon érection soit si dure que j'en avais mal.

— Eden, dis-je dans un gémissement.

Elle battit des cils, le regard brûlant sous ses paupières mi-closes. Puis elle me repoussa et ôta mon boxer.

Elle s'installa à califourchon sur moi et s'empara de mon érection pour s'empaler dessus. Je gémis en la pénétrant.

Eden ferma les yeux et commença à me chevaucher très lentement.

— La route est longue pour eux, poursuivit-elle sans ouvrir les yeux. Hendrix fait une cure de désintox et il vire sa manager, Naomi Garnet, qui essaie désespérément de coucher avec lui et de leur mettre des bâtons dans les roues de toutes les manières possibles et dégueulasses, à Polly et lui.

Elle accéléra le rythme. C'était tellement bon que je crus défaillir. Je m'emparai de ses petits seins parfaits pour en agacer les tétons : elle me chevaucha encore plus vite, la tête renversée en arrière.

Je sentis l'orgasme monter dans mes testicules. Je jouis en poussant un grognement sonore, submergé par un plaisir aussi intense que soudain. Eden poussa un petit cri et s'effondra sur moi en jouissant à son tour. J'adorais ça.

Je l'enlaçai et la tins contre moi en respirant son doux parfum. Je l'aimais tant que mon cœur s'emballa.

— Polly, dit-elle dans un murmure, tu mérites un homme qui t'aimera comme l'ange que tu es. Je serai peut-être cet homme un jour, mais pas maintenant. Et je t'aime trop pour t'offrir moins. Attends-moi, Polly. Crois en moi. Sois ma raison de me battre.

Elle garda le silence un instant et j'attendis.

— Je suis désolée, Hendrix, chuchota-t-elle. Je ne peux pas.

Je sentis une larme tomber sur mon épaule.

— Et ensuite ? demandai-je lorsque je compris qu'elle n'ajouterait rien.

Elle secoua la tête.

— Et ensuite rien. C'était la fin.

— Quoi ? fis-je, plus indigné que je ne l'admettrais jamais.

— C'est un *cliffhanger*, expliqua-t-elle. On aura la suite dans trois mois.

— Y a intérêt.

Eden rit et je me retirai. Elle leva les yeux vers moi.

— Je suis enceinte, murmura-t-elle.

Je me figeai et la dévisageai, bouche bée.

— Je... quoi ? Je croyais que... tu as dit...

Elle hocha la tête et se laissa glisser sur le côté.

— Je sais. Je suis sous le choc, moi aussi. Le médecin avait dit que je n'avais quasi aucune chance de pouvoir concevoir sans assistance médicale. Je ne sais pas quoi dire. J'ai l'impression de t'avoir piégé.

Ses beaux yeux étaient emplis d'inquiétude.

— Eden, dis-je tendrement.

Mon cœur reprit sa course normale et je posai la main sur son ventre. Elle retint son souffle.

— Est-ce que... tu es content ?

J'étais abasourdi et pas vraiment prêt à être père. Mais je savais qu'Eden avait beaucoup souffert après qu'on lui avait volé notre bébé et à dire la vérité, moi aussi. Sans compter qu'elle croyait ne plus pouvoir en avoir. Du soulagement, rapidement suivi par de la joie, envahit mon cœur. Je posai la main sur sa joue.

— Oui, je suis content, murmurai-je. Et toi ?

Elle acquiesça, les larmes aux yeux. Je l'attirai contre moi et m'efforçai de respirer au même rythme qu'elle pendant quelques instants.

— Tu es enceinte de combien ?

— Environ cinq semaines, je pense. Je n'en sais rien. J'ai acheté un test tout à l'heure et je l'ai fait au spa.

Elle renifla contre ma poitrine.

— Tu veux dire qu'on a conçu cet enfant dans le Lit Guérisseur ? demandai-je en souriant.

— Je pense que oui, répondit Eden, entre rire et larmes.

Je digérai l'information.

— C'est bien. C'est une seconde chance, chuchotai-je.

Eden hocha la tête en reniflant de nouveau.

Une partie de moi ne se sentait pas à la hauteur... je n'avais toujours pas de nom ni d'identité. Mais en revanche, il y avait une chose dont j'étais certain.

— Je vous protégerai tous les deux. Rien ne vous arrivera.

Eden recula légèrement pour m'observer, le regard un peu trouble.

— Je sais. Je n'en douterai jamais. Pas une seule seconde.

Je pris une profonde inspiration et l'attirai contre moi. Nous nous endormîmes dans les bras l'un de l'autre, une minuscule vie nichée entre nous dans la sécurité du ventre d'Eden.

Eden me réveilla au beau milieu de la nuit.

— Tu rêves, Caramel, dit-elle d'une voix tendre. Tu rêves d'eux.

Je poussai un cri étouffé et tentai de reprendre le contrôle de mon cœur affolé. Je passai la main dans mes cheveux. La terreur m'avait envahi et refusait de me lâcher.

— Oui, dis-je.

— Ça faisait longtemps que tu n'avais pas fait de cauchemar, constata-t-elle en posant la tête sur mon torse et en m'enlaçant.

— Je sais, dis-je en me détendant un peu.

— C'est à cause du bébé ?

— Je... peut-être. (Je la serrai plus étroitement contre moi.) Mais juste parce que je veux vous protéger tous les deux.

Elle m'embrassa doucement sur la poitrine.

— Tu y arriveras. J'ai confiance en toi, Calder, affirma-t-elle tendrement.

Pour la première fois depuis très longtemps, j'adressai une prière au Dieu de Miséricorde. Je ne voulais pas les décevoir.

*
*   *

Le lendemain, il faisait plus froid. Avant de descendre prendre le petit déjeuner, Eden enfila un gros pull et moi deux tee-shirts à manches longues l'un sur l'autre. L'air était frais mais le ciel d'un bleu sans nuages et une faible odeur de feuilles mortes planait, parfum que j'avais appris à associer à l'automne depuis que je vivais dans le monde extérieur.

Nous traînâmes à table, main dans la main. À la lueur du jour, mon cauchemar avait perdu de sa puissance terrifiante et je me sentais optimiste. C'était normal que je fasse encore des mauvais rêves de temps en temps. Eden m'avait secoué et l'annonce de sa grossesse avait fait resurgir les souvenirs de la première fois où elle était tombée enceinte et la façon cruelle dont tout s'était terminé.

— On devrait partir aujourd'hui ou demain, dis-je.

Eden avait relevé ses cheveux et juché ses lunettes de soleil sur le sommet de son crâne. Son gros pull à col roulé était d'un noir profond, ce qui rendait son teint plus crémeux que d'habitude. Ou alors elle rayonnait.

— Je pense que tu devrais aller chez le médecin le plus vite possible pour vérifier que tout va bien.

Elle acquiesça.

— Dès qu'on sera rentrés, je vais demander à la police de m'aider à obtenir un numéro de sécurité sociale, comme ils sont en train de le faire pour Xander. Je ne vais pas passer ma vie à attendre que quelqu'un se manifeste. Il y a des risques pour que ça n'arrive jamais et je veux nous construire une vie.

L'épouser était encore plus important à présent. Je me demandai vaguement comment Carolyn allait prendre la nouvelle.

Eden me lança un regard préoccupé.

— D'accord. J'ai une idée, finit-elle par dire après avoir picoré un peu dans son assiette.

— Oh, oh, la taquinai-je en souriant.

— Je sais, répondit-elle en riant. Mais sérieusement, on n'a pas eu le temps de discuter de cette histoire de source et il y a des chances pour que ce ne soit qu'une coïncidence. Mais je ne peux pas m'empêcher de me demander si Hector n'a pas fait plus que passer par ici... oh, je n'en sais rien. (Elle fit la moue.) Je me disais qu'on aurait pu aller faire un tour à la bibliothèque et faire quelques recherches.

— Quel genre de recherches ?

Elle mordilla sa lèvre inférieure, pensive.

— Je ne sais pas. Mais je pense que ça vaut le coup d'essayer. Si on ne trouve rien, ben on ne trouve rien. Mais nous sommes les seuls à avoir eu vent de ce possible lien avec French Lick. Et la police ne lancera pas d'enquête sur une intuition concernant une source. Si on n'essaie pas, personne ne le fera. Et qui sait si on reviendra ici un jour.

Je lui souris.

— Ma petite assoiffée de connaissance.

— C'est ta faute, répondit-elle avec un petit rire et un clin d'œil. Qu'est-ce que tu en penses ?

Je réfléchis un instant.

— D'accord.

Je croisai les bras. Le temps était décidément plus frais.

Mon téléphone m'annonça l'arrivée d'un SMS et je m'en emparai.

Xander : Mec, l'eau de Pluton ? Ça ressemble à notre eau bénite ???

Moi : Je sais. On trouve aussi. Je ne sais pas quoi en penser. On fait quelques recherches. Je te tiens au courant.

Xander : OK. Tu vas bien ?

Moi : Mieux que jamais. Et toi ?

Xander : Bien.

Moi : On se reparle vite.

Xander : À plus.

Nous demandâmes au serveur où se trouvait la bibliothèque et nous nous y rendîmes à pied. Il nous fallut moins de dix minutes.

— Qu'est-ce qu'on espère trouver ici ? murmurai-je tandis qu'Eden regardait autour d'elle.

Elle se dirigea vers une documentaliste qui était en train de décharger un chariot et je lui emboîtai le pas.

— Je ne sais pas vraiment. Peut-être rien du tout. On pourrait parcourir les journaux qui datent de l'époque où Hector m'a emmenée dans l'Indiana, peut-être pas très loin.

Je n'étais pas très convaincu mais je la suivis.

Une demi-heure plus tard, nous étions en train de parcourir les articles du journal local numérisés sur un ordinateur. Je ne savais pas très bien ce qu'on cherchait. La bibliothécaire nous avait expliqué que les autres journaux étaient parfois disponibles en ligne mais que comme ils étaient une petite ville, les articles étaient juste catalogués. Eden faisait défiler les unes et je me contentais de la regarder. Ça suffisait à mon bonheur. Et j'appréciai de ne rien avoir à faire en silence, contrairement à tout ce qui nous attendait quand nous serions de retour à Cincinnati.

Au bout d'un moment, Eden soupira et se tourna vers moi, un petit sourire gêné aux lèvres.

— Je ne sais même pas ce que je fais ni ce que je cherche. Je gâche nos vacances, affirma-t-elle, déçue.

Je m'adossai à mon siège, secouai la tête et réfléchis un instant.

— Bon, revoyons la chronologie. Celle que tu as punaisée dans ton placard. Tu l'as mémorisée ?

— Hélas, oui, répondit-elle avec un petit rire. Pourquoi ?

— Bien. (Je me penchai en avant, les coudes sur mes genoux.) On cherche des articles datant de l'époque où tu as été enlevée. Mais Acadie existait déjà depuis des années. Ne pourrait-on pas penser que s'il s'est passé quelque chose qui a, je ne sais pas, *inspiré* Hector, ce serait un événement qui aurait eu lieu juste avant ?

Eden pesa ce que je venais de dire.

— Tu as peut-être soulevé quelque chose. D'après ce que la police nous a appris et d'après la date à laquelle il a acheté le terrain, Acadie a été créée un an avant ta naissance, que tu sois né là-bas ou pas. (Elle me jeta un coup d'œil.) Nous devrions peut-être lire des articles datant de quelques mois avant ça ? suggéra-t-elle, le regard brillant.

Je ne pus m'empêcher de ressentir le frisson de l'aventure moi aussi, malgré le sujet.

— Allons-y.

Eden se concentra de nouveau sur l'ordinateur et je me redressai sur mon siège.

Je jetai un coup d'œil autour de moi et observai les gens. Un jeune couple devant un des ordis était en train de se disputer à mi-voix. Une mère choisissait des albums cartonnés avec son gamin. Je l'observai un instant : il saisissait avec enthousiasme les livres que sa mère lui tendait. J'avais peine à croire qu'un petit être de ce genre ne tarderait pas à débarquer dans nos vies. Serait-ce un garçon ou une fille ? À quoi ressemblerait-il ? Je reportai mon attention sur Eden, qui lisait quelque chose, hyper concentrée. Elle tourna la tête vers moi, blanche comme un linge.

— Le vrai nom d'Hector était Thomas Greer.

Je me figeai. Je jetai un regard machinal autour de moi et m'intercalai devant Eden comme si Hector allait se matérialiser à la seule évocation de son nom.

— Comment le sais-tu ? murmurai-je brusquement, en me penchant vers elle.

— Là, dit-elle d'une voix aiguë en désignant l'écran.

Je lus par-dessus son épaule. Je commençai par parcourir rapidement l'article puis je repris au début plus lentement. Je sentis mon sang se glacer dans mes veines.

Une photo de ce qui était clairement Hector plus jeune, les cheveux courts, en chemise et cravate, surmontait l'article, dont le titre était : « La famille d'un professeur d'histoire assassinée pendant un cambriolage. »

— Mon Dieu, fit Eden d'une voix étranglée sans quitter l'écran des yeux, en portant les mains à sa bouche.

La famille de Thomas Greer, professeur d'histoire grecque à l'Université de l'Indiana, a été retrouvée assassinée dimanche matin. Le professeur est rentré chez lui après une conférence pour trouver sa femme, Alice, et leur fille de cinq ans, Danae, poignardées. La police n'a aucun suspect pour l'instant et privilégie la thèse du cambriolage qui a mal tourné. Une source policière nous a appris que la maison des Greer a peut-être été visée parce que madame Greer, de son nom de jeune fille Alice Lockwood, était l'héritière australienne d'une fortune minière et que les cambrioleurs espéraient trouver de l'argent liquide et des bijoux. La famille devait accompagner Thomas Greer en déplacement mais sa fille est tombée malade au dernier moment.

Nous fîmes défiler les pages des journaux, les yeux rivés à l'écran. Nous trouvâmes d'autres articles, plus courts, qui ne nous apprirent rien de plus. Au bout de deux mois, l'enquête n'avait rien donné. La police n'avait toujours aucun suspect et Thomas avait un alibi en béton. Il était en conférence tout le week-end et tout le monde l'avait vu.

Mon esprit carburait à toute allure. Une héritière australienne. Voilà qui expliquait d'où venait la fortune d'Hector.

Eden entra le nom de Greer dans la barre de recherches. Rien d'autre ne refit surface.

— Regarde ça, dit Eden à mi-voix en tendant le doigt vers le bas de l'écran.

Je me penchai pour lire à haute voix ce que disait la notice nécrologique.

— Alice Greer (née Lockwood) et Danae Greer seront inhumées ce samedi au cimetière de Notre-Dame-de-Miséricorde.

— Non, pas ça, ça, fit Eden en déplaçant le doigt.

Je parcourus rapidement les noms qui précédaient le « ont la douleur d'annoncer le décès », la plupart des gens portaient le nom de jeune fille d'Alice, et je m'arrêtai en découvrant le nom de sa belle-mère. Willa Greer.

— *Willa*... était sa mère.

Je me souvins de son regard bleu sans âge.

Va vers le coin gauche. C'est le seul endroit où tu survivras. Dans mon esprit à peine lucide, ces mots s'étaient frayés un chemin. Grâce à eux, j'avais survécu.

— Oui, répondit Eden, incrédule. Et regarde ça.

Je plissai de nouveau les yeux, sur un article dans lequel Willa s'était exprimée. Elle se tenait devant sa boutique, une échoppe de bonne aventure située ici, au centre-ville de French Lick, à côté d'un magasin pour touristes. « Madame Willa vous révèle le passé, le présent et le futur. Entrez. » Je déglutis sans bien comprendre ce que tout cela signifiait. Un panneau sur la vitrine proclamait : « Médecine holistique – remèdes en tous genres ».

Il y a de la place pour moi, ici. Je suis utile.

Je revins au présent lorsque Eden appuya sur la touche « imprimer ». Elle se leva pour aller récupérer les feuilles sur le comptoir. Elle les plia, les rangea dans son sac à main puis éteignit l'ordinateur et me prit par la main. Elle m'entraîna ensuite hors de la bibliothèque.

Quand nous débouchâmes dans l'air frais et automnal, je pris une profonde inspiration. Je m'adossai à une des colonnes du bâtiment, l'enlaçai et la serrai étroitement contre moi.

— Hé, murmurai-je. Tu dois garder ton calme. Tu portes une petite vie en toi.

Eden acquiesça.

— Je sais. Mais c'est un choc. Le voir... découvrir son passé. Je ne sais même pas ce que je suis censée ressentir. Bon sang, Calder, on l'a trouvé.

— Oui. Et je ne sais pas quoi ressentir moi non plus.

Elle leva les yeux vers moi.

— Rien... rien de ce qu'on vient d'apprendre ne justifie ce qu'il a fait.

Je secouai la tête en regardant sans le voir le parking devant nous.

— Non. En fait, ça aggrave peut-être les choses : faire d'autres victimes, t'enlever à tes parents alors qu'il savait quel effet ça faisait de perdre une petite fille, provoquer ta fausse couche, énumérai-je en posant machinalement la main sur son ventre plat.

Eden garda le silence un instant.

— Est-ce que tu crois que ce qui est arrivé à sa famille l'a rendu fou ou...

— Je n'en sais rien. Peut-être que la police rouvrira l'enquête quand on lui aura donné son nom.

Elle frissonna contre moi et je l'attirai plus près.

— Oui, peut-être. Est-ce qu'on devrait prévenir la police tout de suite ?

— On rentre demain, répondis-je, songeur. On leur racontera tout ça à ce moment-là. Je n'ai vraiment pas envie que les journalistes se pointent ici alors qu'on y est encore. C'est la dernière chose dont nous avons besoin.

— Tu as raison. Et puis de toute façon, Hector... *Thomas* est mort. On n'est plus à un jour près. Mais il faut appeler Xander. Il faut qu'il sache.

— Faisons ça demain aussi. Comme ça il pourra lire les articles. Et puis je préfère lui raconter tout ça de vive voix.

Eden acquiesça.

— Je suis d'accord.

Nous restâmes enlacés un moment. Je baissai les yeux sur le sac d'Eden : la moitié du visage de Willa était visible en haut d'un article. *Merci,* dis-je silencieusement en serrant Eden plus étroitement.

Nous regagnâmes notre chambre et prîmes un bain ensemble dans l'immense baignoire, savourant l'eau chaude et la proximité de l'autre, chacun perdu dans ses pensées.

— Danae, murmura Eden. C'est un prénom rare. Je parie que c'est une princesse grecque ou un truc du genre.

J'embrassai son épaule.

— Probablement. Tu avais raison pour la Grèce... il enseignait l'histoire grecque. Tu es vraiment intelligente.

Je frottai mon nez contre sa peau pour la faire sourire et dissiper un peu la mélancolie qui ne l'avait pas quittée depuis qu'on était sortis de la bibliothèque.

Eden rit tout bas.

— Tu crois que la police m'embaucherait ?

— S'ils sont malins, absolument.

Eden se déplaça pour prendre mon visage entre ses mains et m'embrasser. Au bout de quelques minutes, l'eau commença à refroidir et mon sang à chauffer. Nous sortîmes de la baignoire, nous séchâmes et fîmes l'amour dans le grand lit.

Après, nous commandâmes à manger dans la chambre, ravis de passer cette dernière nuit blottis l'un contre l'autre. J'en avais besoin après les découvertes de la journée. Je devais remettre mes émotions à zéro et retrouver mon équilibre et il n'y avait rien de mieux pour cela que bloquer le reste du monde et me concentrer uniquement sur Eden.

Le lendemain matin, alors que j'étais en train de me sécher tout en faisant ma valise, Eden s'assit au petit bureau pour faire des recherches sur son ordinateur portable. Elle se tourna vers moi.

— Ça te dirait qu'on passe à la fac où enseignait Thomas Greer ?

Je m'interrompis.

— Pour quoi faire ?

— Je ne sais pas. Je me disais que je reconnaîtrais peut-être quelque chose là-bas, comme la maison dans laquelle il m'a enfermée ? Je sortais dans le jardin de temps en temps... Qu'est-ce que tu en penses ?

Je m'accroupis près de sa chaise. Elle se tourna vers moi et je pris ses mains dans les miennes.

— Eden, si tu as besoin de ça, alors je le ferai. Mais je ne veux pas que ça te bouleverse et que ça compromette ta santé d'une...

— Je suis plus solide que ça, Calder. En plus, la connaissance et l'information me rendent toujours plus forte. Nous sommes juste à côté. Je ne sais pas si on reviendra un jour. Une fois que la vie sera en marche, poursuivit-elle en posant machinalement la main sur son ventre, nous n'aurons plus envie de penser à tout ça. On voudra tourner la page dans tous les sens du terme.

Je soupirai et lui souris tendrement.

— D'accord. On va faire un tour dans la ville et ensuite on rentrera.

— OK. (Elle inclina la tête, pensive.) Est-ce que tu crois... Hector a essayé de recruter mon père comme premier membre du conseil et il était presque du coin. Tu as fait partie des premiers à vivre à Acadie. Tu crois que tu es du coin, toi aussi ? Je pense qu'il a fait des aller et retour entre ici et Acadie, et c'est là qu'il m'a emmenée.

Je haussai les épaules.

— Oui, mais il a rassemblé des gens de partout par la suite. Je peux venir de n'importe où.

Une sensation de perte m'affligea soudain, même si je n'avais aucune idée de ce que j'avais perdu, si jamais j'avais réellement perdu quelqu'un. Peut-être tout simplement parce que je savais que personne ne me pleurait.

CHAPITRE 17

Calder

Nous roulâmes en silence en direction de New Albany pendant un bon moment. La radio jouait en sourdine et nous admirions le paysage qui défilait derrière les vitres. Je m'émerveillai devant les vibrantes couleurs des arbres. C'était la première fois depuis que je vivais dans le Midwest que j'avais le cœur à apprécier la beauté de la nature et toutes les façons dont cette région était différente des paysages désertiques dans lesquels j'avais grandi. Il y avait de la beauté ici aussi, mais d'une autre nature. En contemplant les nuances de rouge, de jaune et d'or des feuillages, je ressentis une étrange familiarité. Je ne pensais à rien de particulier lorsque la sensation m'assaillit et je fronçai les sourcils en me demandant ce que ça pouvait bien signifier. Peut-être que je me sentais enfin chez moi dans le Midwest. Et j'étais certain que ça avait un rapport avec la femme assise à côté de moi. Je lui pris la main et la portai à mes lèvres en souriant.

— Quels prénoms tu aimes ? demandai-je.

Eden me lança un regard intrigué.

— Pour le bébé.

Elle ne répondit pas tout de suite.

— Je pense qu'on devrait attendre d'être sûrs que tout va bien avant de prévoir quoi que ce soit, finit-elle par dire.

Je lui pressai la main.

— Tout ira bien.

— J'espère. C'est juste que...

— Tu ne veux pas t'attacher tout de suite, répondis-je sur un ton égal.

Je comprenais très bien parce qu'au fond de moi je ressentais la même chose, même si je n'avais appris la première grossesse d'Eden qu'après qu'elle avait déjà perdu le bébé. Mon cœur se serra au souvenir de cet instant dans la cellule d'Hector. Une bouffée de colère m'envahit et je me redressai un peu.

— Je suis déjà attachée, rétorqua Eden. Je me dis juste que c'est peut-être une bonne idée de ne pas l'être *davantage*.

— Je comprends, assurai-je en déposant de nouveau un baiser sur sa main.

Elle esquissa un sourire.

— Je sais.

Une fois que nous fûmes arrivés à New Albany, j'entrai l'adresse de l'université dans le GPS de mon téléphone. Nous traversâmes lentement les quartiers résidentiels entourant la fac : nous n'avions pas l'adresse de Thomas Greer, nous ne savions donc pas vraiment où nous rendre ; nous roulâmes sans but. Au bout d'une heure, Eden poussa un soupir.

— Je ne reconnais rien ici. Toutes les maisons commencent à se ressembler. Et puis, ajouta-t-elle en levant les bras avant de les laisser retomber, même si c'était ici qu'il m'avait emmenée et qu'on était passés devant la maison, le jardin pourrait être complètement différent. Il s'est écoulé quatorze ans. (Elle inspira profondément.) Bon, au moins, on aura essayé. Je suis certaine que la police retrouvera son adresse sans problème et me montrera une photo. Peut-être que je la reconnaîtrai. Et peut-être que ça n'a aucune importance, au fond.

Elle m'adressa un sourire contraint.

— Et si on s'arrêtait à la fac ? suggérai-je. C'est l'heure de déjeuner. On pourrait aller à la cafétéria et prétendre être deux gamins de banlieue qui se sont remarqués dans les gradins d'un match de football américain et qui ont eu un coup de foudre.

Je lui adressai un sourire étincelant et elle éclata de rire avant de se pencher pour m'embrasser sur la joue.

— D'accord. Bonne idée.

En y pensant, ça aurait pu être vrai. Quel que soit l'endroit où on se serait rencontrés, on serait tombés amoureux. Que nous ayons été deux élèves en première année de fac, deux journaliers agricoles, deux gitans, deux *n'importe quoi*... la partie coup de foudre de notre histoire aurait été la même. Elle aurait volé mon cœur dans un gymnase, un champ de maïs ou une roulotte.

Je me garai sur le parking réservé aux visiteurs et nous traversâmes le campus main dans la main. D'un côté, j'adorais être avec Eden et me mêler à d'autres jeunes gens de notre âge qui marchaient autour de nous. J'avais vraiment l'impression d'être un étudiant normal et que nous étions à notre place. En cet instant, nous n'avions pas un passé si différent de celui des autres jeunes Américains. En cet instant, nous n'avions pas subi le martyre ni eu le cœur brisé. Mais d'un autre côté, Hector avait enseigné ici... et c'était peut-être là que l'idée d'Acadie avait germé. Un petit frisson me parcourut lorsque je songeai que c'était ici qu'était née l'idée qui avait changé à jamais la vie d'Eden et la mienne.

Et pourtant.

C'était là que cette idée était née. Difficile de savoir quoi ressentir. Parfois la beauté du monde naissait de la laideur. Comment trouver du sens à tout ça ? Comment éprouver de la reconnaissance pour quelque chose qui avait été précédé de tant de souffrance ? Ou était-ce justement cela qui définissait la véritable beauté : la lumière *après* les ténèbres ? C'était peut-être là la morale. Si on se contentait de chercher la beauté dans les endroits les plus évidents et dans les circonstances les plus lumineuses, alors peut-être qu'on ne la cherchait pas vraiment.

Nous nous arrêtâmes pour demander à quelqu'un où se trouvait la cafétéria. Une fois dedans, nous fîmes la queue pour acheter des sandwichs puis nous nous installâmes à une table pour déjeuner en bavardant. Je ne pus m'empêcher de remarquer les coups d'œil que lançaient les mecs à Eden. Impossible de leur en vouloir. C'était la plus jolie fille de la cafétéria. C'était même la plus jolie fille de tout l'Indiana et du monde entier. Et elle portait *mon* enfant. Une fierté farouche m'envahit et je me redressai, un immense sourire aux lèvres. Eden me lança un regard étonné.

— Qu'est-ce qu'il y a ?

Je pris une bouchée de mon sandwich à la dinde et tentai d'arrêter de sourire pour mâcher.

— Je me sens juste bien, expliquai-je une fois que j'eus dégluti. Et fier. Je suis heureux. Même ici, même en sachant pourquoi on est là.

Le regard d'Eden s'attendrit et elle posa la main sur la mienne.

— Moi aussi, dit-elle.

Un homme d'entretien entre deux âges pénétra dans la cafétéria en portant des cartons et quand il croisa mon regard, il eut l'air sidéré. Il continua à me scruter jusqu'à ce qu'il soit hors de vue. *Étrange.* Je reportai mon attention sur Eden en souriant.

— On y va ? demandai-je en rassemblant nos ordures.

— On devrait demander des renseignements sur Thomas Greer, tu crois ? Peut-être que quelqu'un sait pourquoi il est parti... ou pourrait nous apprendre quelque chose sur lui ?

— Ça fait tellement longtemps, Eden, dis-je en sortant de la cafétéria. Mais oui, essayons.

— Il y a peu de chances qu'on trouve quoi que ce soit, je sais, mais peut-être qu'il y a encore des profs qui ont bossé avec lui. Il n'était pas si vieux.

— Viens. Traversons le bâtiment pour voir où est le département d'Histoire.

— D'accord, acquiesça Eden en souriant.

Je ne pus m'empêcher de glousser. Qui aurait cru qu'elle transformerait la pêche aux informations concernant

Hector en une espèce d'aventure ? Je l'attirai à moi pour embrasser le sommet de son crâne. Ce n'était peut-être pas le plus plaisant des sujets mais *nous* étions les chefs ici, pas lui. *Plus jamais lui.* Eden avait raison de continuer, ça nous rendait puissants.

Nous demandâmes notre chemin à un rouquin aux cheveux frisés qui portait un énorme sac à dos et un grand gobelet de café à la main, et nous nous dirigeâmes vers le département d'Histoire. Les couloirs étaient déserts pour la plupart. Soit les cours d'histoire s'achevaient tôt le vendredi, soit ils avaient été annulés. Dans tous les cas, ça ne faisait pas notre affaire.

J'entendis un bruit de pas derrière nous. Je jetai un coup d'œil par-dessus mon épaule et aperçus l'homme d'entretien qui m'avait dévisagé bizarrement à la cafétéria. Je m'immobilisai et Eden m'imita en me lançant un regard curieux.

— Qu'est-ce qui se passe ?

Sans lui répondre, j'interpellai l'homme :

— Excusez-moi, monsieur ?

Je m'approchai de lui, entraînant Eden à ma suite. Il nous regarda marcher vers lui, un peu apeuré, comme s'il se demandait s'il devait tourner les talons. Mais il resta où il était.

Une fois près de lui, je découvris qu'il était plus vieux que ce que je croyais : sa peau était ridée et ses cheveux plus blancs que blonds. Il était mince, nerveux et se tenait naturellement un peu voûté. Il avait comme un voile sur un de ses iris.

— Bonjour. Je m'appelle Calder Raynes. Nous espérions que vous pourriez répondre à quelques questions concernant quelqu'un qui a travaillé ici.

Il hocha la tête, jeta un rapide coup d'œil à Eden puis reporta son attention sur moi.

— Morris Reed, suggéra-t-il d'une voix rocailleuse, un peu grinçante.

Je devinai que c'était un gros fumeur. Il ne se présenta pas.

Je m'approchai un peu et je sentis effectivement l'odeur de tabac qui s'exhalait de lui.

— Hum, fit Eden en me jetant un coup d'œil. Non. Est-ce que vous travailliez ici quand Thomas Greer enseignait l'histoire grecque ?

L'homme la dévisagea, un peu déconcerté, puis détourna la tête et toussa, une toux râpeuse et pleine de mucus. Je faillis grimacer mais je me retins.

— Oui, je connaissais Tom, finit-il par répondre. Enfin, connaître est un bien grand mot. On ne se fréquentait pas.

— Oh, commenta Eden. Est-ce que vous savez pourquoi il est parti ?

Il l'étudia pendant quelques instants et je la pris instinctivement par la main. L'homme baissa brièvement les yeux sur nos doigts entrelacés avant de les relever sur elle.

— Sa femme et sa fille ont été tuées, répondit-il sur un ton sinistre. C'était y a longtemps... triste histoire.

— Oui, constata Eden doucement. C'est pour ça qu'il est parti ?

L'homme toussa de nouveau avant de répondre.

— Non, ils l'ont viré. Des années plus tard. L'affaire n'a pas été ébruitée. Ils l'ont laissé démissionner. Mais la vérité vraie c'est qu'il a été foutu dehors. Il a changé après le crime. Il racontait n'importe quoi en cours, il faisait peur aux étudiants et il disait des trucs bizarres, comme quoi les dieux lui parlaient. Il prenait sans arrêt des congés et quand il revenait, il était encore plus dingue qu'avant. La tragédie a dû lui faire perdre la tête. Puis il s'est barré et j'ai plus jamais entendu parler de lui.

Je hochai la tête.

— D'accord. Eh bien, merci d'avoir pris sur votre temps. Vous nous avez été d'une grande aide.

Il opina et nous tournâmes les talons.

— Tu lui ressembles trait pour trait, tu sais ?

Je fis volte-face. Il me dévisageait.

— Pardon ? demandai-je, perplexe. À qui ?

— Ton père. Il bossait à l'entretien, comme moi. Il a démissionné quelques années avant Thomas.

Mon cœur cessa de battre pendant une fraction de seconde avant de se remettre en marche de manière erratique.

— Mon... quoi ?

— Tu es plus mat de peau que lui, mais tu as le même visage. Il n'a jamais eu de mal à trouver des nanas. (Il gloussa, ce qui le fit suffoquer, mais il se ressaisit rapidement et me jeta un regard dans lequel je crus lire du regret.) Il m'a dit que ta mère t'avait enlevé. C'est vrai ?

— Comment il s'appelle ? l'interrompis-je. Vous savez où on peut le trouver ?

— Oh ouais, je sais, mais tu ferais mieux de te grouiller. Ma sœur bosse à l'hôpital. Il est en fin de vie chez lui. Je pense qu'il en a plus pour longtemps. Il est malade depuis des années. Il s'appelle Morris Reed. Je pensais que c'était *lui* que tu cherchais, pas Thomas.

Il inclina la tête, sourcils froncés, comme s'il venait d'annoncer une mauvaise nouvelle.

Mon cœur battait toujours la chamade et mes pensées étaient incohérentes. J'essayai de comprendre. *Morris Reed. Morris Reed. Mon père était Morris Reed.*

— Il habite à un peu plus d'un kilomètre d'ici, sur Abaddon Road.

Il épela le nom de la rue puis éructa le numéro avant de tourner les talons et de s'éloigner.

— Attendez, dis-je. Savez-vous si cet homme que vous dites être mon père... Est-ce qu'il connaissait Thomas ?

Il haussa les épaules.

— Pas à ma connaissance, mais Morris et moi, on se voyait jamais en dehors du boulot. (Il baissa les yeux comme pour peser ses paroles, puis il me regarda bien en face. Son œil chassieux ne cillait pas.) On devrait pas parler mal des morts mais ton père a pas encore passé l'arme à gauche, alors écoute bien ce que je vais te dire : en ce qui me concerne, je me suis toujours tenu loin de lui. Le visage d'un dieu et l'âme d'un démon.

Je le dévisageai, bouche bée. Je sentis quelque chose de froid et de visqueux couler le long de mon dos. Soudain, Eden me tira en avant et je trébuchai derrière elle en jetant un dernier regard à l'homme tandis que nous courions quasiment vers la porte, puis dans la lumière brillante du monde extérieur.

CHAPITRE 18

Eden

Je fis sortir Calder du bâtiment aussi vite que mes pieds pouvaient me porter et aussi rapidement que je pouvais me déplacer tout en tirant sa haute taille derrière moi. Il traînait les pieds, il n'y mettait pas du sien.

Je m'arrêtai une fois dehors. L'air frais de l'automne nous accueillit. Mon cœur battait à tout rompre et j'avais la bouche sèche. J'obligeai Calder à me faire face et observai son visage inexpressif.

— À quoi tu penses ? Tu vas bien ?

Il secoua lentement la tête, le regard vague fixé sur un point au-dessus de ma tête.

— Je ne sais pas quoi penser. (Il finit par poser lentement les yeux sur moi et il cilla comme s'il ne me reconnaissait pas.) Ce n'est peut-être même pas vrai.

— Est-ce que tu veux savoir ? demandai-je en murmurant. C'est à toi de décider.

Calder prit une profonde inspiration et expira lentement en se frottant les paupières.

— Quelque chose me dit que ce n'est pas une bonne idée.

— L'occasion ne se présentera peut-être plus jamais, fis-je, songeuse. Le type a dit qu'il n'en avait plus pour longtemps. (Je m'interrompis.) Il pourra peut-être te révéler ton nom.

— Mon nom. Ouais, finit-il par répondre en baissant les yeux vers mon ventre.

— Je suis avec toi, dis-je en lui prenant la main. Je suis là. Et quelqu'un de très avisé m'a dit un jour qu'on ne savait jamais quand quelque chose qu'on avait appris finirait par se révéler utile, conclus-je en souriant.

Le regard de Calder s'adoucit. Il me pressa la main et nous regagnâmes la voiture.

Vingt minutes plus tard, après nous être trompés plusieurs fois de chemin (Calder marmonna que c'était certainement un signe), nous nous engageâmes sur un chemin de terre et aperçûmes le numéro que l'homme d'entretien nous avait donné peint sur une boîte aux lettres.

Je regardai autour de moi tandis que Calder avançait lentement dans l'allée. C'était un rêve de brocanteur : trois voitures désossées étaient juchées sur de gros blocs de béton, un canapé marron miteux était posé à côté du perron et des ordures inidentifiables jonchaient le sol un peu partout.

J'examinai la maison : le toit s'affaissait, la peinture s'écaillait et un volet pendait de travers devant l'une des fenêtres. Je jetai un coup d'œil à Calder : son expression était un mélange de choc et de dégoût.

Il arrêta le moteur sans faire mine de descendre.

— Je pense que ni toi ni moi n'allons aimer ce que nous allons découvrir, Eden.

L'inquiétude m'envahit.

— Il est malade depuis longtemps, constatai-je sur un ton égal. Il a certainement des problèmes d'argent. Ça ne veut pas dire que ce n'est pas un homme bien. Et même si ce n'est pas le cas, il mérite de savoir qui lui a enlevé son fils, non ?

Calder se passa la main dans les cheveux en hochant la tête. Nous descendîmes tous les deux de voiture et nous zigzaguâmes au milieu des poubelles vers la maison, les doigts entrelacés. J'avais envie de plisser le nez tellement l'odeur qui planait était épouvantable, un mélange d'ordure et de soufre, mais je m'obligeai à ne rien montrer.

La dernière chose dont Calder avait besoin c'était que j'aggrave les choses en ayant l'air dégoûté par son passé.

Une fois devant la porte, je me revis devant le heurtoir en forme de tête de lion de la maison de ma mère. C'était la même chose pour Calder. Je lui pressai la main avec un petit sourire.

— Tu peux le faire.

Il leva la main et n'hésita qu'une fraction de seconde avant de frapper à trois reprises. Nous attendîmes, parfaitement immobiles, l'oreille aux aguets. Quelqu'un se dirigeait vers la porte. Un aigle glatit loin au-dessus de nos têtes et son cri strident déchira le silence. Je levai la tête, les yeux plissés : il volait en cercle au-dessus de nous.

Je tressaillis lorsque la porte s'ouvrit sur une jeune femme qui portait un jean et un pull vert à col roulé. Elle nous lança un regard curieux.

— Euh, bonjour, dit Calder.

La femme le dévisagea et une forme de compréhension se lut sur son visage.

— Bonjour. Vous êtes de la famille ?

— Oui, répondit Calder en faisant traîner le mot. Je m'appelle Calder Raynes et voici ma copine, Eden Everson.

— Entrez, je vous en prie, dit la femme en souriant. Je m'appelle Addy Dover. Vous saviez que... commença-t-elle, l'air compatissant.

— Oui, répondit Calder. Vous êtes du centre de soins palliatifs ?

— Oh non, non, dit-elle en secouant la tête. (Elle se pencha vers nous et baissa la voix.) Les infirmiers du centre ne viennent pas ici. Je suis de l'église Notre-Dame-de-Miséricorde. Mais j'ai été infirmière à domicile. (Elle pinça les lèvres avant d'ajouter :) Personne ne devrait mourir seul.

Mais quelque chose dans son expression montrait qu'elle n'était pas vraiment convaincue par ce qu'elle affirmait. Je n'étais pas certaine de ce que ça signifiait.

J'étais intriguée. Calder fronça les sourcils. Nous fîmes mine d'entrer mais Addy nous arrêta. Elle jeta un coup d'œil à l'intérieur avant de reporter son attention sur nous.

— Vous l'avez déjà rencontré ?

Calder secoua la tête en signe de dénégation.

— Oh, d'accord, eh bien... il est... eh bien, ce n'est pas quelqu'un d'aimable. Je ne dis pas ça pour manquer de respect à votre famille, poursuivit-elle, l'air préoccupé, mais, eh bien... puisque vous ne le connaissez pas, il vaut mieux que vous soyez préparé. C'est vraiment gentil à vous de venir lui rendre visite. Vous êtes les seuls.

Nous acquiesçâmes à l'unisson et fîmes de nouveau un pas en avant, mais Addy nous arrêta de nouveau.

— Oh, dit-elle en pivotant pour attraper quelque chose sur un guéridon tout près de la porte. (Elle nous tendit un petit flacon et désigna son nez. C'est alors que je remarquai la trace bleuâtre sous ses narines.) L'odeur, expliqua-t-elle. Vous allez en avoir besoin.

Calder blêmit. Il me jeta un regard embarrassé, comme s'il avait envie de fuir en courant. J'ouvris le bouchon, me tartinai sous le nez et donnai le flacon à Calder qui m'imita maladroitement. Nous entrâmes enfin.

Malgré la très forte odeur de camphre qui avait envahi mes narines, l'odeur qui régnait dans la maison me prit à la gorge et je faillis tourner les talons. Je levai les yeux vers Addy. Je devais avoir l'air choqué parce qu'elle hocha la tête d'un air entendu.

— Je sais. Il faudra que vous changiez de vêtements après.

Je ravalai la bile qui me remontait dans la gorge et j'essayai de ne pas respirer. Calder scrutait la pièce, l'air à la fois abasourdi et écœuré.

Des cartons, des papiers, des *trucs* étaient empilés partout. Des mouches volaient paresseusement et les quelques pans de murs visibles avaient l'air recouverts par une espèce d'huile. Quelqu'un vivait vraiment ici ?

Addy se mit à suivre un petit chemin tracé au milieu des ordures. C'était dangereux et malsain, non ? Comme pour répondre à ma question, Addy murmura :

— L'État lui a ordonné de nettoyer mais il n'est pas en état de s'en occuper. Ils ont dit qu'ils enverraient quelqu'un le faire sinon... il ne peut pas vivre là-dedans encore longtemps. J'aime à dire que tout le monde a le droit de mourir chez soi, mais dans ce cas, constata-t-elle en regardant autour d'elle, je n'en suis pas certaine.

Nous la suivîmes dans un couloir défraîchi puis dans une autre pièce. Addy resta en retrait tandis que nous pénétrions dans la chambre d'un pas hésitant. Je lui jetai un coup d'œil en passant et elle m'adressa un petit sourire préoccupé.

— Je serai dans la pièce de devant si vous avez besoin de moi, dit-elle avant de hocher la tête comme pour nous encourager.

J'acquiesçai sans un mot.

La chambre était faiblement éclairée et, contrairement au reste de la maison, elle était vide, à l'exception d'un lit d'hôpital installé le long du mur opposé. Je plissai les yeux pour ajuster ma vision à la pénombre. Je distinguai une forme humaine dans le lit mais sans en deviner les détails. Il était parfaitement immobile et j'en déduisis qu'il dormait.

Je fis un pas en avant mais Calder me retint.

— Ça ne peut pas être bon pour toi, chuchota-t-il.

Je ne savais pas s'il faisait allusion à l'odeur, au stress de la situation ou à autre chose encore, mais je me tournai à peine vers lui et répondis :

— Je vais très bien.

Il examina la pièce, l'air légèrement paniqué. Il posa les yeux sur une fenêtre et sembla se détendre un peu. Est-ce qu'il cherchait une issue de secours ? Cette maison était répugnante, c'était un fait, et l'homme allongé devant nous était peut-être très désagréable. Mais je n'imaginais pas un instant que nous soyons obligés de prendre nos jambes à nos cous.

— Je me suis toujours demandé si tu me retrouverais, fit une voix profonde et feutrée depuis le lit.

Calder et moi sursautâmes. Nous nous regardâmes et avançâmes vers le fond de la pièce.

— Papa ? demanda Calder de façon hésitante, la voix un peu cassée. Tu sais qui je suis ?

Mon cœur se serra.

L'homme étendu dans le lit nous apparut lentement. Une petite lampe de chevet l'éclairait juste assez pour qu'on distingue ses traits. Je retins un petit cri et sentis la nausée m'envahir tout de suite. Sa peau était boursouflée, marbrée et couverte de bleus, pelant par endroits, laissant apparaître une chair jaunâtre. Il était clairement très malade. Il me rappela les cadavres que j'avais vus avant de m'échapper d'Acadie. Mais ce qui m'avait fait crier d'horreur, c'est que sous la déformation de la maladie, je voyais *Calder.* Sous la maladie et la laideur, il y avait de la beauté. Mon estomac ne fit qu'un tour. Je me cramponnai au bras de Calder et je me forçai à regarder son beau visage en pleine santé. Je fermai brièvement les yeux, sentis le calme revenir et reportai mon attention sur l'homme. Il était en train de mourir. Ce n'était pas sa faute s'il était horrible.

— Approche que je puisse te regarder, Kieran, ordonna l'homme, Morris.

— Kieran ? répéta Calder en tressaillant.

Nous nous arrêtâmes au pied du lit.

— C'est le nom que je t'ai donné. Kieran Reed.

— Kieran Reed, répéta Calder sur un ton presque interrogateur.

Morris éclata soudain de rire et, comme sa voix, c'était un son mélodieux et riche, en complète contradiction avec le reste de sa personne. Je fis machinalement un pas en avant mais Calder me retint. Les lèvres gonflées de l'homme s'étirèrent en ce que je devinai être un sourire.

— Il voulait te donner un autre nom. Comme vous voulez, que je lui ai dit, il est à vous à présent.

Il nous fixa et un frisson glacé me parcourut. Je tentai de ne pas détourner les yeux, dégoûtée.

— Il ? murmura Calder. Hector ?

Morris eut l'air surpris.

— Non, Thomas.

— Thomas, oui, reprit Calder sur un ton égal mais perplexe. Tu savais qu'il m'avait enlevé ? Je ne... Tu l'as *laissé* me prendre ?

— Te prendre ? ricana méchamment Morris. Je t'ai vendu à lui.

Personne ne prononça un mot pendant quelques secondes horribles, le temps de digérer l'information. Le bip régulier d'une machine à la droite de Morris était le seul bruit qui emplissait l'air épais et rance. Morris s'empara d'un masque à oxygène et prit plusieurs goulées d'air.

— Tu m'as vendu ? finit par dire Calder.

Morris s'adossa à son oreiller en regardant Calder, le regard brillant de... *quelque chose.*

— Il disait qu'il avait besoin de toi pour rééquilibrer sa communauté de dégénérés. (Il éclata de nouveau de son rire musical.) Pour ce que j'en avais à foutre... Tu étais une épine dans mon pied : tu me suivais partout en réclamant toujours quelque chose.

— J'avais quel âge ? articula Calder avec difficulté.

Je me mis à trembler sans pouvoir m'arrêter. *Oh, Calder.* Je pouvais presque sentir le chagrin exsuder de lui. Mon cœur se serra violemment.

— Trois ans.

— Seigneurs tout-puissants, suffoqua Calder.

Il me lâcha la main pour se passer la main dans les cheveux.

— Comment vous connaissiez Thomas ? demandai-je en essayant de ne pas fondre en larmes.

Morris planta son regard dans le mien.

— Oh, la jolie fille que voilà, dit-il en se redressant. J'avais des gamines dans ton genre entre mes jambes tout le temps, fit-il en laissant ses yeux errer sur moi lentement.

— Ne la regarde pas ! hurla Calder en brisant le silence qui planait dans la chambre. (Je sursautai. Il m'attrapa et me plaça derrière lui.) Garde les yeux sur moi, espèce de vieux pervers répugnant.

Je jetai un coup d'œil à Morris par-dessus l'épaule de Calder : il avait l'air amusé. Il était ravi. Qui était cet homme ? Toute la situation était surréaliste ; un cauchemar grotesque que nous serions bien en peine de raconter plus tard.

— Le timing est parfait, constata Morris en ignorant l'insulte de Calder. Je suis content de pouvoir raconter cette histoire avant de retrouver mon créateur. (Il fit de nouveau un semblant de sourire et j'imaginai exactement qui était le créateur de cet homme.) Elle est bonne.

Il concentra son attention sur Calder puis nous examina tour à tour pendant quelques secondes tendues comme pour s'assurer que nous étions bien attentifs, puis il hocha la tête.

— Je connaissais Thomas de la fac. J'avais dû t'amener avec moi quelques fois pour aller chercher mon chèque quand tu ne voulais pas la fermer. Il t'avait remarqué. Tu l'intéressais. Il s'est pointé un jour et m'a fait une offre que je ne pouvais pas refuser.

Mon crâne se mit à picoter, la chair de poule m'envahit. Calder vacilla et je le serrai fermement contre moi.

Morris soupira.

— L'alcool et le jeu ont toujours été mes péchés mignons, expliqua-t-il en haussant les épaules. Tu aimes boire, Kieran ? Si c'est le cas, tu tiens ça de moi.

Il nous fit un clin d'œil, exhibant sa paupière gonflée, puis éclata de rire comme s'il avait fait une bonne blague.

— D'après toi, il me voulait quoi ? demanda Calder d'une voix morne en ignorant sa question.

L'homme rit de nouveau et haussa les épaules.

— Je me suis dit qu'il aimait les petits garçons. Ce qu'il faisait de toi, c'était son problème. (Il se pencha très légèrement en avant.) Mais je l'ai fait payer. Tous les ans. Il venait en personne me filer la tune.

— En personne ? répéta Calder.

Il avait l'air en état de choc. J'envisageai de l'arracher d'ici et de quitter en courant cette maison horrible et répugnante. Mais mes jambes refusaient de bouger. J'avais l'impression d'être clouée sur place et j'essayais de comprendre la malice que révélait l'histoire que cet homme, *le père de Calder*, nous racontait. Et pour quoi ? Pour soulager sa conscience ? Non, pour son propre amusement. Il était clair qu'il y prenait plaisir.

— J'ai pleuré ton absence, répondit Calder. Par tous les dieux, j'ai pleuré ton absence. (J'entendis l'émotion dans sa voix et tout en moi hurlait de le protéger. Je tirai son bras mais il résista et ne bougea pas d'un pouce.) J'ai tellement sangloté que ça a abîmé mes cordes vocales, suffoqua-t-il.

Morris eut l'air intéressé.

— Ah bon ? Oui, fit-il comme s'il trouvait ça tout à fait normal. Tu m'aimais beaucoup. Papa par-ci, papa par-là, tu nettoyais même derrière moi quand j'étais trop bourré pour bouger. C'est pour ça que j'ai demandé beaucoup d'argent, acheva-t-il comme s'il avait prouvé quelque chose.

La pièce vacilla autour de moi. C'était trop horrible pour être vrai. Je secouai la tête au cas où ce serait un cauchemar terrifiant dont je pourrais me réveiller.

Calder inspira profondément et s'apprêta à tourner les talons. Il était calme mais son regard était clairement affolé. Il essuya une larme qui coulait sur ma joue et c'est alors que je me rendis compte que je pleurais en silence.

— Qui était ma mère ? demanda Calder.

Morris eut l'air surpris par la question.

— Oh, *elle* ? Une gamine qui a prétendu que je l'avais violée. (Il haussa les épaules puis soupira comme si l'effort était incommensurable.) J'avais totalement oublié son existence et puis elle s'est pointée chez moi et t'a quasiment abandonné devant ma porte. Mais j'ai tout de suite compris que tu étais mon fils. Tu étais aussi beau que moi. (Il éclata de rire et le son mélodieux emplit la pièce. Je me raidis.) C'était une Indienne. D'Amérique.

Il posa une main boursouflée sur sa bouche et émit un « wouh wouh wouh ». Je tressaillis et il éclata de rire. Nous nous détournâmes.

— Tu ne veux pas savoir quel est le vrai secret ? demanda Morris d'une voix plus forte.

Nous nous figeâmes avant de lui faire face de nouveau. Il avait l'air tout excité.

Sa respiration devint soudain sifflante et il attrapa le masque à oxygène qu'il porta à son visage. Il inspira plusieurs fois avant de l'éloigner.

— Thomas est venu ici il y a des années pour me donner le dernier paiement, quand tu as eu dix-huit ans.

Il remit le masque en place et inhala avant de le reposer. Comment sa voix pouvait-elle être aussi grave et claire s'il avait autant de peine à respirer ? Je me cramponnai plus fermement à Calder qui se raidit.

— On venait juste de me diagnostiquer. J'étais déjà à l'hôpital. Les toubibs m'avaient dit que je n'en avais plus que pour six mois et pourtant je suis toujours là. (Il rit.) Je me suis dit que j'avais aucune raison de ne pas lui dire la vérité. Il était temps de soulager ma conscience et tout le bordel. (Il éclata de rire et je sentis la nausée monter.) J'ai tué sa famille. Je suis entré par effraction dans la maison du riche professeur. Elles étaient même pas censées être là. (Il fixa un point derrière nous puis haussa les épaules.) J'ai cru qu'il allait me claquer entre les mains. (Il soupira comme si ce n'était pas la réaction qu'il avait escomptée.)

— Tu as tué sa famille ? fit Calder d'une voix éteinte. Tu les as poignardées. C'était toi. Pendant toutes ces années, il t'a payé pour moi, et tu étais l'homme qui avait assassiné sa femme et sa fille.

Son ton était froid, détaché et l'appréhension m'envahit. *C'est pour ça, mon Dieu, c'est pour ça qu'Hector est rentré de ce pèlerinage défait et... fou.* Toutes ces années auparavant. La vérité me percuta. C'était la dernière pièce du puzzle.

Morris nous adressa un regard déçu.

— Ouais. C'est ça qui s'est passé. Et il s'est barré. Il n'a même pas essayé de me tuer.

Un silence plana pendant de longues secondes. Calder finit par le briser.

— C'est parce que tu étais déjà mort.

Il me prit par la main pour sortir de la pièce. Je le suivis, les jambes engourdies. Je lançai un dernier regard derrière moi : Morris était de nouveau dans l'ombre et un frisson glacé me parcourut.

— C'est tout ? cria-t-il. Kieran ? Kieran ? Reviens ici, mon garçon ! C'est un ordre de ton père. Reviens !

Calder accéléra le pas, me tirant presque derrière lui dans l'espace étroit tandis que la voix sonore de Morris l'appelait. Addy sortit de la grande pièce et nous lança un regard surpris quand on la dépassa à toute allure. Une fois que nous fûmes parvenus sur le seuil, Calder pivota vers elle.

— Vous devriez quitter les lieux. Cet homme est dangereux...

Nous nous figeâmes en entendant quelque chose tomber. Je présumai que c'était la machine à oxygène. Puis Morris appela à l'aide, exigeant qu'on vienne à son secours. Nous nous arrêtâmes, apeurés et surpris. Aucun de nous ne bougea. Puis le bruit perçant de la machine qui enregistrait les battements de son cœur stoppa soudain. Nous nous regardâmes sans bouger. Addy prit une profonde inspiration et regagna la grande pièce. Elle s'assit sur un petit tabouret en bois posé près d'une fenêtre ouverte puis elle s'empara de son livre et reprit sa lecture.

Nous sortîmes le plus vite possible, inspirant de grandes goulées d'air. Je suivis Calder jusqu'à la voiture. Il ouvrit le coffre et sortit des vêtements de nos valises. Ses gestes étaient rapides et saccadés, il dut s'y reprendre à plusieurs fois.

— Calder... dis-je d'une voix rauque.

Il secoua la tête sans me regarder.

— S'il te plaît, Eden, enlève ces vêtements, supplia-t-il.

J'acquiesçai en essayant de retenir mes larmes. Nous nous dévêtîmes derrière la voiture pour enfiler une tenue propre et Calder poussa nos fringues du pied sans les ramasser. Personne ne remarquerait quelques bricoles en plus, de toute façon.

Une fois dans la voiture, Calder s'engagea sur la route. Ses mains tremblaient sur le volant.

— Trouve un hôtel, murmurai-je.

Calder ne répondit pas, mais vingt minutes après avoir quitté la ville, il s'arrêta devant un hôtel situé à l'entrée de l'autoroute. Nous prîmes une chambre sans dire un mot. Une fois dedans, Calder s'enferma tout de suite dans la salle de bains. J'entendis l'eau de la douche couler et je me laissai tomber sur le fauteuil près de la fenêtre.

Je tremblais toujours. Je tentai de me dominer et de me calmer. Calder était bien évidemment dévasté par ce qu'il venait d'apprendre, encore plus que moi. Je priai pour que la douche lui permette de se ressaisir et de mettre de l'ordre dans ses sentiments. Je voulais le réconforter, mais comment ? Chaque seconde passée à l'attendre me faisait mal, mais je savais au plus profond de moi qu'il avait besoin d'être seul. Combien de trahisons pourrait-il encore encaisser ? *Il a été vendu par son propre père.* Pour qu'il puisse se payer de l'alcool et boire. Mon esprit n'arrivait pas à l'admettre. Comment pouvait-on faire ça à un petit garçon aussi beau ? J'avais envie de tomber à genoux en sanglotant. Mais il n'en était pas question. Je tiendrais bon pour Calder. Je serais sa courageuse Belle de Jour.

Un quart d'heure plus tard, Calder sortit de la salle de bains et me regarda. Ses yeux étaient rougis et je devinai qu'il avait pleuré. Mon cœur se brisa et je me levai pour m'approcher de lui.

— Tu devrais prendre une douche, suggéra-t-il d'une voix rauque. Lave-toi. Tu sens son odeur. C'est insupportable.

J'acquiesçai, un peu surprise.

— Est-ce que tu...

— S'il te plaît, Eden, m'interrompit-il, l'air malheureux et la voix encore plus rauque que d'habitude.

Nous nous fixâmes un instant en silence, puis je hochai la tête et il s'écarta lorsque je passai devant lui. Je baissai les yeux sur ses mains et constatai qu'elles tremblaient toujours. *Oh, Calder.* J'avais le cœur brisé et je n'osais imaginer l'état du sien.

Je refermai la porte de la salle de bains derrière moi et pris une longue douche brûlante. Je me lavai les cheveux trois fois et me frottai la peau avec un gant jusqu'à ce qu'elle me fasse mal.

Lorsque je sortis de la salle de bains, uniquement vêtue d'une serviette, je regardai autour de moi. La chambre était vide. Calder était parti.

CHAPITRE 19

Eden

Je restai étendue sur le lit de la chambre d'hôtel, parfaitement immobile, en écoutant le bruit du souffle de la ventilation que j'avais laissée en marche dans la salle de bains. Calder avait pris la voiture. Je savais qu'il ne m'abandonnerait pas, enceinte de surcroît, au beau milieu d'un État inconnu. *Il ne ferait jamais ça.* Nous avions traversé des épreuves bien plus difficiles que ça et Calder avait toujours cherché à me protéger. Je refusais de croire que les révélations de son père l'avaient brisé pour de bon. Certes, c'était affreux, inimaginable, bouleversant et écœurant à bien des égards. Mais nous allions gérer tout ça ensemble. Il le fallait. Nous n'avions pas le choix.

Je songeai à envoyer un SMS à Xander mais je ne pouvais pas me résoudre à lui raconter une partie de l'histoire puis le laisser mariner. Ce ne serait pas cool. Et l'idée de lui parler de Morris alors que je n'avais pas débriefé avec Calder m'était insupportable.

Je restai allongée, en mille morceaux. Je posai la main sur mon ventre et puisai du courage de cette petite partie nichée au creux de moi, du minuscule amas de cellules qui étaient en train de former un être humain, de cet autre cœur qui battait dans les profondeurs de mon corps. Ma main était tiède sur ma peau.

Des heures plus tard, j'entendis enfin un bruit de pas sur le ciment de l'allée devant ma chambre. Ils avaient l'air hésitants et je plissai les yeux. La porte s'ouvrit et Calder la poussa en chancelant un peu. Sa silhouette se découpa, sombre, sur la lumière du couloir. Je me redressai, un oreiller serré contre mon cœur.

Calder entra dans la pièce et referma la porte d'un coup de pied.

— Salut, marmonna-t-il en se dirigeant vers moi.

Il avait bu : sa démarche n'était pas assurée et il avait le regard brumeux. Il se laissa tomber sur le bord du lit en gémissant faiblement. Je gardai le silence. Il finit par lever les yeux vers moi.

— Tu es en colère, Belle de Jour ?

Je poussai un soupir.

— Ça t'a aidé ? D'aller te bourrer la gueule tout seul dans un bar ? Ça t'a fait du bien ?

Calder me fixait comme s'il était en train d'essayer de résoudre quelque chose.

— Je ne savais pas quoi faire d'autre.

— Tu aurais pu rester ici. Tu aurais pu m'expliquer ce que tu ressens.

Il éclata de rire.

— Ce que je ressens ? Par où commencer ? (Il secoua la tête lentement.) Je ne te dégoûte pas ? Tu as vu d'où je viens ? (Il eut un rire rauque qui se termina en grimace.) Putain de merde. Tu vois quel sang coule dans mes veines, Eden ? Tu as *vu* ? C'était quoi cette chose ? Est-ce que c'était vraiment un être humain ?

— Calder... dis-je dans un souffle, le cœur si serré que je portai les mains à ma poitrine.

Calder s'accouda sur le lit, le menton baissé, les yeux rivés sur mon ventre puis sur mon visage.

— Ce bébé dans ton ventre, ce bébé a le même sang que cette *chose* qu'on a vue dans cette maison. Moi aussi. Qu'est-ce que ça te fait ? Tu as toujours été si pure, et moi si sale.

Il avait l'air très malheureux. Je balançai l'oreiller et m'avançai à genoux jusqu'à l'autre bout du lit où il était assis. Je pris fermement son visage entre mes mains et plongeai mon regard dans le sien.

— Tu vas m'écouter attentivement, Calder Raynes. Tu n'as rien à voir avec l'homme qu'on a vu aujourd'hui. Je m'en fiche que son sang coule dans tes veines ou pas. Je m'en fous que tu partages son ADN. Ça ne définit pas ce qu'il y a dans ton cœur. Tout ce que ça prouve, c'est que même quelqu'un de cruel, de répugnant et d'obscène peut accomplir quelque chose de beau. Cet être humain épouvantable et horrible, *même lui,* a fait quelque chose de merveilleux pour le monde. Il t'a créé. Et. Tu. Es. *Bon.*

Je le lâchai et m'assis sur les talons.

Un nuage de douleur passa sur son visage.

— Non. Je suis mauvais. Je suis *le mal.* Tout le monde le voit. Hector l'a vu. Mes parents aussi : ils ont essayé de me brûler, Eden. (Il s'étouffa sur le dernier mot.) Mon Dieu, ils ont essayé de me brûler.

Je ravalai un sanglot et m'approchai de lui si vite que je n'eus même pas conscience de l'avoir décidé. Je le pris dans mes bras et me mis à le bercer, sa tête entre mes seins, ma joue posée sur le sommet de son crâne. Même dans ce merveilleux Lit Guérisseur, il n'avait pas été prêt à parler de cette journée-là, il avait évité le sujet. Même trois ans après, malgré l'alcool qu'il avait ingurgité, lorsqu'il leva les yeux sur moi, j'y lus un immense désespoir et un chagrin intense. Il ne pleura pas, mais je le fis pour lui, en me souvenant de l'horreur de ces heures-là. Je le serrai contre moi parce que ce jour-là je n'avais pas pu le faire. Je pleurai pour lui. Je pleurai pour le martyre que son cœur endurait à cause de l'ultime trahison qu'il avait subie et qui l'avait si profondément marqué. Rejeté et sacrifié d'une manière qui le faisait toujours saigner.

— Parfois, murmura-t-il, j'ai l'impression que même si le feu ne m'a pas touché, il m'a brûlé quand même. Je n'ai plus de peau et le monde contemple mes entrailles à vif et carbonisées. C'est ça que je ressens, Eden. Et maintenant je sais que ce n'était pas la première fois. Je me suis senti de nouveau à vif aujourd'hui. C'est ça que j'ai ressenti en entendant *mon père* expliquer qu'il m'avait vendu. Il m'a *vendu* quand j'avais trois ans.

Je le serrai contre moi : j'aurais aimé pouvoir m'ouvrir tout entière pour déverser mon amour directement dans son cœur et m'arracher la peau pour panser ses blessures avec.

— Je ne vois que de la bonté, chuchotai-je. Je ne vois que de la beauté.

— J'ai pensé partir et ne plus jamais revenir, tu sais. (Je me raidis.) Comme ça tu ne m'aurais plus jamais aimé. Et tu aurais pu continuer à vivre sans moi et m'oublier.

— Tu n'as pas mis ce plan à exécution, on dirait.

Il devait savoir que c'était ma plus grande peur. Une totale impossibilité.

— Non. Je ne ferais jamais une chose pareille. Jamais.

Il secoua la tête contre ma poitrine comme si l'idée même était absurde. Et elle l'était.

Je poussai un soupir, plus détendue.

— Mon grand méchant.

— Tu te moques de moi ?

— Un peu, oui.

Je reculai, encadrai de nouveau son visage entre mes mains et laissai mon regard errer sur ses traits magnifiques.

— Tu n'as même pas l'alcool agressif, fis-je remarquer. Si ton plan diabolique, c'est de suivre les traces de ton père, c'est un ratage.

Calder se mit à rire doucement.

— Ça ne peut pas être drôle, répondit-il avec une grimace. Ça n'a rien de marrant. C'est tragique et affreux.

Il se laissa tomber sur le lit. Je l'imitai et contemplai le plafond.

— Parfois, ce qui est affreux et tragique est drôle. C'est quelquefois nécessaire.

Nous regardâmes le plafond pendant quelques instants.

— Mon plan diabolique n'est pas de devenir comme mon père, finit par dire Calder. Mais si... mais si je ne peux pas m'empêcher de lui ressembler ? (Il frissonna.) Et si c'était mon destin ?

Je pris une profonde inspiration.

— Quelqu'un a essayé de me dire un jour quel était mon destin. Je savais dans mon cœur que ce n'était pas vrai. C'était *faux*. Je pense que les autres ne peuvent pas nous imposer notre destin, Calder. Est-ce que tu penses au fond de ton cœur que ton destin c'est d'être un monstre répugnant et cruel ?

— Non, finit-il par répondre.

— Non, confirmai-je. C'est impossible. Je te connais depuis toujours. Je sais tout de toi, Calder Raynes. Impossible.

— Ce n'est même pas mon vrai nom, dit-il après un silence.

— Kieran Reed, dis-je à mi-voix.

Je levai les yeux vers le plafond en me demandant si je parviendrais à m'accoutumer à l'appeler comme ça.

— Je ne prendrai jamais ce nom.

— Alors, ce sera Calder.

— Je suppose.

Nous gardâmes le silence pendant un instant.

— Je ne suis même pas bourré, fit-il. J'aime mieux le Coca que le rhum.

Je ricanai et lui pris la main. Nous restâmes ainsi pendant un moment. Je ne le regardai pas, mais je supposai qu'il s'était endormi, aussi fus-je surprise de l'entendre dire :

— Je suis champion pour une chose quand même.

— Laquelle ?

— Te mettre en cloque.

Je haussai les sourcils et le fixai. Il me regardait et nous éclatâmes de rire en même temps.

— C'est vrai, dis-je.

Calder m'adressa un sourire étincelant, le regard toujours un peu vitreux.

— Je déchire quand il s'agit de te mettre enceinte, répéta-t-il, l'air très content de lui.

Et puis soudain, il tomba du lit.

Je jetai un coup d'œil vers le sol et il me lança un regard sidéré. J'explosai de rire, la tête renversée en arrière. Je ris si fort que j'eus peur de faire pipi dans ma culotte. Je me rallongeai, pliée en deux, hurlant de rire, moitié hilare, moitié hystérique. Et pour une raison inconnue, ça me faisait autant de bien que de pleurer. C'était libérateur et j'en avais besoin.

Calder se jeta sur moi, et je ris de plus belle. Nous nous esclaffions tous les deux, jusqu'à en perdre haleine. Nous restâmes étendus sur le côté, face à face, pour reprendre notre souffle.

— Je t'aime tellement, dit-il en repoussant une mèche de cheveux de mon visage.

— Moi aussi, je t'aime.

— Hé, Eden, murmura-t-il au bout d'un instant.

— Oui ? chuchotai-je.

Il se mordilla la lèvre inférieure en fronçant les sourcils.

— Tu te souviens quand tu as dit qu'à la fin, dans le sous-sol, il y avait de l'amour ? Et que c'était peut-être là qu'était Dieu ?

J'opinai.

— Eh bien, continua-t-il, le visage envahi par la tristesse, quand j'étais ligoté à ce poteau, quand mon père...

Il poussa un soupir tremblant.

— Oui ? murmurai-je, en posant la main sur sa joue et en lui caressant la pommette du pouce.

— J'ai essayé de ne pas y penser pendant longtemps parce que c'était trop douloureux. Mais je me demande, à ce moment-là, où était Dieu ? Et l'amour ?

Son regard était fiché dans le mien comme s'il attendait quelque chose que je ne savais pas comment nommer. De l'espoir ? Une révélation qui l'aiderait ?

Je contemplai ses traits, cette mâchoire virile que j'aimais tant, ces yeux marron qui pouvaient se remplir de peine ou d'amour en un instant. Je me souvins de ce moment, même si j'avais essayé moi aussi de ne jamais y penser pendant trois ans. Je songeai à l'horreur qui m'avait envahie, l'impuissance et l'infini chagrin, et je pensai à la promesse de Calder de m'attendre près de la source à Élysée. Je réfléchis au fait que dans ce qu'il pensait être ses derniers moments sur terre, il avait pensé à moi. Il avait cherché à me protéger de la seule manière qui lui restait. *Ne regarde pas, Eden.*

J'étudiai l'homme allongé à mes côtés, celui dont j'étais tombée amoureuse parce qu'il m'offrait ses pensées comme si j'avais un droit sur elles, parce qu'il était respectable, juste et bon. J'étais tombée amoureuse de lui tandis qu'il portait son meilleur ami sur son dos pendant trente kilomètres pour le mettre en sécurité. J'étais tombée amoureuse de lui parce qu'il savait me taquiner avec tendresse, parce qu'il riait facilement et aimait profondément, et parce que sa façon de me regarder me rendait précieuse. L'amour battait dans mes veines.

— Nous étions l'amour, chuchotai-je. En cet instant, nous étions l'amour.

Il m'observa comme pour vérifier que je disais la vérité. Puis il esquissa ce demi-sourire hésitant que j'avais aimé la première fois que je l'avais vu, celui qui avait apaisé la gamine de neuf ans terrifiée, assise dans un temple plein d'étrangers qui attendaient d'elle quelque chose qu'elle ne comprenait pas.

— Est-ce que mes émotions vont continuer à être « un pas en avant, un pas en arrière » ? Est-ce que ça va toujours être aussi compliqué ? demanda-t-il.

— Probablement.

Il se rallongea avec un petit rire. Je souris.

— Et ça ne me pose aucun problème, murmurai-je en retrouvant mon sérieux. On va créer un Lit Guérisseur 2.0. Ce sera l'endroit où ça pourra être aussi compliqué qu'on le veut... et aussi salissant, achevai-je avec un clin d'œil.

Il rit et je l'imitai. Nous nous blottîmes l'un contre l'autre.

Je songeai que même si la vie pouvait se montrer horrible et sidérante, terrible et tragique, elle était aussi pleine de moments d'une beauté bouleversante. Et parfois, il n'y avait rien d'autre à faire que de rire.

C'était vrai ce que j'avais affirmé un jour à propos des étoiles : certaines choses sont plus visibles dans la lumière... et d'autres dans les ténèbres. Parce que quelque part au milieu de la nuit, Calder m'attira à lui et nous acceptâmes, de manière tacite et officielle, l'idée que le monde était laid et pourri et que l'amour était absurdement dangereux et ridiculement hasardeux... *mais que nous aimerions quand même.* Nous garderions nos cœurs tendres et fougueux ouverts. C'était idiot, grotesque et *bien.* C'était la chose la plus courageuse que nous ayons jamais faite.

CHAPITRE 20

Eden

Nous reprîmes la route tôt le lendemain. Nous étions prêts à laisser l'Indiana derrière nous et à rentrer chez nous. Une nouvelle vie nous attendait et nous avions enfin tout pour commencer à la construire.

Nous roulâmes sans nous lâcher la main, perdus dans nos pensées. Calder semblait plus serein ce matin, plus lui-même. Nous nous arrêtâmes au Starbucks pour prendre du café et des muffins que nous mangeâmes assis dans la voiture. J'avais l'impression que le monde était différent aujourd'hui. Quelque chose avait changé. Peut-être parce que nous avions obtenu toutes les réponses, ou du moins celles dont nous avions besoin. Je pourrais jeter tous les papiers punaisés dans mon placard, ce projet que j'avais entamé pour faire quelque chose de ma souffrance et de ma confusion. Je n'en avais plus besoin, à présent.

— Tu sais ce à quoi j'ai pensé ce matin, Belle de Jour ?

Je bus une gorgée de mon déca latte à la vanille. Il regardait par la vitre, m'offrant son profil magnifique.

— Xander m'a dit un jour qu'il croyait que si nous avions survécu ce jour-là à Acadie, c'était dans un dessein précis qui justifiait toute la souffrance.

— Oui, moi aussi je crois ça. Pour tous les trois.

— Est-ce que tu crois qu'on le saura un jour ? Est-ce que tu crois qu'on finira par comprendre ?

Je réfléchis en silence en sirotant le breuvage tiède.

— Il n'y a peut-être pas vraiment de raison ni de but. C'est peut-être plus comme ça. (Je cherchai mes mots en contemplant par la fenêtre les champs de maïs qui se déroulaient à l'infini sous un ciel doré.) On attache des choses à nos cœurs, de la même manière que j'ai punaisé ces articles derrière la porte de mon placard, ou que tu as rempli ton atelier de peintures de moi, dis-je en souriant. On attache tous des choses à nos cœurs, des choses qui ont de la valeur pour nous, dont on a besoin, qui font de nous ce que nous sommes. Mais peut-être... peut-être que c'est uniquement lorsque nos cœurs sont brisés que ces choses peuvent se couler en nous. Alors seulement elles deviennent vraiment une partie de nous et on comprend ce qu'est la douleur et on la reconnaît chez les autres parce que nous en avons fait l'expérience nous aussi. Et elle nous a rendus meilleurs, plus capables d'aimer. C'est peut-être ça la véritable miséricorde. Et le but de la souffrance.

Calder me considéra et sembla réfléchir à ce que je venais de dire.

— Ta profonde compassion, finit-il par répondre. Celle qui te donne cet éclat.

Je ris doucement.

— Qui te donne cet éclat, à toi.

Le visage de Calder était triste malgré le faible sourire qu'il m'adressa.

— Parfois, j'aimerais qu'on brille moins.

Je posai la main sur sa joue.

— Moi aussi. Mais c'est comme ça. Nous l'avons mérité. Alors tirons-en le meilleur parti possible. Allons chercher des ténèbres, Calder Raynes. Et illuminons-les.

Il rit doucement, me prit la main et l'embrassa.

Il s'adossa à son siège et regarda droit devant lui.

— Hector a essayé de me tuer, souffla-t-il. Mais il m'a aussi sauvé la vie. Un jour, quelles que soient ses motivations, il m'a sauvé de l'enfer que m'aurait fait vivre mon père biologique.

J'attendis qu'il mette de l'ordre dans ses pensées et dans ses émotions.

— Je ne sais pas quoi faire de ça. Je le hais de tout mon cœur pour ce qu'il nous a fait, à moi, à toi, à tous ces innocents, et pourtant... (Il secoua la tête et me regarda, le cœur dans les yeux.) Qu'est-ce qui a coulé dans le cœur d'Hector quand il s'est brisé, Eden ? Quelles choses il y avait attachées qui sont devenues une partie de qui il était quand il s'est effondré ?

Je réfléchis sans le quitter des yeux.

— De la honte, du chagrin, de la rage, répondis-je. C'est difficile à imaginer. Ajoute une pincée de folie et un grain de charisme... On ne saura jamais vraiment ce qu'il avait dans la tête, et je pense que ça vaut mieux comme ça. Si on le comprenait, ça voudrait dire qu'on est comme lui.

— Oui...

— Je pense... je pense, Calder, qu'il va falloir qu'on trouve le moyen de pardonner, non pas pour ceux qui nous ont fait du mal, mais pour *nous*. On ne peut pas garder l'amertume attachée à nos cœurs parce qu'elle finira par devenir une partie de nous, si profondément enracinée qu'on ne pourra plus l'arracher. On doit se concentrer sur la beauté qui nous a été donnée dans cette vie et faire en sorte que ce soit *elle* qui nous définisse. Parce que les gens amers finissent par se consumer de l'intérieur et par détruire tous ceux qui se risquent à les aimer. Je ne veux pas qu'on soit comme ça.

Calder me lança un regard plein d'amour puis il se pencha pour me prendre dans ses bras.

— Tu es tellement intelligente. Tu as dû avoir un super prof.

Je ris et reniflai.

— Absolument. Et il était super canon, en plus. J'avais envie de lui faire des cochonneries.

Calder sourit en enfouissant le nez dans mon cou.

— Tu pourras me décrire ça en détail quand on sera rentrés.

Je ris et me dégageai doucement pour lui caresser les lèvres.

— J'y compte bien, dis-je avant de redevenir sérieuse. Je t'aime, Caramel. Tu as un cœur magnifique. Et peut-être que parfois tu as l'impression que c'est chaotique, parce que la vie est comme ça, mais pour moi tu es la beauté née du chaos.

Calder poussa un soupir et posa le front contre le mien.

— Je t'aime, Belle de Jour. C'est ton cœur qui m'a toujours gardé en vie. Ton amour. Ta douceur. Je t'ai peinte pour te maintenir en vie, c'est ce qui m'a permis de survivre.

Je considérai son expression pleine de tendresse : je l'aimais tellement que j'en avais du mal à respirer. Je l'embrassai doucement.

Nous reprîmes la route et Calder téléphona à la police. Il demanda à parler à l'inspecteur Lowe et quand il l'eut au bout du fil, il prit une profonde inspiration et lui raconta par le menu tout ce que nous avions découvert pendant notre voyage. J'écoutai en lui serrant la main. L'inspecteur devait être éberlué : il laissa parler Calder sans l'interrompre. Calder l'avertit que nous serions de retour vers quinze heures. Un mensonge sans conséquence. Encore une déclaration à faire qui se passerait sans doute bien, mais ce serait sympa d'avoir quelques heures devant nous pour nous y préparer. Et puis nous voulions mettre Xander au courant d'abord. Il le méritait.

Nous nous garâmes devant chez ma mère à midi.

Le soleil était haut dans le ciel et la température avait chuté de plusieurs degrés depuis notre départ. Lorsque nous descendîmes de voiture, il n'y avait aucune caméra pointée sur nous et aucun journaliste planqué. J'inspirai profondément. La portière d'une voiture solitaire s'ouvrit et se referma : un jeune homme en jean avec un blouson en cuir marron trottina vers nous.

— Bonjour, dit-il avec un sourire amical. Je suis désolé de vous ennuyer. (Il se passa la main dans les cheveux et baissa les yeux comme s'il était gêné.) Je sais qu'on vous harcèle sans arrêt. Ça doit être horrible.

Calder gloussa et m'attira à lui.

— Je, euh, je m'appelle Ryan Scott, dit-il en tendant la main et...

— Papa ? fit une petite fille en descendant de sa voiture et en se dirigeant vers nous.

— Kelsey, ma chérie, répondit Ryan, j'arrive. Remonte dans la voiture, d'accord ? (Il se retourna vers nous.) Désolé, j'accompagnais ma fille au parc quand je vous ai vus. Ma chaîne de télé m'a obligé à camper ici pendant des semaines. (Il rougit.) Je vous ai aperçus et je me suis dit que c'était le destin.

La petite fille, qui n'avait pas écouté son père, le rejoignit et leva un regard timide vers nous. Ses cheveux blonds étaient tressés, elle portait une veste rose et elle tenait un cerf-volant entre les mains. Elle était clairement porteuse de trisomie 21. Elle contempla Calder d'un air adorateur. Je sentis les larmes me monter aux yeux en voyant son doux visage. Elle ressemblait beaucoup à Maya et son sourire confiant avait certainement fait fondre le cœur de Calder. Il s'agenouilla gentiment devant elle et la regarda bien en face.

— Salut, dit-il en lui tendant la main. Je m'appelle Calder. Et voici Eden.

La petite fille me lança un regard candide et franc puis reporta son attention sur Calder. Elle lui prit la main et la pressa et je vis Calder écarquiller les yeux.

Elle brandit son cerf-volant.

— Tu aimes voler, hein ? demanda-t-elle.

— Oui, répondit-il de sa voix rauque, un peu émerveillé. (Il s'éclaircit la voix.) C'est vrai.

Ryan sourit à sa fille.

— Je ne veux pas vous retenir et je ne vous traquais pas, je le jure. Enfin, je vous ai traqués pendant longtemps, avoua-t-il, embarrassé, mais pas aujourd'hui. (Il secoua la tête et je ne pus m'empêcher de sourire.) Bref. Je me demandais si vous accepteriez de répondre à quelques questions.

Calder se releva et je lui lançai un regard interrogateur. Quelque chose d'informulé circula entre nous. Calder se tourna vers Ryan.

— Oui, je pense qu'on va le faire. Mais je ne sais pas dans quelle mesure on pourra vous répondre. L'enquête n'est pas terminée.

Ryan écarquilla les yeux.

— Oui. Bien sûr. Mais les gens veulent juste entendre votre histoire, vous savez. On est une petite chaîne. Vous aurez de meilleures offres de la part des télés plus grosses. Ça me gênerait de vous le cacher. Je sais que vous êtes un jeune couple qui débute dans la vie. (Il caressa les cheveux de sa fille.) Ma femme et moi sommes dans le même cas. Et je comprendrais très bien si...

— Nous avons envie d'accepter votre offre, le coupa Calder. Vous avez raison. Il y a du destin, là-dedans.

Il sourit à Kelsey, puis à moi.

— Oui, dis-je. Je suis entièrement d'accord.

*
* *

Quelques semaines plus tard, Calder et moi demandâmes à ma mère de nous rejoindre au salon pour lui annoncer que nous avions loué une maisonnette à dix minutes de chez elle. Elle eut l'air chagriné et, à dire vrai, je l'étais un peu aussi, parce que l'atmosphère de la maison s'était considérablement améliorée depuis notre retour d'Indiana. J'avais enfin l'impression que notre relation évoluait. Molly m'avait raconté la conversation que Calder et elle avaient eue dans le patio et ma mère semblait vraiment prendre à cœur son nouveau rôle auprès de Xander et de Calder. Mais il était temps pour nous de partir. Et nous aurions bientôt besoin de plus de place.

Calder se leva pour aller chercher ce sur quoi il travaillait dans la chambre d'amis, avec des fournitures que nous étions allés acheter en rentrant de voyage.

Lorsqu'il revint, il tendit deux toiles emballées à ma mère et me lança un regard nerveux avant de se rasseoir.

— Qu'est-ce que c'est ? demanda ma mère en souriant.

Aucun de nous deux ne répondit et elle déballa la première. Nous la regardâmes arracher le papier kraft et porter la main à sa bouche, les yeux rivés sur la représentation de moi à quatorze ans, un petit sourire secret aux lèvres et une belle-de-jour dans la main. Elle se mit à pleurer. Quand elle leva les yeux vers Calder, elle ouvrit la bouche pour dire quelque chose mais ne parvint pas à articuler un mot.

— Merci, dit-elle silencieusement, tout en se levant pour s'approcher de lui.

Il la prit dans ses bras. Je m'essuyai les yeux et me mis à rire quand elle recula en s'éventant comme si ce geste allait arrêter ses larmes.

— Ouvre l'autre, ordonnai-je avec un signe de tête tout en me mordant la lèvre.

— Un autre ? Je ne sais pas si je peux résister à un second tableau.

Elle rit doucement et contempla la première toile de nouveau, un sourire joyeux aux lèvres. Mais elle arracha quand même l'emballage de la seconde et la contempla, perplexe. C'était elle, avec dans les bras un bébé dont on n'apercevait que les cheveux bruns, enveloppé dans une couverture blanche.

— Le premier tableau représente le passé... et le deuxième l'avenir, expliqua Calder d'une voix un peu anxieuse.

Ma mère leva la tête, l'air stupéfait, et nous fixa tour à tour.

— Je... tu... s'écria-t-elle en me dévisageant. Je vais être grand-mère ? Tu es enceinte ?

Des larmes coulèrent de nouveau sur ses joues.

J'acquiesçai et Calder me regarda sans répondre.

— On espère que tu nous aideras, maman, murmurai-je. On va en avoir bien besoin.

Ma mère se décomposa et se mit à pleurer silencieusement, mais il y avait un sourire sous ses larmes.

Elle se leva, se précipita vers moi et se pencha pour me prendre dans ses bras.

— Un bébé, répéta-t-elle en boucle. Vous allez avoir un bébé ! (Elle attrapa Calder par son tee-shirt pour l'attirer à nous et nous enlacer tous les deux.) Merci, murmura-t-elle à Calder. Merci pour tous les cadeaux que vous m'avez faits aujourd'hui.

Nous nous embrassâmes en pleurant et en riant en même temps. Mon cœur était sur le point d'exploser de bonheur et de soulagement.

Un mois après, nous nous assîmes, main dans la main, dans un tout petit studio de télévision pour raconter notre histoire au monde. Nous ne révélâmes pas certains détails parce qu'ils n'appartenaient qu'à nous. Mais nous racontâmes notre enfance à Acadie avec Hector. Nous expliquâmes dans quelle religion nous avions cru et comment les premiers doutes avaient germé. Nous parlâmes de la nature interdite de notre histoire d'amour et des risques que nous avions pris.

Nous détaillâmes ce qui s'était passé pendant la journée du déluge ; ce fut le plus difficile. Mais nous étions ensemble, ce qui nous facilita la tâche. Et ne plus avoir rien à cacher portait en soi un pouvoir guérisseur.

Nous exposâmes au monde entier comment nous avions survécu l'un sans l'autre pendant trois longues années douloureuses. Et comment les miracles arrivent parfois à ceux d'entre nous qui pensent le moins les mériter.

Nous dîmes clairement que ce serait la seule interview que nous accorderions et la presse nous laissa presque tranquilles après ça.

Maintenant que les journalistes et la police possédaient un vrai nom, ils fouillèrent dans le passé d'Hector, cherchant ses possibles motivations, son état mental et son histoire. Des articles et des livres lui furent consacrés et il fut ajouté à la liste des gourous ayant convaincu un large groupe de gens intelligents qu'il disait la vérité. Toutes sortes de spéculations s'ensuivirent sur la façon dont il avait prédit la catastrophe qui s'était déroulée ce jour-là et son rôle dans la tragédie. J'étais fascinée moi aussi et je passais plus de temps que ça ne plaisait à Calder à lire des études de cas. Mais il l'acceptait. Le savoir me rendait plus puissante et plus éclairée, comme toujours. C'était lui qui m'avait fait ce cadeau et je savais donc qu'il ne me le reprendrait jamais.

Certaines choses ne trouveraient jamais de réponse. Hector les avait emportées dans sa tombe. Mais les connaissait-il lui-même ?

De manière assez incroyable, de petits groupes baptisés « Hectorites » par la presse surgirent dans tout le pays, des gens qui tentaient d'imiter la religion et la société qu'Hector avait créées. Je ne comprenais pas pourquoi. L'humanité me sidérait parfois. Xander en plaisantait en disant que l'aspect positif de la chose était l'afflux de nouveaux membres sur ex-membre d'une secte point com.

Une chose merveilleuse découla de notre interview télévisée : une jeune femme appela la chaîne pendant la diffusion. On nous donna ses coordonnées ensuite : une certaine Kristi Paulson (née Smith), qui vivait en Floride avec son mari et leur fille d'un an.

Calder, Xander et moi lui parlâmes par Skype un peu plus tard dans la journée et nous rîmes et pleurâmes ensemble. Je me levai et me mis de profil en lissant ma robe. Elle poussa un petit cri aigu en portant les mains à sa bouche et j'éclatai de rire. Elle nous invita à aller lui rendre visite en Floride une fois que le bébé serait né et nous lui promîmes d'essayer. Il y a des anges sur cette Terre. Elle en avait été un.

Notre vie s'était bien remplie depuis notre retour d'Indiana. Nous emménageâmes dans notre nouvelle maison, un charmant pavillon avec une balancelle sur la véranda et une immense pièce lumineuse au premier étage dans laquelle Calder installa son atelier.

Nous achetâmes un lit king size, dépensâmes beaucoup trop d'argent dans les parures de lit et le baptisâmes officiellement Lit Guérisseur 2.0. Nous y passions nos dimanches matin à paresser et de longues nuits blottis dans une chaleur rassurante et une profonde intimité, à nous chuchoter des secrets et à discuter de nos craintes et de nos inquiétudes, de nos espoirs et de nos rêves et parfois des souvenirs qui nous hantaient encore. C'était l'endroit où nous pouvions creuser dans le tréfonds des ténèbres de notre propre douleur et nous rouler en boule dans l'amour qui était toujours prêt à adoucir la souffrance et où les paroles les plus apaisantes venaient toujours de l'autre : *Je suis là. Tu n'es pas seul.e.* Et oui, nous guérissions.

Calder m'acheta des romances que j'empilai sur ma table de nuit. Je commençai par en rire mais je finis par toutes les lire. Il prétendait que c'était le meilleur investissement qu'il ait jamais fait. Nous sûmes ainsi ce qui arrivait à Hendrix et à Polly ; c'était aussi satisfaisant que ce qu'on avait imaginé.

Nous faisions du shopping à la recherche d'objets suffisamment uniques pour remplir notre maison ; j'appris à cuisiner et à confectionner des pâtisseries et Calder se remit à peindre.

Un jour magique et enneigé du mois de mars, deux mois après que Calder eut obtenu une carte de sécurité sociale au nom de Calder Raynes, nous nous rendîmes au tribunal pour nous marier. C'était une simple formalité. Un miracle. *Le destin.*

Cette nuit-là, alors que nous étions blottis l'un contre l'autre dans notre lit, Calder dit d'un ton ensommeillé :

— Je suis devenu Calder deux fois dans ma vie. (Je me tournai vers lui pour mieux voir son visage au clair de lune.) Une fois à trois ans et une deuxième à vingt-trois ans.

J'y réfléchis un instant.

— Oui, et les deux fois tu l'as fait magnifiquement.

Son regard intense se fixa sur moi comme pour me dire mille mots. Il m'attira plus près et me serra étroitement contre lui.

Lorsque le printemps arriva, ma mère m'aida à planter des jardinières à l'arrière de la véranda, elle feuilleta les magazines pour jeune maman avec moi et me donna un coup de main pour préparer une chambre d'enfant neutre en jaune pâle et blanc lumineux. La nuit j'allais m'installer sur le fauteuil à bascule et je rêvais des yeux marron et du sourire doux de notre enfant.

Exactement comme je m'en doutais, ma mère se mit à aimer Calder de tout son cœur une fois qu'elle s'autorisa à le voir comme il était, et plus comme un rival. Il lui rendait bien cet amour. Mon cœur se gonflait de joie à l'idée que nous avions enfin trouvé la mère que nous appelions de nos vœux depuis si longtemps. Tous les dimanches soir, elle nous recevait à dîner, Calder et moi, Xander et Nikki, Molly et Bentley. Sa maison était remplie de rires, d'amour et de plus d'enfants qu'elle n'en avait demandé. Elle revivait. Molly m'avait avoué qu'elle n'avait jamais vu Carolyn aussi heureuse et insouciante. Ça me remplissait de joie.

Lorsque le temps se mit au beau et que les roses fleurirent, ma mère et Marissa organisèrent ensemble une *baby shower* absurdement chic et beaucoup trop dispendieuse. J'en adorai chaque seconde.

Calder fit deux expos cet été-là : la première avec des toiles splendides d'oiseaux, de déluges et de vitraux d'église. Il n'avait jamais peint des toiles de ce genre. Mais la deuxième était ma préférée : c'était une série de portraits d'habitants d'Acadie : le regard sans âge de Mère Willa, Myles assis sur les genoux de sa mère au Temple, le pouce dans la bouche, le sourire pur et joyeux de Maya. C'était une merveilleuse façon de ne pas les oublier. Calder n'était pas encore capable de peindre Hector ni ses parents. Peut-être n'y parviendrait-il jamais. Quoi qu'il fasse, ce n'était pas grave. Dans les deux cas, il vendit ses tableaux en une heure.

Nous fîmes une folie en acquérant un quart de queue sur lequel je donnais des leçons le lundi et le mercredi.

Nous décidâmes de passer l'examen permettant d'entrer à l'université. Nous avions déjà étudié ensemble jadis et ça me paraissait normal de recommencer. Mais nous ne commencerions qu'après la naissance du bébé.

Mon mari planta un petit buisson de belles-de-jour au fond du jardin, et quand il fleurit, il me laissa des fleurs aux endroits où je m'y attendais le moins. J'en avais toujours un vase plein sur le rebord de ma fenêtre et ça m'emplissait de joie.

Quant à moi, je glissais des caramels dans ses poches et sous son oreiller.

Un jour parfumé de début juin, je perdis les eaux alors que j'étais en train de faire ma balade du soir avec Calder. Il me conduisit à l'hôpital à toute allure et cinq heures plus tard je mettais notre fils au monde. Nous l'appelâmes John Grant. Grant en hommage à Felix, qui m'avait sauvé la vie jadis, et John, qui signifie Dieu est miséricordieux. Et lorsque notre magnifique petit garçon nous regarda en clignant des yeux, le parfum du paradis toujours sur sa peau de nouveau-né, nous y crûmes de tout notre cœur.

Lorsque je me réveillai dans la nuit, encore somnolente, j'aperçus Calder dans le coin de la chambre, debout en train de bercer notre fils de cette façon qu'ont tous les parents du monde.

— Hé, Jack, dit-il en utilisant le diminutif sur lequel nous nous étions mis d'accord. Je suis ton papa. Je vais faire de mon mieux pour être à la hauteur. (Il fredonna jusqu'à ce que Jack se taise.) Je suis certain que je ferai des conneries de temps en temps. Je te donnerai certainement beaucoup trop de bonbons parce que j'adore ça et tu lèveras certainement les yeux au ciel parce que j'embrasserai souvent ta mère devant toi. (Jack poussa un petit cri de colère et je me retins de rire pour ne pas perturber ce moment.) Je sais, poursuivit Calder. C'est dégueulasse. (Il le berça en silence pendant quelques minutes.) Je ne pourrai pas toujours te protéger du reste du monde mais je m'y emploierai du mieux possible. Et quand je n'y parviendrai pas, mon pote, je te promets que je serai quand même là pour t'aider. Je ne te ferai jamais, jamais de mal. D'accord ? Et je t'encouragerai toujours, toujours à rêver. Pour le reste… eh bien, on se débrouillera, d'accord ?

Jack s'endormit en rêvant de lait, de chaleur et d'amour, bien en sécurité dans les bras de son père.

ÉPILOGUE

Calder

Nous empruntâmes le chemin de terre et je posai les yeux sur la démarcation entre les montagnes et le ciel. De la poussière se déposa sur les vitres du mini-van de location.

— On y est, papa ? demanda Jack depuis la banquette arrière.

Je lui jetai un coup d'œil dans le rétroviseur : penché en avant, il contemplait le paysage désertique de ses yeux bleu foncé.

Je reportai mon attention sur la route : on distinguait les chalets des travailleurs au coin.

— Oui, répondis-je. On est arrivés. C'est Acadie.

Mon cœur battait la chamade.

J'attrapai la main d'Eden qui était assise à côté de moi : elle leva les yeux vers moi et m'adressa un petit sourire encourageant. Maya, notre fille de deux ans, poussa un petit cri en se réveillant : elle avait dormi quasiment depuis l'aéroport.

Nous avions appris un mois plus tôt que le terrain sur lequel Acadie était construit venait d'être vendu à un promoteur immobilier qui avait prévu d'en faire un luxueux spa. Il comptait sur les vertus guérisseuses des deux sources pour attirer du monde. C'était notre dernière chance de revoir Acadie avant que les bâtiments soient détruits. Il s'était écoulé dix ans depuis notre fuite et nous avions décidé d'un commun accord que cette visite nous permettrait de tourner définitivement la page.

Cinq minutes plus tard, je me garai devant ce qui avait été le Temple. Eden et moi contemplâmes en silence la bâtisse à présent vieille et en ruine et j'imaginai une petite fille splendide pénétrer par la porte et dans mon cœur. L'endroit était plein de fantômes. Je pris une profonde inspiration et posai la main sur la poignée de la portière.

— Maman ! Papa ! s'exclama Jack, tout excité, en sautant sur son siège, impatient de partir en exploration.

Pour lui, c'était une aventure.

Nous descendîmes tous du mini-van. Eden prit Maya dans les bras. La petite mit le pouce dans sa bouche et posa la tête sur l'épaule de sa mère, encore ensommeillée. Je me penchai pour embrasser sa joue lisse de bébé et je respirai son odeur sucrée.

— Comment va ma beauté ? demandai-je. Tu as bien dormi ?

Elle hocha la tête en souriant sans ôter le pouce de sa bouche.

— Papa, regarde ça ! s'écria Jack.

Je me retournai : il était accroupi devant un rocher sur lequel un lézard le regardait. Il tendit la main vers lui et l'animal décampa. Jack se redressa, déçu. Je gloussai.

— Il faut être très rapide pour attraper un lézard, expliquai-je. Demande des conseils à ta mère. Elle se disputait avec les serpents quand on vivait ici, conclus-je avec un clin d'œil en direction d'Eden.

Jack dévisagea sa mère, les yeux écarquillés.

— C'est vrai ? demanda-t-il, incrédule.

Eden se mit à rire.

— Mais oui. C'est la vérité.

Eden posa Maya à terre et nous emboîtâmes le pas à la petite qui avançait en zigzag de son pas encore incertain. Jack, lui, s'intéressait à ce qui pouvait éveiller l'attention d'un garçon de six ans.

Je pris la main de ma femme et la pressai.

— Comment tu te sens ? demandai-je en inspirant l'air sec du désert.

Eden inclina la tête, pensive.

— Triste et un peu effrayée. (Elle regarda nos enfants puis reporta son attention sur moi.) Et reconnaissante. Très reconnaissante.

J'acquiesçai en silence. C'était exactement ce que je ressentais aussi.

Nous pénétrâmes dans le Temple. Il était en ruine, du verre jonchait le sol et des débris encombraient l'allée centrale, mais en dehors de ça, il n'avait pas changé. Eden prit Maya dans ses bras pour qu'elle ne marche pas sur les éclats de verre.

— Qu'est-ce qui s'est passé ici ? demanda Jack en regardant autour de lui.

Je m'accroupis à sa hauteur et le regardai bien en face.

— Ici, un homme a raconté des tas de mensonges à des gens vulnérables, des gens qui cherchaient désespérément leur place.

Il réfléchit.

— Pourquoi ils n'avaient pas déjà une place ?

— Parce que la vie avait été dure avec eux. Elle leur avait tout pris et cet homme leur avait promis de tout leur rendre, et de leur donner des choses en plus. Et pour ces gens, le mensonge sonnait comme la vérité.

Il fronça les sourcils, très concentré. Je souris : quand il faisait ça, il ressemblait beaucoup à sa mère.

— Papa, si la vie est dure avec moi, comment je saurai si quelqu'un me ment ?

Je souris en lui tapotant la poitrine.

— En écoutant ton cœur, Jack. Et la petite voix qui te parle quand tu fermes les yeux. Tu la reconnaîtras parce qu'elle sera à mi-chemin entre une sensation et un murmure. Et cette voix ? Jack, si ton cœur est bon comme le tien, cette voix ne te mentira jamais.

Je levai les yeux vers Eden qui nous écoutait en berçant Maya, un sourire à la fois joyeux et triste aux lèvres.

Jack jeta un coup d'œil à sa mère.

— Papa, poursuivit-il en me regardant. Est-ce que cette voix me dira toujours de faire ce qui est le plus facile ?

— Non, répondis-je en souriant. Mais elle te dira toujours de faire ce qui est *juste*.

Il hocha la tête en se mordant la lèvre.

— Tu sais ce qui s'est aussi passé ici ? demanda Eden en se rapprochant de nous.

Jack secoua la tête.

— C'est là que j'ai vu ton père pour la première fois, fit-elle d'une voix semblable à celle qu'elle utilisait quand elle récitait la prière du soir avec nos enfants.

Le médaillon sur sa poitrine accrocha la lumière qui se déversait par la porte. C'était ce bijou qui l'avait menée à Felix, puis à sa mère, et finalement ramenée à moi. À l'intérieur, elle avait glissé une photo de nos enfants.

Nous sortîmes. La lueur du soleil nous aveugla et nous mîmes tous nos mains en visière pour nous protéger.

— Tu habitais où, papa ? demanda Jack.

— Viens, je vais te montrer.

Nous franchîmes la courte distance qui nous séparait du premier chalet des travailleurs. Ils étaient encore plus petits que dans mon souvenir.

— Tu vivais dans *toutes* ces maisons ? demanda Jack.

Je ris.

— Non, dans une seule. Par là.

Jack fronça les sourcils.

— Comment c'est possible ? Ces maisons sont plus petites que ma chambre.

Nous nous arrêtâmes sur le seuil de la mienne et je pris une profonde inspiration. Le chagrin me submergea quand je poussai la porte. Jack se précipita à l'intérieur et traversa les deux minuscules pièces.

— Tu habitais *ici* ?

— Oui, répondis-je sur un ton ému.

Je m'éclaircis la voix. Eden et Maya entrèrent à leur tour et Eden m'enlaça par-derrière et me serra étroitement contre elle tandis que les enfants visitaient. Il n'y avait pas grand-chose à voir.

Je pris les mains d'Eden qui reposaient sur mon ventre et les pressai. Et alors que je contemplais ce chalet dans lequel j'avais passé la plus grande partie de ma vie, un sentiment aussi soudain que violent me submergea : je leur avais pardonné. La douleur serait toujours là, mais la rancœur avait disparu. Ils avaient fait leurs choix et moi les miens. Je poussai un soupir et avec lui... tout s'effaça.

— Je t'aime, murmura Eden en posant la joue contre mon dos.

— Moi aussi, je t'aime, Belle de Jour.

Jack surgit de la deuxième pièce.

— Je suis bien content que la vie se soit arrangée pour toi, dit-il avec un regard compatissant.

J'éclatai d'un rire surpris et lui passai la main dans les cheveux.

— Oui, moi aussi.

Nous sortîmes du chalet. Ce serait la dernière fois.

— Et oncle Xander ? Il habitait où ? demanda Jack.

Je plissai les yeux et tendis le bras vers un autre chalet un peu plus loin.

— Là-bas.

Xander avait construit une cabane dans notre jardin l'année précédente et elle était aussi grande que le chalet dans lequel il avait grandi. C'était difficile à croire. Et maintenant il possédait une entreprise qui bâtissait des maisons dans tout Cincinnati. Mon ami, mon frère. J'étais ridiculement fier de lui.

Nous contournâmes le petit chalet pour regagner le sentier.

— Fleu' de maman, dit Maya en désignant quelque chose sur le côté de mon ancienne maisonnette.

Nous tournâmes tous la tête : un buisson de belles-de-jour grimpait le long du mur en bois et était presque parvenu jusqu'au toit. Maya les avait reconnues : Eden en avait toujours dans un vase sur le rebord de la fenêtre.

— Cool, commenta Jack en en cueillant une qu'il tendit à sa mère.

Elle se tourna vers moi, incrédule et émerveillée, et je jetai un coup d'œil en arrière vers les champs à l'abandon.

Il y avait des fleurs bleues partout. Les graines avaient dû voler et elles poussaient au milieu des chalets. Je poussai un petit cri de surprise.

— Elles ont pris le dessus, constatai-je à voix basse en attirant Eden à moi.

Je me souvenais du petit buisson dont je m'étais occupé il y avait si longtemps de ça pour pouvoir faire sourire ma princesse avec mes cadeaux.

Aussi jolie qu'une fleur... aussi résistante qu'une mauvaise herbe.

Nous nous retournâmes : notre petite fille s'éloignait en suivant un chemin de belles-de-jour qui conduisait jusqu'au chalet principal.

Jack la rattrapa en courant et lui prit la main pour qu'elle ne tombe pas. Il s'arrêtait de temps en temps pour cueillir des belles-de-jour dont il fit tout un bouquet.

Nous ralentîmes le pas en parvenant à ce qui avait jadis été le sous-sol. Il était rempli à présent et n'était plus qu'une bande de terre compacte. Mais les belles-de-jour y poussaient aussi. Eden poussa un soupir ému et me pressa la main. Tandis que les enfants nous attendaient en lançant des cailloux dans une petite mare, nous laissâmes le chagrin nous submerger. Cet endroit était sacré.

Une légère bruine se mit à tomber, presque comme des larmes, inondant nos joues et nourrissant les fleurs éparpillées sur le sol.

Au bout d'une minute, nous étions prêts à bouger. Je pris la main de ma femme au moment où le ciel s'éclaircissait.

Nous gagnâmes le bosquet qui marquait l'entrée du sentier menant à la source. Eden et moi avions discuté de l'éventualité ou non de descendre : le chemin était escarpé pour des enfants, surtout pour Maya, mais maintenant que nous y étions, nos pas nous y conduisirent naturellement. Nous marchâmes lentement et je portai Maya quand le sentier était trop raide. Dans mon esprit, j'étais de nouveau l'adolescent de dix-sept ans qui courait comme un dératé, tout excité à l'idée de rejoindre la fille merveilleuse qui avait enflammé son cœur.

Nous parvînmes à la première source, Jack poussa un cri enthousiaste et Maya se mit à rire.

— Si tu crois que c'est beau, dis-je à Jack, attends de voir la deuxième.

— Il y en a une deuxième ? demanda-t-il, tout excité.

Je lui souris et Eden tendit le bras en direction de l'ouverture entre les rochers. Le buisson avait été repoussé sur le côté : d'autres que nous étaient venus ici.

Nous nous faufilâmes dans l'anfractuosité et lorsque nous débouchâmes enfin sur la deuxième source, Eden ouvrant la marche et moi la fermant, nous contemplâmes, saisis, la beauté qui nous entourait : les rochers gigantesques, l'eau transparente, la cascade et les plantes luxuriantes. C'était le paradis. C'était là que notre amour avait fleuri pour la première fois. L'émotion me submergea. Eden se tourna vers moi en souriant, les larmes aux yeux.

— C'est encore plus beau que dans mon souvenir, murmura-t-elle.

— Oui, articulai-je avec difficulté.

Je l'attirai à moi et posai un baiser sur le sommet de son crâne en respirant son doux parfum de fleurs de pommier et de printemps.

— Sou'ce de maman, s'écria Maya avec enthousiasme.

Je baissai les yeux sur elle et ris en comprenant qu'elle l'avait reconnue grâce aux tableaux qui ornaient nos murs, ceux qui nous rappelaient où nous étions tombés amoureux.

— C'est ça, mon bébé, répondis-je en souriant à Maya.

Nous cherchâmes des choses que nous aurions pu laisser derrière nous mais nous ne trouvâmes rien. Les enfants jouèrent à s'éclabousser sur le bord de la source et Eden et moi les regardâmes faire, amusés. Nous nous assîmes contre le rocher auquel je m'adossais jadis pour dessiner. Je passai le bras autour des épaules d'Eden qui posa la tête contre moi. En levant les yeux, nous aperçûmes un aigle qui volait en cercle dans le ciel bleu.

Ici, j'étais tombé éperdument amoureux d'une fille qui s'était donnée à moi de tout son cœur magnifiquement tendre. Ici, nous nous étions montré comment être courageux et ce que ça signifiait d'être vraiment reconnus. Ici, nous avions appris à *vivre*. Peut-être que le sol au-dessus du sous-sol était sacré, mais cet endroit... cet endroit était saint, lui aussi. C'était ici que j'avais trouvé Eden.

Lorsque nous fûmes prêts, nous réunîmes nos enfants et rebroussâmes chemin. Au moment de se pencher pour sortir, Eden tourna une dernière fois la tête vers la source et planta son regard tendre et aimant dans le mien. J'en eus le souffle coupé. Elle sourit, de ce sourire que j'avais vu un millier de fois près de cette source et un millier de fois depuis. Je lui rendis son sourire et repensai à la profondeur du chagrin et de l'amour, de la souffrance et du pardon que nous avions éprouvés depuis notre départ, dix ans plus tôt. Mon cœur se gonfla de gratitude pour tout, même la douleur, parce qu'elle nous avait ramenés là, à cet instant précis.

Nous remontâmes lentement et empruntâmes le sentier qui menait au chalet principal. Une fois devant, nous contemplâmes ce qui nous paraissait être jadis le plus majestueux bâtiment de la terre. Nous gagnâmes le coin est et Eden poussa un petit cri de surprise. Des belles-de-jour avaient envahi le toit et les fissures, recouvrant la laideur. Tout le côté de la maison était tapissé d'une beauté bleue et chaque cœur jaune ressemblait à un trait de lumière.

Là, immobile avec ma famille, je compris que la beauté avait gagné, finalement. Elle était partout sous nos yeux. Et quand nous nous éloignâmes d'Acadie, c'est la *beauté* que nous attachâmes à nos cœurs.

REMERCIEMENTS

Il faut toute une équipe pour faire un livre et j'ai la chance folle d'être très bien entourée. Un merci du fond du cœur à mes éditrices : Angela Smith, avec qui j'ai discuté du déroulement de l'intrigue jusqu'à épuisement et qui m'a fourni du vin et un soutien émotionnel sans faille, et Larissa Kahle, qui a passé le peu de temps libre dont elle disposait à m'aider à développer l'aspect émotionnel de mon roman et à perfectionner les personnages. Merci à Marion Archer pour les corrections éditoriales. C'est la première fois que je travaille avec elle, mais je ne veux plus jamais me passer d'elle – plus jamais. Son expertise et son enthousiasme – sans compter les nombreux commentaires qu'elle a portés dans les marges de mon manuscrit et qui m'ont fait rire et me pâmer – m'ont beaucoup appris et ont considérablement enrichi mon histoire. Et enfin, merci à Karen Lawson, dont le regard bionique a encore amélioré mon manuscrit.

J'ai la chance d'avoir un groupe de bêta-lecteurs incroyables qui m'ont fourni des remarques inestimables sur l'histoire de Calder et d'Eden et m'ont encouragée quand j'en avais le plus besoin : Cat Cracht, Elena Eckmeyer, Michelle Finkle, Natasha Gentile, Karin Hoffpauir Klein, Nikki Larazo et Kim Parr. Merci à ma collègue autrice bêta, A. L. Jackson, qui a lu le premier jet de ce manuscrit quand ce n'étaient que des divagations sans queue ni tête pleines de fautes d'orthographe. Ses retours enthousiastes m'ont donné le courage de poursuivre.

Merci aussi à ma merveilleuse partenaire de course, Jessica Prince. De nombreux chapitres n'auraient pas été écrits sans ses textos de neuf heures du matin qui ne comportaient généralement que ces mots : « On va courir ? »

Un grand merci à la formidable Elle Chardou, qui a tout mis en page, qui m'a empêchée de devenir folle et qui a sauvé mon canal carpien.

Amour et reconnaissance à mon mari pour sa patience pendant l'écriture – et pour s'être montré compréhensif quand, pendant trois mois, chaque sortie incluait une conversation concernant mon intrigue. Tu rends tout ça drôle – et surtout possible.

CALDER & Eden
TOME 1

DÉJÀ PARU

Hugo Roman